OS SETE PECADOS CAPITAIS

Otto Lara Resende • Carlos Heitor Cony
Mário Donato • Guilherme Figueiredo
Lygia Fagundes Telles • José Condé
Fausto Wolff

OS SETE PECADOS CAPITAIS

• • • • • • •

5ª EDIÇÃO

BERTRAND BRASIL

Capa: Rodrigo Rodrigues

Editoração eletrônica: Imagem Virtual Editoração Ltda.

2001
Impresso no Brasil
Printed in Brazil

CIP-Brasil. Catalogação-na-fonte
Sindicato Nacional dos Editores de Livros, RJ.

S518 Os sete pecados capitais / Otto Lara Resende... [et al.]. –
5ª ed. 5ª ed. – Rio de Janeiro; Bertrand Brasil, 2001.
272p.

ISBN 85-286-0761-5

1. Sete pecados capitais – Ficção. 2. Antologias (Conto brasileiro). I. Resende, Otto Lara, 1922-1992.

CDD – 869.93
00-0377 CDU – 869.0(81)-3

Elogio do Pecado

DESDE QUE o bicho homem perdeu sua cauda, adotou postura ereta e passou a ter consciência do bem e do mal, do certo e do errado em face de um conjunto de princípios religiosos, que a noção de pecado o acompanha e, freqüentemente, tortura.

Para teólogos e moralistas, há direta correlação entre *pecado* e *crime.* Crime contra uma religião é crime contra a comunidade que a professa, crime contra a ordem estabelecida. Pecador, portanto, é o homem que comete um crime contra Deus (seja ele qual for) e entra em conflito consigo próprio e com a sociedade de que faz parte, ambos criaturas de Deus.

Para os que acreditam na lenda de Adão e Eva no Paraíso, seu crime, seu *peccatum originans* foi não tanto comer o fruto proibido, mas atribuírem-se poderes de livre-arbítrio.

Mas que significou, em verdade, comer a maçã fatídica, que passou à humanidade toda o *peccatum originatum,* se não o desejo compreensível e até mesmo louvável de fugir à monotonia chata de infinitos dias infinitamente iguais, de animais que traíam seus instintos para serem hipocritamente bonzinhos, de flores permanentemente em flor? Se Adão e Eva tivessem mesmo existido como geradores da humanidade, e se a serpente os houvesse insidiosamente corrompido, os três, em conjunto, teriam dado o primeiro passo revolucionário da história do homem.

O pecado bem pode ser concebido, em suas diversas manifestações catalogadas, como um processo de afirmação que separa o homem dos animais irracionais, como o meio de comprovarmos experimentalmente nossa falibilidade e, ao longo de erros e acertos, procurarmos soluções que nos permitam viver em sociedade com outros seres humanos que, *inapelavelmente pecadores,* não cometem *o mesmo pecado no mesmo instante* em que cometemos o nosso.

Expressão de revolta contra concepções místicas antinaturais, ou contra regras de jogo social que atentem à liberdade humana de procurar o caminho condicionado pelas circunstâncias, aptidões e possibilidades, o pecado não pode ser evitado e, em muitos momentos, deve ser cometido.

O homem será verdadeiramente pecador no dia em que, tendo criado uma sociedade sem classes, sem exploradores nem explorados, cometa um crime contra ela ou contra si próprio. Até chegar a esse estágio, no entanto, viverá — como todos vivemos hoje — num mundo em que as inflações justificam todos os M. Verdoux chaplinianos, em que as guerras (quentes ou frias) criam um clima psicológico de terrível insegurança, pois tudo pode acabar amanhã, de manhã, e geram condições essencialmente pecaminosas que nos levam à ira, à inveja, à luxúria, à gula, *pecados* que representam nossa revolta, nosso mecanismo de ataque, de defesa ou de alheamento em relação às angústias da hora presente.

Este livro é uma coleção de estórias humanas, exibindo-nos circunstâncias em que o bicho homem adota comportamento dito pecaminoso. A cada um dos *sete pecados capitais,* isto é, aqueles que no entender dos teólogos são irremissíveis e imperdoáveis, comprometendo a existência eterna da *alma,* corresponde um conto ou uma novela escritos por elementos marcantes e atuantes da moderna literatura brasileira.

Foi puramente acidental a distribuição dos sete pecados pelos escritores, pois não sabemos — nem nos interessa saber — qual o *pecado* de sua mais constante ou habilitada prática. Aceito o desafio, os resultados provaram que todos se houveram muito bem na elaboração do tema que lhes coube. Em cada uma destas sete estórias, no estilo característico de cada autor, há o *homem* diante de si mesmo e da vida, exercendo — como Adão ou como o *Pithecanthropus erectus* — seu soberano direito de escolher um caminho entre aqueles que o meio ambiente e o todo social lhe condicionaram.

O tom geral não é moralista, nem moralizante. Ele estaria fora de propósito neste livro, que é, na forma e na essência, um *divertissement,* e correria o risco de rápida obsolescência, pois o pecado, como se verá nestas demonstrações práticas, tem sentido altamente dinâmico: o de hoje não é igual ao de ontem e certamente se distinguirá do de amanhã.

Finalmente, cabe reconhecer que a idéia de uma antologia como esta não é original e teve o objetivo de realizar, dentro do melhor critério de qualidade literária, um fim comercial. Desde o momento em que os pecados foram classificados e definidos, para a infelicidade de quem os cometia ingenuamente e, hoje, continua a cometê-los ora com segurança, ora com crises de consciência, que teólogos, filósofos, psicólogos, produtores cinematográficos e editores vêm cuidando de reunir interpretações deles, para instrução ou divertimento das gentes... e para o bem-estar de suas algibeiras.

ÊNIO SILVEIRA

Sumário

Avareza — OTTO LARA RESENDE

A Cilada 11

Luxúria — CARLOS HEITOR CONY

Grandeza e Decadência de um Caçador de Rolinhas 57

Ira — MÁRIO DONATO

O Canivete 101

Gula — GUILHERME FIGUEIREDO

De Gula ad Aennium Silvarium 135

Preguiça — LYGIA FAGUNDES TELLES

Gaby 169

Inveja — JOSÉ CONDÉ

Crônica do que Aconteceu ao Beato Torquato M. de Jesus, na Cidade de Caruaru, Pernambuco, em 1927 205

Soberba — FAUSTO WOLFF

O Urso e os Titãs 249

Avareza

•

OTTO LARA RESENDE

A Cilada

1

TIBÚRCIO está sentado no tamborete de tiras de couro, escondido detrás do balcão, e esgravata o farrapo de uma lembrança antiga: ele, menino, socado na garupa do cavalo de ancas suadas, chegando à Fazenda do Pinhão. O calado cavaleiro a cujas costas se agarra não é o Padrinho, que nunca lhe deu a confiança de levá-lo em sua companhia. Esqueceu com o tempo — cinqüent'anos! — o nome e a cara desse próprio que foi entregar uma encomenda ou dar um recado ao coronel Peçanha. Mas não esqueceu o menino que apeia na cocheira da casa-grande e vai ficar esperando nos fundos da cozinha. Tem sede, mas ninguém lhe dá de beber. Tem as pernas bambas, mas não ousa sentar-se num degrau da escada.

É esse longínquo momento de uma estafante viagem que Tibúrcio está agora verrumando, quietamente sentado na penumbra repousante da loja. Hoje, volvido meio século, é ele o dono do Pinhão. Dele, só dele, de mais ninguém. Olha sem ver um ponto vago, os pequenos olhos semicerrados. As pernas esticadas, não sente a dormência dos pés que costuma incomodá-lo no fim do dia. A tarde é fresca lá fora e cá dentro, na loja, o ambiente é tranqüilo, propício ao descanso e à meditação. Tibúrcio prolonga esses momentos de felicidade quase física e, imóvel, não tem ânimo de aluir da posição modorrenta com que alivia a dor nas cadeiras. Duas manchas estão na parede em que ele apóia as costas e a cabeça longe, relembrante. A viagem na infância à Fazenda do Pinhão ficou para sempre na sua memória, em que dói agora de mistura com o prazer solitário de saber-se dono da velha propriedade do coronel Peçanha. Tão longe se encontra que não ouviu o maldito sino da Matriz dobrar às ave-marias. E não cogitou de fechar ao menos uma folha das portas que dão para a rua, em sinal de respeito pelo meio feriado religioso.

4 de outubro, dia de São Francisco. Não é nenhuma festa de arromba, em Santa Rita do Rio Acima. Mas a procissão à roda da igreja, depois do terço e da bênção, atrai todo mundo que saiu à rua. As beatas não perdem o rosário que neste mês se reza à noitinha na Matriz. Hoje, com mais razão, o povaréu já subiu a ladeira e se concentra no largo, à espera da procissão que a passos lentos acompanha o andor tremendo devagarinho no ombro acolchoado dos confrades de opa vermelha. As tochas acesas, os véus pretos, o mulherio cantando esganiçado — é meio fúnebre o espetáculo à boca da noite, em honra de São Francisco.

Cá embaixo, nos Quatro Cantos, não se vê ninguém. Não se ouve uma voz. As casas baixas da Rua Direita, janelas e portas corridas, parecem abandonadas. Já está fechado, para reabrir-se mais tarde, o botequim do Abdala. Mais um pouco, o Tibúrcio vai fechar também a sua loja. Algum freguês que chegue sabe como encontrá-lo, dando a volta pela esquina de onde pende a tabuleta de letras quase apagadas: Ao Barateiro de Minas — De tudo pelos menores preços do Oeste.

Como não há movimento, Tibúrcio deu folga ao seu pessoal. O último a sumir de sua vista foi o moleque Zé Leluia, pau-para-toda-obra. O moleque é expedito e lhe dá uma boa ajuda à guisa de caixeiro. Mas Tibúrcio não pensa no Zé Leluia. Sentindo-se a gosto de estar só, esqueceu até mesmo a água esperta que a Dominga lhe deixou para o escalda-pés. Na loja recendente aos cheiros domésticos, rumina agora devagarinho a posse definitiva da Fazenda do Pinhão. A partida de açúcar mascavo, chegada pela manhã, deixa no ar um aroma adocicado, mais forte que os odores que se entrecruzam —

couro cru das botinas de elástico, fumo de rolo, queijo, cachos de banana ainda de vez. E todos os outros familiares cheiros da posse — os utensílios novinhos em folha.

Vende de tudo o Barateiro: chita, colchete, gaiola, louça, enxada, mantimentos, petrechos de casa e ferramentas de trabalho. A melhor casa de comércio de Santa Rita do Rio Acima. Só não vende bebida, para evitar os cachaceiros, gente de pouco gasto e de muita arruaça. As famílias freqüentam sem receio a loja de seu Tibúrcio. Fazendeiros graúdos e remediados sitiantes, ao entrar na cidade, vão direto amarrar os animais em frente da loja. Lá dentro, no Barateiro, a qualquer hora do dia, cruza-se gente de todo canto: velhas em busca de um carretel de linha ou crianças atrás de uma folha de papel de seda. O sortimento nunca está desfalcado. Tibúrcio aceita toda encomenda, por mais arrevesada que seja. Num átimo, dá jeito de providenciar o desejo da freguesia. Artigo raro ou produto da terra, espingarda de caça, anzol, mezinhas e até remédio fino para doença de rico — tudo se pode comprar na mão de seu Tibúrcio. Se por acaso está desprevenido, o que é uma raridade, em pouco a encomenda vem ter ao balcão. Paramentos para o vigário e alfaias para a Matriz já vieram do Rio de Janeiro aos cuidados do Barateiro. O pagamento é feito à vista e fiado só amanhã, como está escrito em cima da porta que leva às dependências do fundo. A freguesia segura, escolhida, goza do privilégio da caderneta de fornecimento, com acerto de contas mensal. Mas ai do coitado que se atrasa um único dia no pagamento: Tibúrcio recolhe a caderneta e fica de pé atrás com o freguês faltoso, mesmo depois de saldado o compromisso a que junta o infalível juro da mora.

Tibúrcio não se limita ao comércio regular, feito de público em cima do balcão encardido. Examina todo e qualquer negócio, aceita e estuda qualquer proposta. No recato sigiloso do gabinete dos fundos, sentado à escrivaninha de mogno, ao lado do cofre de aço, recebe o cliente e o escuta em silêncio. O outro, aflito, que fale pelos cotovelos. Ele só abre a boca para o essencial. Sua palavra não volta atrás — é pão pão, queijo queijo. Seus gestos são poucos e lentos, os olhos nada revelam de suas intenções. Calmo, às vezes dando a impressão de que está cochilando, conhece manhas e artimanhas de qualquer conversa. Não fala com ninguém de suas transações e guarda debaixo de chave todos os documentos. O segredo é a alma do negócio. É assim que empresta, vende, compra ou barganha.

A preços irrisórios, tudo pode tentar a sua cobiça: moedas antigas, pêndulas, trastes domésticos, instrumentos de música, selas e imagens de santos. Comprou outro dia um rabecão imprestável, que lá está, no seu gabinete, ao lado de uma coruja com os olhos de vidro estatelados. De tais aquisições, o que não passa adiante por preço de muito lucro, Tibúrcio junta ao badulaque com que entulha o correr de suas casas no Pastinho. São seis casas de parede-meia, no calcanhar-do-Judas, onde expande a sua alma de belchior. Mais adiante, por trás de um renque de casuarinas, fica o sobrado a que se recolhe às vezes, à noite, para dar uma demão na escrita (tem duas, para burlar o fisco), ou repassar os papéis, ou fazer contas e cálculos, que é a sua forma de sonhar. Ou, fugindo dos outros, simplesmente para contemplar.

Tibúrcio tem muitas propriedades espalhadas por Santa Rita do Rio Acima. Casas e chalés, casinhas de meia-água e casebres de taipa, que aluga a inquilinos escolhidos a dedo para pagar o aluguel com um, dois ou três meses de adiantamento. Nos arredores ou nos distritos distantes, possui também os seus tratos de terra, dispersos aqui e ali, nas quatro direções da rosa-dos-ventos. Tirante a Fazenda do Brumado, quase tudo é terra ingrata e cansada, com umas poucas manchas mais generosas. Com o correr dos anos, Tibúrcio veio juntando alqueires e mais alqueires de campo, acres e acres, tudo comprado na bacia das almas. Os proprietários chegam de cabeça quente, aceitam hipotecas escorchantes, assinam em cruz em momento de aperto, com a corda no pescoço.

Assim como aluga as casas, arrenda também a terra, contanto que a parte do leão seja dele, no sistema da meia, ou da terça conforme o caso. Mil cautelas, garantias e precauções cercam os seus contratos. Os parceiros, de modo geral, são pobres, mas honrados. Gente boa e devota, mas sem posses. Por isso tem tantos aborrecimentos com esses pobres-diabos que trabalham de sol a sol na lavoura e depois vêm chorar de barriga cheia. Tibúrcio conhece a cantilena de cor: praga, seca, inundação, geada. Chuva ou falta de chuva, sol ou falta de sol — tudo serve de pretexto para essa corja de maus pagadores. Não aceita desculpa esfarrapada. No seu carro de milho não dá caruncho. O que é dele, segundo o trato, tromba-d'água não estraga, nem há seca que faça mirrar. O parceiro, pois, que segure o ponto enquanto é tempo, pague o devido e guarde a sobra, se sobra houver.

Ainda naquela tarde, vindo para a festa de São Francisco, apareceu na loja o Tunico da Taquara, sujeitinho enfezado e queimado de sol, banguela e de pé no chão. Deu boa-tarde, ficou rodando a aba do caco de chapéu na mão nervosa, mascando arrodeios e apropósitos. Tibúrcio tem por costume não dar pega. Não facilita o recado. Desentende, tranca-se no seu jeito secarrão. Quando se viu sozinho, o Tunico tomou coragem e debruçou-se no abaulado do balcão: desembuchou gaguejante a lengalenga de suas aperturas. A mulher, como sempre, doente e grávida, a filharada lambendo embira, o casebre povoado de barbeiros, o gadinho miúdo e pé-duro ressentido com a estiagem, e a roça que tocava com tanta fé em Deus, na fiúza de colheita farta, dando para trás como rabo de cavalo. Tibúrcio, de natural calado, nessas horas cala ainda mais o seu agreste silêncio. Leva a mão ao gogó, afaga o colarinho abotoado sem gravata. Ou perpassa o polegar cabeçudo e o indicador pela corrente do relógio. Sotrancão, ouve impassível, enigmático. Por mais matreiro que seja, o outro fica no ar, nunca sabe o que ele está matutando. Resultado: Tunico perdeu o pé, encafifou, engasgou com sua falinha de falsete. Quem mandou ter esse dilúvio de filhos? — pensava Tibúrcio por trás de seus olhos indecifráveis. E aguardou o momento de emitir a sua voz lenta e casmurra, taquara do oco grosso:

— Pois é. Ocê vê lá o que faz. Só quero o meu. O meu que é meu — e acariciou o colarinho de riscado, com as pontas sujas de tanto repetir o sestro.

Mas Tunico é cabeçudo e insiste. Ficou por ali disfarçando, viu entrar e sair um freguês, engoliu em seco, falou do tempo e da estação, espichou o olhar pela nesga de céu distante. Acabou baixando a voz e vomitou o pedido de algum dinheiro emprestado, se dispôs a assinar o papel. Tibúrcio tirou o relojão da algibeira, espalmou-o na mão como de hábito e volveu com uma palavra meio velada, que para bom entendedor quer dizer um não definitivo:

— Pois é. Não é com promessa no anzol que eu apanho peixe.

Vinha chegando gente e Tunico pediu desculpas, despediu-se pisando em ovos. Mas ainda se demorou por ali, o sem-vergonha, diante da loja, o farrapo de chapéu na cabeça, estonteado, sem saber o rumo de casa. Tibúrcio é que não ligou mais para aquele pongó, tão faceto na hora de tratar e agora tão murcho e apalermado. Admira que em Santa Rita do Rio Acima ainda apareça um Tunico da Taquara com a petulância abobalhada de vir pedir empréstimo sem garantia, depois de confessar que não pode com uma gata pelo rabo e que a lavoura está mal encaminhada. Para o diabo que o carregue, com a filharada opilada, a mulher prenhe e perrengue, retirada do cabo da enxada. Tibúrcio tem mais o que fazer. Quer a sua paga a tempo e a hora sem um grão a menos, e no dia aprazado exige a terra de volta. Pouco está ligando para a urucubaca dos outros. Terra de Tibúrcio, madrasta que seja, não tem caveira-de-burro enterrada. Ou dá lucro, se arrendada, ou fica descansando, sem desgaste de seu valor. Em último caso, se é chão que só dá tiririca e erva daninha, transaciona, vende, troca. Mas não empresta, nem cede, nem tampouco tolera invasor. Não é pai de pançudo, nem palmatória do mundo. Tem o couro duro, não se dá por achado. Toca para a frente, que barco parado não dá frete.

Caso parecido, naquele mesmo dia de São Francisco, foi o da viúva Maria Apolinária. Chegou com seu modo despachado, crente que ia direitinho enrolar o senhorio. Por essa e por outras é que Tibúrcio, por via das dúvidas, exige o aluguel adiantado. A viúva ocupa uma morada muito chinfrim, dos lados do Beira-Muro, e se comprometeu por escrito a pagar uma bagatela como mensalidade. Agora, veio com aquela conversa fiada de que o montepio atrasou. E mais isso e mais aquilo, e que está fraca do peito e não tem dinheiro para comprar remédio. Pelo jeito, deu-lhe um cangapé de todo tamanho. Desgraça pouca é bobagem. Enquanto a viúva Maria Apolinária aprontava o seu espalhafato, as mãos nas cadeiras, a saia comprida, invocando santos e anjos do céu, Tibúrcio continuou indiferente a cuidar de seus afazeres. Era como se não fosse com ele. De começo espevitada, a viúva foi baixando de tom, foi ficando desacorçoada e acabou toda chué, sem graça. Mas o desaponto não a impediu de virar de banda e, às escondidas, tirar do seio o lenço em que trazia enrolado o seu dinheirinho. Pagou parte do devido e só então Tibúrcio quebrou o mutismo que vinha mantendo:

— Pois é. O resto do cobre até amanhã, ou o aluguel está distratado.

A viúva Maria Apolinária saiu arrenegando e uma vez na rua começou a rogar praga em voz alta, para todo mundo ouvir. Mas levou de volta para casa a certeza de que no dia seguinte teria de produzir o restante, com o acréscimo da praxe.

Se Tibúrcio fosse dar ouvido a tanta patacoada, fechava a loja, desistia de fazer negócio e ia viver de brisa. Ele que afrouxe, para ver onde é que vai parar. Não se estabeleceu para fazer caridade. Dar dói, como diz o vulgo. Tunico da Taquara, Maria Apolinária, cada um a seu modo, gente que não ata nem desata, cambada de vadios e sonsos. Têm que ser trazidos no canto chorado. Chegam com ar de quem não quer nada, a cara lambida, e toca a desfiar o cortejo de todas as suas imundas misérias. Tibúrcio já faz muito de escutar com paciência. Também, entra por um ouvido e sai por outro. Por mal dos pecados, está crescendo cada vez mais o número dos pitimbados e de suas lamúrias. Como se a fortuna de um homem tivesse de aumentar à medida que aumentam a infelicidade e a má sorte dos outros. Tibúrcio, porém, não se altera. Está pouco somando. Não é confessor de penitentes e arrependidos, nem está ali para bancar o trouxa e perdoar as dívidas de malandrins que não têm palavra. Balcão de venda não é confessionário. Vão tapear o vigário, que não tem o que fazer. Ou queixem-se ao bispo, que tem as costas quentes.

Agora, porém, Tibúrcio não está com o tino voltado para esse povinho miúdo, que vive a lhe azucrinar os ouvidos. Imóvel, as mãos cruzadas no colo, limita-se a rodar de quando em quando o polegar direito em torno do polegar esquerdo. E assim celebra calado a grande façanha de sua vida. O bom saber é calar.

A noite desceu sobre Santa Rita. Lá em cima, a procissão como sempre está atrasada, mas o andor já foi removido da sacristia. A Matriz está entupida de gente, sobretudo mulheres e crianças. A maioria dos homens ficou lá fora, no sereno, e aguarda o momento de formar o cortejo no adro. Está quase na hora de aparecer a imagem de São Francisco, balançando por cima da multidão — a auréola de prata, os estigmas como um feixe de raios nas mãos espalmadas do santo, o rosto sofrido em êxtase diante do Crucificado.

As luzes se acenderam nos Quatro Cantos, mas a loja continua às escuras. Um grilo dilata o silêncio da rua. Tibúrcio nem se mexe, mais alheio a tudo do que as moscas quietamente pousadas no teto, ou dormitando embriagadas à beira da caixa de açúcar preto. Está remoendo pacatamente algumas lembranças do passado, em que o presente se insere, dominador. A Fazenda do Pinhão. Perdeu-a de vez o major Sotero. Dando por paus e por pedras, metido a fundo na politicagem, jogando o que tinha e o que não tinha, o major veio deslizando sem perceber por um plano inclinado até que entregou de mão beijada a Fazenda do Pinhão. Na certa, vai querer estrilar. Que estrile, se quiser. Chuva que troveja não cai. E não há mais nada a fazer. O negócio está feito, bem-feito, perfeito.

Situado no vale do Bodoque, a poucas léguas de Santa Rita, o Pinhão é uma fazenda e tanto, de encher a vista. Boa gleba, cultura, criação especial. Tudo superior, de primeira. O sobradão centenário, com trabalhos de cantaria feitos a capricho no tempo da escravatura. A casa-grande imponente, de antiga alvenaria, sede de três gerações de potentados como o soberbo coronel Peçanha, brioso e mandão, pai do desmiolado major Sotero. Tudo gente com o rei na barriga, que jamais haveria de sonhar que a fazenda ainda iria cair na mão daquele menino que lá esteve no tempo do onça e foi tratado como cria de fundo de cozinha.

— Seu Tibúrcio.

Ô diacho, não tinha visto o guri entrar. Levantou-se do tamborete, o corpo morrinhoso, arrastando o molambo dos chinelos de liga e torceu no portal a orelha do comutador. Uma luz amarela mal-e-mal alumiou a loja. Espiou o menino descalço — era o filho do Nico Bunda, também conhecido como Nico Detrás, que por ser espírita não ia à igreja.

— Um caderno número dois — o menino apertava a pratinha na mão.

Tibúrcio correu a escada até a prateleira da papelaria, subiu dois degraus e apanhou o caderno cheirando a novo. Tinha respeito por todas as coisas, mesmo por um caderno à-toa como aquele. Antes de vender, acariciava reverente o artigo com o tato alerta na ponta dos dedos.

— Pois é. Dá cá o dinheiro — e conferiu a pratinha na palma da mão.

Abriu a gaveta dos níqueis, a pratinha tilintou no silêncio fofo da loja. O menino saiu sem fazer barulho. Tibúrcio caminhou indeciso ao longo do balcão, alisou-o com a mão esquerda. Ao simples toque, distingue cada greta, cada risco, cada pormenor do seu balcão. Nem um único estalido de madeira fere o silêncio da loja. Tibúrcio, pensativo e parado, corre o olhar pela fartura do sortimento, a começar das prateleiras abarrotadas. No chão, sacos de mantimento de boca aberta, com o folhão por cima. Cuias e cabaças, como caras sem rosto, na sombra. A balança viciada, cada peso no buraco do toco ensebado. Quilo de novecentos e de oitocentos gramas. Rolos de arame farpado. Latas de banha de porco, mantas de toucinho. Lingüiça a pender do varal. Tachos de cobre, bacias e caçarolas ordinárias, reverberando à pouca luz que pende do teto. Vassouras amontoadas, amarradas aos molhos por uma embira, as carapinhas de piaçaba voltadas para cima. Ferramentas enfiadas nos orifícios da prateleira. Um sem-número de objetos dóceis, de mercadorias de toda ordem, fiéis, sossegadas. Cada coisa no seu lugar. A loja sólida, permanente. A segurança da posse, quase um bocejo de paz. As coisas inertes, mas humanas. Tibúrcio trata-as com sisudo respeito, sejam novas e de muito valor, ou sejam velhas e de pouca monta. Tem de cor, na memória relampejante, o rol completo de tudo que lhe pertence. Do traste mais à-toa à Fazenda do Pinhão, que agora é sua, só sua e de mais ninguém. Coisas domadas, serviçais, exalando uma confidência que ele sabe captar. Não há neste mundo um só trem que mereça ser deitado fora. Se não é objeto de venda ou de troca, recolhe ao depósito do Pastinho. Barbante, papel de embrulho, jornal velho, caixinha de papelão, caixote de pinho, vidro de remédio, garrafa vazia, arco de barril, prego enferrujado ou botão caído, nada ele desdenha. Juntando o pouco é que se amealha o muito. Sem poupar no tostão ninguém chega ao milhão. Enquanto viver, não muda de credo. E depois de morto, está pouco se importando se mortalha não tem bolso, como diz o povo. Viver é possuir. Nenhum desperdício. Desde que se entende por gente, Tibúrcio sabe dentro dele que as coisas foram feitas para ser possuídas. Carecem ser possuídas. Desejam ser possuídas. E elas correspondem, vêm de mansinho se oferecer ao seu apetite e ao seu cabedal. Tudo que existe exige a fatalidade de um dono. Como é pouca gente que sabe disso, os rios correm para o mar.

Tibúrcio caminha até a soleira da porta e espia o paradeiro da rua. O grilo calou-se. Apurando o ouvido, ele pode ouvir a cantoria que desce lá de cima da Matriz. A procissão de São Francisco está demorando mais do que se esperava. Tibúrcio passa a tranca de ferro na primeira porta, fecha os dois cadeados, um em cima e outro embaixo. Com o mesmo cuidado, fecha a segunda, a terceira e a quarta porta. Atravessa a loja com seu passinho miúdo e, chegando ao gabinete dos fundos, dá de cara com o Zé Leluia, que ia entrando. Que diabo veio fazer ali, tão cedo, aquela alma penada? Se o fuzuê na igreja ainda não acabou!

— Padre Casusa mandou recado — Zé Leluia explicou-se logo. — Pro senhor se precatar. O major está irado, quer aprontar um banzé de cuia.

Tibúrcio despachou o moleque de novo para a rua, porque prefere ficar sozinho. Virar e revirar o recado do vigário. O bom cabrito não berra. Por mais estourado que seja, o major Sotero tem de se conformar, que remédio! Na certa, pensa que vai intimidá-lo com meia dúzia de arrotos de valentia. Pois é. Se vem mesmo, vem quente que eu já estou fervendo. Quem mandou se encalacrar? O papel está passado e bem passado. Afinal, não foi o Tibúrcio que saiu atrás do major para propor negócio. O valentão é que pôs o orgulho de lado e veio se trancar ali naquele gabinete. Contou caso, deu muita volta, ostentou vantagem e acabou chegando onde queria. Se botou o dinheiro fora, foi porque quis. De todo jeito: política, regabofe, jogo, festança. Quebrou, agora vem reclamar. Pôs fora os bens de raiz, que não ganhou com o suor do seu rosto. Tibúrcio só fez dormir na mira, paciente. Esperou cerca de nove anos, desde aquela primeira visita do major. Até que empalmou a fazenda que é a menina dos olhos da família Peçanha. Se tivesse juízo na cachola, não caía na esparrela. Cautela e caldo de galinha. Não cuidou, adeus. Cavou a própria sepultura. Há de ver que dava por certo que o seu não encurtava, bem-feito! Nasceu em berço de ouro, nunca viu a cara da necessidade, é isso. Bem pensado, o desfecho até que demorou muito. Agora, não adianta falar grosso, rosnar, ameaçar. Não tem para quem apelar. Os tempos mudam, nada como um dia depois do outro. O pai, o espaventoso coronel Peçanha, com toda a sua soberba, há muito já está debaixo da terra — os bichos comeram. O major Sotero caiu como um patinho. Tibúrcio, seu credor, limitou-se a lhe dar corda, a dar tempo ao tempo. E o paspalhão fazendo toda sorte de bobagem. Jogando, se atolando na politicagem, vivendo vida regalada. Está aí no que deu. Agüenta, Felipe! Passou a hora de reagir. Tinha de ser. Estava escrito. É assim a vida. Tudo tem hora. Não vê o gavião? Gavião namora a presa descuidada, sobrevoando em círculo. De repente solta o seu grito de guerra — pinhé! — e mergulha certeiro sobre o seu alvo. Quando o pinto dá acordo de si, está nas garras, depois no papo — adeus. É tarde, não adianta chorar. Tibúrcio pensa com prazer nesse gavião imaginário que tantos anos voou sereno sobre a cabeça do major. Com gavião não se brinca, sua simples presença é uma advertência. Pinhé, Pinhão. Caladinho como é de seu feitio, Tibúrcio deu o seu mergulho definitivo sobre a Fazenda do Pinhão.

Amanhã, vai ajaezar o Estrelado, bridão de prata, esporas, tudo do melhor, e entrará na fazenda de tala em punho, como nela entravam outrora os antigos potentados da família Peçanha. O major Sotero que ponha fogo pelas ventas. Perdeu a parada. Como bom jogador, há de saber o que significa perder a partida. Que adianta escândalo? Tome um calmante, um chá de flor de laranjeira, por exemplo, e vá dormir no quente. Ou tome um chá de papoula, se não agüenta o tranco, e vá dormir em cima de sua desgraça até as coisas melhorarem. Uma dose bem forte, que o leve num sono só para os quintos do inferno.

— Casusa e-vem aí — agora é a Dominga que vem chegando com novos enredos. E dá notícia do falatório lá em cima no largo, dos cochichos, da expectativa de todo mundo. O major está com a cachorra. Não é flor que se cheire, nem água de beber. Prometeu alto e bom som acertar contas de homem para homem, vai atear fogo às casas do Pastinho.

— Diz que ancê vai morrer tostado que nem rato.

Tibúrcio enxota a negra com maus modos — que vá dormir, não meta o bedelho onde não é chamada. E senta-se com toda a sua pachorra na cadeira de braços do gabinete. De luz apagada, fica assuntando no escuro. Prevê cada lance, cada sucesso, para não ser apanhado desprevenido. Dormir no chão para não cair da cama. No fundo, não crê nessa ira do major. Cão que ladra não morde. O diabo é que não há de faltar quem queira botar fogo na canjica. Devedores relapsos. Gente medrosa, sem coragem, mas odienta. Gentinha ordinária, de língua ferina, incapaz de erguer a voz para um agravo cara a cara, mas treinada na intriga e no fuxico, especialista em cortar pelas costas. Vão querer tirar sua forra à custa do major Sotero. Tirar as castanhas com a mão do gato. Até o songamonga do Tunico da Taquara, se não voltou para a roça para cuidar de sua obrigação, deve andar por aí, todo espevitado, crente que vai ver a caveira de Tibúrcio. Estão redondamente enganados. O documento foi passado com toda a lisura e os requisitos da lei, no cartório do Tomé Pintado. Lei é lei, onde é que já se viu? Não adianta dizer que faz e acontece. Falar é fôlego. Falar todo mundo fala. Fazer é que são elas.

A Dominga empurra sem-cerimônia a porta do gabinete e surge quase invisível de dentro do escuro. Tibúrcio acende a luz. A negra é mesmo zureta, confiada. Vai-se achegando com um caneco e um raminho — uma de suas mandingas. Em vez de estar lá em cima, na procissão de São Francisco! Deve ter-se assustado com o bate-boca do major. Tibúrcio faz que não vê, fecha os olhos e finge que está cochilando. Tem implicância com aquelas bruxarias, mas, por via das dúvidas, o melhor é deixar a negra fazer o que bem entende. É doida, coitada. A Dominga anda com passos grotescos, se agacha, ergue os braços, põe a mão na cabeça e murmura palavras incompreensíveis. Depois retoma o caneco e começa a aspergir umas gotas de um líquido melado e cheiroso de um e de outro lado da cadeira. Enquanto borrifa os ombros de Tibúrcio, a negra recita, a voz mais rouca do que de costume:

São Francisco benze a missa,
Jesus Cristo benze o altar.
Benze também esse corpo
Pra o major não te acertar

Dar à Dominga algum mandado, para livrar-se dela antes que apareça com outra novidade. Que vá chamar o Damásio, no Acaba-Fubá, para vir passar a noite de guarda na loja. A negra larga a reza e sai resmungando pela porta dos fundos. Tibúrcio apaga a luz do gabinete e vai sentar-se no tamborete em que gosta de meditar sobre os acontecimentos. As costas apoiadas na parede, suspira fundo, estica as pernas — o raio dos pés dormentes — e fica quieto no escuro, aguardando.

Só com uma coisa não consegue atinar: por que o vigário cismou de se meter? Não tem nada que vir escarafunchar o que não é de sua conta. Não é à-toa que não gosta de padre. E em especial desse padre Casusa, sujeito entrão, que vai entrando sem pedir licença.

Saudades do velho padre Tobias. Não se metia com a vida de ninguém. Mal-mal cumpria com os seus deveres de sacerdote. Vivia bêbado, às voltas com a sua charanga. E não chegava para as encomendas. Começava cedo, de manhãzinha, e invernava na cachaça. Passava mais tempo bêbado do que outra coisa. Mesmo na água, tocava violino que era uma beleza — tinha alma de artista. O povo se acostumou com o padre músico e pau-d'água. Não estranhava. Era o jeitão do vigário, o nariz vermelho e batatudo, a cara inchada. Quando morreu — morreu pinguço —, foi aquele corre-corre, um deus-nos-acuda, de tanta gente. Santa Rita lhe queria bem. Saiu fiel de tudo quanto é toca para acompanhar o enterro. E a charanga do padre Tobias compareceu uniformizada, em grande gala, todos calçados, e os instrumentos brilhando. Atacou em conjunto uma valsa triste, de cortar o coração, enquanto o caixão descia à sepultura. Os próprios músicos tocavam e ao mesmo tempo choravam, as lágrimas rolando pela cara abaixo.

Foi aí, tempos depois, que apareceu o padre Casusa, inventador de moda, pidão, de natureza irrequieta. Mal assumiu os encargos da paróquia, cismou de puxar mais uma torre na Matriz. Alegou que o risco previa duas torres. Quem é que sabia lá desse risco do tempo do Aleijadinho? Começou um peditório que não tinha mais fim. E o danado acabou arrancando da miséria do povo aquela segunda torre. A Matriz deixou de ser mocha, ficou com dois chifres. Mas não parou aí. Depois, foi a vez do sino. Mandou buscar o carrilhão no Rio de Janeiro, custou um dinheirão! Para quê? Para aprontar aquela azuada. Dependurou o sino na torre, é dobre e repique por dê cá aquela palha, azucrinando os ouvidos de quem trabalha.

Padre metido a sebo. Serve-se de tudo quanto é beata para levar adiante suas invenções. Que imaginação! Mania de ajudar os outros, a quem não está lhe pedindo ajuda. E petulante. Até sermão contra Tibúrcio, esse vigário já fez. Mas nem por isso Tibúrcio se abalou e saiu do seu sistema. Não caiu sequer com dez réis de mel coado para aquelas estripulias sem pé nem cabeça.

Agora, quando parecia ter sossegado o facho, banca o abelhudo e vem se engraçar com a vida alheia. Lá vem o homem se intrometer em negócio que não é de sua conta. Se é a mando do major Sotero, vai perder o seu latim. Se vem todo macio pedir adjutório, pode ir tirando o cavalo da chuva. Dinheiro merece respeito. Não se apanha na árvore. Não dá na horta. Não foi feito para gastar com torre, nem com sino, nem para distribuir de mão aberta a vagabundo que, com desculpa de ser pobre, quer é se encostar nos outros, que nem chupim. Tibúrcio do seu não dá nada. O padre pode matraquear, pode o povo falar à vontade. Cada um cuide de si e viva segundo o seu preceito. Nada de botar olho grande no que não lhe pertence. Esta, a religião que o padre Casusa deveria ensinar aos que lá vão ouvi-lo por falta do que fazer.

Tibúrcio, por sua vez, tem consciência de que não incomoda ninguém com pedidos e impertinências. Nunca chorou miséria. Nasceu pobre e se fez sozinho. Nunca foi pesado a quem quer que seja. Nem ao padrinho que o criou. A dizer a verdade, bem observadas as coisas, hoje, a distância, tem certeza de que deu mais do que recebeu. Despesa não dava e trabalhava duro. O padrinho nunca foi graça — só faltou matá-lo de tanta pancada. Privação e mais privação, castigo atrás de castigo. Batia com vontade. Por qualquer coisinha prendia o afilhado no quarto escuro, sem comer. Horas a fio no escuro, no silêncio, atirado no chão úmido de terra batida. Apanhava de vara de marmelo e de chicote, daquele trançadinho de couro cru. Acontecia às vezes de apanhar também de palmatória, sem contar os cascudos, os bofetões e os pontapés. E ainda por cima, depois da surra, a friagem da alcova. A fome. A sede. Um verdadeiro inferno. E estava para aparecer esse que tivesse coragem de levantar a voz contra a malvadeza do padrinho.

Uma única vez, só uma vez, alguém se apiedou do menino Tibúrcio. Estava preso em jejum depois de uma daquelas coças de tirar pedaço. O corpo escalavrado, de tanto apanhar. A noite já ia alta quando a porta rangeu devagarinho, a medo. Tibúrcio não ouviu a negra Bebiana Corcunda entrar pé ante pé, enfrentando as iras do padrinho. Negra decidida: arriscar a própria pele com pena do menino. Tibúrcio cochilava quando Bebiana lhe botou nas mãos uma manga coração-de-boi. Era tudo que tinha arranjado. E a mão trêmula, fininha, na cabeça do menino. Como num sonho.

Tibúrcio cresceu, virou homem, nunca mais se lembrou dessa Bebiana Corcunda. Também, pudera: não dá gosto lembrar aquele passado, sua recuada infância. Esqueceu a manga, esqueceu a negra. Só não esqueceu as pancadas e as sovas do padrinho. E aquela alcova fria, úmida, em que jejuava.

É por isso que Tibúrcio pode dizer de cabeça erguida que não deve nada a ninguém. Se está vivo, se tem o que tem, agradeça a seu esforço. Saiu pelos próprios pés, sozinho, daquela alcova nua para a escola da vida. Sem a loja, sem as posses, sem a Fazenda do Pinhão, o mundo é um quarto úmido e escuro. Frio. Amando apenas os seus bens e amado só por eles, é natural que em Santa Rita do Rio Acima o povo não morra de amores por seu Tibúrcio. Mas ele dá de ombros quando o povo fala. Inveja, despeito. Dizem dele coisas do arco da velha. É falinha que não tem mais fim.

Ora, deixa essa gente falar. Enquanto fala, ele enriquece.

2

DIZ QUE TIBÚRCIO nasceu pobre feito Jó, numa grota perdida do Arraial da Boa-Morte. Seu Joca Ipanema, velho como a serra, me contou que se lembra dele fedelho, ainda fedendo a cueiro. O pai dele foi um tal Firmino Gancho, que sumiu no mundo e deixou de si memória malvada. Nem quis ver o rebento, atirado ao deus-dará antes mesmo que lhe secasse o umbigo. O menino passou de mão em mão e foi cair nas garras do famigerado Gonzaguinha da Mutuca, um impostor de cabelo nas ventas, mais ruim que cobra. O Gonzaguinha é que deu tenência ao órfão largado. Para melhor torturar e explorar o pobre coitado, se fez seu padrinho e criou o afilhado a pão e laranja. O menino tinha de pular da cama antes de o sol despontar e tome serviço por toda a jornada. Apanhava que nem boi ladrão — o padrinho tinha gosto em sovar. Disciplinava sua cria a poder de jejum, a três por dois apelava para a vara de marmelo. Tinha até cárcere em casa, lá no sítio da Mutuca. Assim cresceu Tibúrcio, mais maltratado do que negro escravo fujão. Conheceu canga, grilhão e calceta na própria carne. Diante de Deus, há de ver que já pagava pelos malfeitos do pai desnaturado, o tal Firmino Gancho, que, no dizer de seu Joca Ipanema, era o diabo em forma de gente.

Reza a tradição que o Gonzaguinha da Mutuca foi achado morto a céu descoberto, com trespasse de mais de quinze dias. A urubuzada voejava em cima e já tinha provado do seu fígado amargo. Nunca ninguém soube explicar essa morte que nada tem de morrida e que tudo tem de matada, com mão humana. O velho Joca Ipanema está aí, Deus louvado, para depor a quem quiser ouvir. Deus queira se não foi o afilhado mesmo que matou o padrinho, esse Gonzaguinha da Mutuca.

A mãe do Tibúrcio, consta que foi uma sá Rita do Pau d'Angola, mulher de barba e sem coração, com ruindades que nunca ninguém viu iguais no peito de uma filha de Eva. Já madurona, essa sá Rita virou o juízo e começou a enxergar umas chicotadas de fogo na parede de sua casa. Apesar de solteirona, mal se deitava, ouvia um arfar a seu lado, em riba do colchão, como se um companheiro invisível compartilhasse o seu leito. Foi assim, sem marido, que sá Rita do Pau d'Angola emprenhou. Trouxe o peso da gravidez na barriga só por seis meses. E morreu no parto. Daí dizerem que Tibúrcio é filho de Belzebu. Nasceu antes do tempo porque tinha pressa de vir neste mundo cumprir a sina de amealhar à custa de seus semelhantes. Se é que alguém se assemelha a esse filho do enxofre, concebido, parido e criado de forma que dá tanto o que pensar.

No seu transe de meninote, Tibúrcio já pegava no pesado, apesar de franzino. Diziam até que tirava sua força de um pacto com o Tinhoso, que é apontado, tal qual ficou dito, como o senhor seu pai. Por qualquer trocado, carregava lata de leite, rachava lenha, buscava no pasto animal arisco. Era besta que não refugava carga. E já com a mania de juntar, mãozinha de samambaia. Até bosta de vaca o menino Tibúrcio recolhia. Pelo menos é a fama. E não tem memória a primeira manta que passou no bobo que com ele aceitou de negociar.

Amontoando vintém e tostão, Tibúrcio teve de seu, de primeiro, uma égua passarinheira, que alugava contra dinheiro à vista. Daí saiu para tropeiro e cortou esses caminhos de Minas acima e abaixo, seguindo carga no lombo de burro. Só depois é que apareceu dono de uma vendinha roscofe de beira de estrada. Banana, rapadura e cachaça. Tem gente que garante que já no seu começo, muito ladino, Tibúrcio cometeu uma infinidade de furtos de mão leve. Sabido ele sempre foi.

Largou o Arraial da Boa-Morte e zanzou por aí, de ceca em meca, até que se estabeleceu de finca-pé nesta santíssima Santa Rita do Rio Acima. Aqui, já soprado o primeiro vento, foi de vento em popa. Aprumou, encanou a perna. Sempre prosperando. Hoje em dia, pode até passar por cidadão de respeito, dourado pela riqueza. Não se entende como é que não quis subir na política. Era bem capaz de virar figurão, engazopava meio mundo e bom será se não acabava mandachuva. Que é que o dinheiro não compra? Compra tudo, tudo tapa. É como se diz: as águas mais sujas às vezes ficam na fonte.

Mas, como ia dizendo, Tibúrcio quando deu com os costados por estas bandas, já vinha diplomado na astúcia e na esperteza calada, que é do seu feitio. Nasceu pronto e acabado e da vida nunca precisou tomar lição de sapiência. Dispensou até o aprendizado do ventre materno. Mãe é mulher sagrada, não pode ser confundida com a endemoninhada da tal sá Rita do Pau d'Angola.

Diz que na vendinha de beira de estrada, onde Tibúrcio vendia broa de queijo sem queijo, quase defronte tinha um atoleiro. Para ajudar viajor atolado, ele mantinha ao pé uma junta de bois. A qualquer hora do dia ou da noite, estava pronto para vir em socorro de quem agarrava. Está entendido que cobrava caro para desagarrar os que careciam e não olhavam o preço no momento da necessidade. Pois era o próprio Tibúrcio que alimentava o atoleiro e não deixava ele secar. O homem é da pá virada: tira ganho até da lama, que dirá do resto.

Quando põe o olho numa coisa, pode ser o trem mais vagabundo deste mundo, não tem remédio — mais dia menos dia, a coisa acaba sendo dele. Foi assim com a Fazenda do Brumado. No que o coronel Boanerges abotoou o paletó, os herdeiros se desavieram. Deu em demanda brava, com ameaça pra lá e pra cá. Tibúrcio aproveitou a briga — estava pra ele — e pagou uma bagatela pelo quinhão enrascado de cada filho do falecido. Aliás, quem lá foi narra que a fazenda deu pra trás, ficou à matroca. Dia-hoje ainda ouvi contar. É de cortar o coração. O pomar, tão bonito e fresquinho, morreu. Até os passarinhos mudaram de pouso. Vivente nenhum quer a companhia desse onzenário. Nem ele faz questão. Para não ter de desembolsar, nem se haver com capataz e camaradas, Tibúrcio não tocou a lavoura. Dispôs da criação restante. O algodoal secou. O cafezal — pois que tinha café — o cafezal a lagarta comeu. E dizer que no tempo do coronel Boanerges, Deus o tenha, ali pastou o melhor rebanho de carneiros que jamais se viu por toda esta região. Tibúrcio se contenta de ter. É o dono, chega. Não se mexe. Trancou a sede do Brumado e botou vigia na porteira, para não deixar entrar bicho nenhum deste mundo, seja de dois ou de quatro pés. O vigia é um jagunço jararaca muito conhecido. Atravessou a cerca, ainda que inocente, só para atalhar, já sabe: ele atira sem dó nem piedade. E dizer que aquela vastidão de terra está lá à toa, só fazendo distância. Não é sem razão que já escutei dizer que terra na mão desse desgraçado degenera, mais seca do que deserto. Hoje em dia, ninguém sabe quanta gleba que ele tem, um mundão. Fazendeiro e sitiante, é raro o que ainda não largou um pedaço de chão na mão dele.

Desgraça, crime, má sorte, desacordo de família, doença, morte, desavença de vizinho, parece que atrai o Tibúrcio. Eta abutre pra lavrar em proveito próprio! E lá vai ele aumentando a safra de seus haveres, até ficar podre de rico. Devora tudo que lhe cai na goela e nunca que enche o bucho. Tal qual piranha. Mais tem, mais quer. É a sua lei. Não tem conta a montoeira de casas e de casebres que já tomou para si, em Santa Rita e até alhures. Negócio com ele é entabular e sair perdendo. Pois ainda assim, encontra gente para todo dia ir bater na sua porta. É a tal coisa: a necessidade faz sapo pular. Aqui ninguém tem pra onde se virar. Tem que cair é lá mesmo, na bocarra do Tibúrcio. Ele é que não precisa nem se mexer. Riacho não sobe morro.

E o unha-de-fome faz questão de ganhar escoteiro, não divide a sua abundância. Certa vez, uma só, teve sociedade numa farmácia que abria portas bem aqui juntinho dos Quatro Cantos. Era a botica de seu Lulu Xavier, todo mundo se lembra. Coração mole, caridoso, seu Lulu teve de admitir o Tibúrcio na qualidade de sócio. Pois a farmácia não demorou muito, fechou. O azarado de seu Lulu saiu corrido para Ouro Preto, uma mão na frente e outra atrás. Andou aí a notícia que se matou. Não é de admirar. Fechada a farmácia, deu de aparecer estoque de remédio no Barateiro. Essa loja é que nem uma cisterna mágica: a poder de dinheiro, está para se ver o que não sai lá de dentro. Bato nesta boca, Deus que me perdoe, mas esse seu Tibúrcio é um que até parece que tem partes com o Maligno. Não espanta se forem sócios. Por isso não se importa com a dor alheia. Na esteira de sua riqueza, há lágrima pra fazer correr um rio. Mas quedê que ele escuta o choro dos que lesou? Pobre geme baixinho, não faz alarde.

O pior é que quanto mais rico, mais sovina. Tão somítico que come só uma vez no dia, e escondido, com medo de mau-olhado. Um que já viu me afiançou que se nutre de verdadeira lavagem, que até capado, sendo de mais luxo, é capaz de recusar. Quem cozinha agora para ele é a sá Joaninha do Tataço, mulata meio zaronga que não se vexa de catar tudo que vê na rua. É uma figura, essa Joaninha. Vale a pena ver. Veste apenas camisa de ximango, o colo entupido de bentinhos. Dizem aí que lava a louça, imagine que louça, dentro do penico, pramode economizar. Tibúrcio é mestre em desencavar gentinha dessa laia, que sofre das idéias. Uns filhos de égua com soldado de polícia. O feio ao feio se junta. O último a se agregar foi o moleque Zé Leluia, filho de cachorro com eucalipto, que ninguém sabe de onde surgiu. Sem nome de pai ou de mãe, foi nomeado pelo acaso, porque nasceu num sábado da Aleluia. Não sei como é que esses pancadas se arrumam para viver. Porque pagar, Tibúrcio não paga nem fogo na roupa. Só mesmo esses sabascuás se sujeitam a trabalhar para ele.

Mas eu ia dizendo. Jantar, não janta. À noitinha, sorve uma beberagem, um café ralinho adoçado com rapadura. Se a barriga ronca, manda um pedaço de batata-doce. Dorme na esteira, para não gastar catre ou lençol. Passa a noite com um olho aberto, e à escuta. Tão alerta que, se chega um freguês a desoras, vai logo destrancando a porta para vender. Estando sozinho, namora a loja, feliz só de saber o que tem. Vende com o coração pequenininho, com pena de desfalcar o sortimento.

Ninguém tira farinha com ele. Nem bicho. Rato que é rato, só porque come do alheio, ele mata melhor do que gato. E fulmina também gato ladrão. Para exemplar a raça, nunca vi, mas já ouvi dizer que mata devagarinho e às vezes tira disso divertimento. Não me estranha se me disserem que come carne de bicho nojento, cruz-credo! Quem já fez o que fez!

Tem gente que jura que ele já mandou matar mais de um desinfeliz que num mau negócio largou a pele em sua mão. Tudo é possível. História antiga, das do velho Joca Ipanema, conta que Tibúrcio tinha uma irmã mais velha, por parte de pai, filha como ele do tal Firmino Gancho. Pois deixou a irmã morrer à míngua, na mais negra miséria. E depois de morta, ainda se recusou a pagar o enterro.

Tem noite que Tibúrcio se esconde no Pastinho. Corre a fieira de suas casas, uma por uma, e confere o que tem. Mantém lá como vigia o Rufino Moçambique, outro que não é bom da bola. Tem vários crimes nas costas. Lá mesmo no Pastinho, já tiroteou um menino que roubava pitanga por cima do muro.

É cada coisa que contam. A gente ouve. Até parece caçoada. Diz por exemplo que Tibúrcio de tão forreta se senta no escuro sem as calças para não gastar os fundilhos. Só veste brim do mais ordinário, isto se vê. Camisa de riscadinho. Gravata não sabe o que é. Botas, tem um par de botas vai para mais de vinte anos. Prefere arrancar a unha num trupicão a de leve esfolar a bota. Não compra nada para seu gasto. Nunca quis casar, porque casar é dividir. E dividir é o que ele menos quer. Tem tesouro enterrado. Dinheiro, traz até costurado no cós da calça. Só com as moedas de antanho, pode muito bem encher várias arcas. Não é exagero. Pratas, pedras preciosas, até ouro. Barra de ouro dos bons tempos, como hoje já não se vê mais.

O povo debocha e debica. Caçoa à sua moda, para tirar o seu desconto. Maneira também de se vingar. Quem diz menos diz que Tibúrcio nasceu de mão fechada. Que não jogou peteca em criança. Que não reparte nem o cabelo. Que faz frango ao molho pardo sem matar o frango, tirando o sangue com uma seringa. De tão ridico e pão-duro, não dá nem bom-dia. Diz que tem um toucinho em cima do fogão, amarrado por uma carretilha. Na hora de refogar a comida, puxa o toucinho e passa no fundo da panela. Daí não ter gordura no corpo, que é enxuto como pau-de-virar-tripa. Ponha reparo como ele é todo espigadinho, não mostra a idade. Poupa até no tamanho. Mas no empalmar o alheio não tem medida nem escrúpulo.

É o caso de dona Biela, que vivia de costurar para fora. Casando uma filha, em má hora se lembrou de pedir ao Tibúrcio uma tutaméia de dinheiro emprestado. O tempo fluiu, dona Biela não desenvolveu como esperava. Aí o Tibúrcio exigiu como paga a máquina de costura. Ele mesmo foi lá buscar. Não ouviu o clamor de dona Biela, nem das filhas, nem dos vizinhos. Foi saindo tão agarrado com a máquina que ele mais a máquina pareciam uma coisa só.

Pior, só o que sucedeu com sá Bertolina. Gente há por aí que viu com os seus olhos. O marido de sá Bertolina foi sempre meio sistemático. Às tantas, deu para cometer umas esquisitices. Em resumo: endoidou. Loucura declarada. Foi até para o hospício de Barbacena, por intervenção do major Sotero. Sá Bertolina ficou viúva de marido vivo. É verdade que o marido, mesmo antes de declarar, nunca foi lá de se amolar com ganhar a vida. Sá Bertolina que não se cuidasse! Fiando de dia e de noite, para tirar no batente o seu ganha-pão. E para a família numerosa. Boa fiandeira, sá Bertolina. Tece uma colcha de dado que é uma perfeição. Pois a certa altura, ninguém sabe por obra de que barganha, Tibúrcio se meteu casa adentro da pobre dama e carregou com a sua roca, rumo ao Pastinho, onde está até hoje, crivada de teia de aranha.

Tibúrcio já botou no olho da rua muito inquilino sem teto, por estar atrasado uma bagatela de aluguel. Uma história puxa a outra, é um não-acabar. Foi o caso com o carapina e hoje coveiro Zé Tché. Homem bom e alegre estava ali. Um pândego, mas boa alma, e oficial de mão-cheia. Sucedeu de enviuvar com uma penca de filhos. A princípio, não quis se resignar. Deu nele uma tristura e quedê jeito de pegar no trabalho? Morava numa meia-água do Tibúrcio. Pois o sovina não trastejou: atirou o Zé Tché no sereno, com a filharada andrajosa. Dois ou três dos anjinhos vieram a morrer, tal a penúria em que ficaram. Zé Tché perdeu o gosto de viver. Dizem que lhe deu na veneta de matar seu Tibúrcio. Mas qual, assassino não se improvisa. Imaginou sair de Santa Rita. Acabou mesmo foi se ajeitando como coveiro. Veja como são as coisas: um homem de espírito tão folgazão! Era, porque hoje nem sorri. Mora naquela casinhola que tem lá na chácara do vigário, também chamada cidade dos pés juntos. Com tanto gosto pela vida, foi viver junto da morte. Mas não esqueceu a maldade e dela guarda rancor. Não é para menos. Já que não matou, jurou que vai enterrar o Tibúrcio em cova rasa e depois há de cuspir e mijar todo dia em cima da sepultura. Apregoam que Zé Tché até já fabricou um caixão de indigente nas exatas medidas do futuro defunto. Sei lá. Pensando bem, é capaz do unha-de-fome ter feito negócio com a Parca e assim venceu a morte. Desde que me entendo por gente, o homem tem a mesma cara, sem tirar nem pôr. Vive retirado como um lazarento. Se não sofre, também não se gasta. Vai ver que é isso. Só ama o dinheiro. E não tem apego a ser vivente.

Já ouvi contar que se desgostou de toda criação, desde que morreu uma cabra que lhe rendia uns litros de leite. Seu pendor se voltou exclusivo para tudo que é valor. O que o tempo não corrói nem gasta. Além do Estrelado, que se saiba, só tem o biquinho-de-lacre que pendura diante da loja, em manhã de sol. Essa raça de passarinho já é ave de pouco comer. Mas o dele jejua como bom cristão, para não consumir uma talhada de mamão ou um cuitezinho de nada de alpiste. Foi a Dominga que pegou com visgo esse bico-de-lacre. A doida, quando lhe dá na telha, passa horas conversando com os passarinhos.

Essa Dominga, meio capenga, feia como a dor da morte, já teve dois filhos. Falam aí quem foi o pai. De uns anos a esta parte, foi morar no barraco dos fundos da loja de seu Tibúrcio. Alguma vantagem ele há de tirar com isso. É mulher rezadeira e, maluca assim mesmo, diz que fecha o corpo com reza forte contra arma branca e arma de fogo. Depois que foi morar na loja, engravidou uma terceira vez. Mas abortou e quase esticou a canela. Tem aí uns linguarudos que garantem que o filho era do Tibúrcio. Se era, o malandro não quis herdeiro. Para não ter despesa, o desalmado é capaz de tudo.

Por falar, não falta quem afiance que foi o Tibúrcio que vendeu o veneno com que seu Vico matou a dona Biuca. Eram marido e mulher, mas pareciam mais cão e gato. Ferravam cada briga! Até que se deu o crime, que ficou um tempão encoberto. Apesar das brigas, ninguém havia de desconfiar que aquela flor de seu Vico seria homem de mandar a própria mulher desta para melhor. Foi a filha de seu Vico que bateu com a língua nos dentes. É uma conhecida como a Marieta da Biuca, pequetitinha e troncuda que nem anã. Complicou a situação do pai. Seu Vico respondeu a júri e está cumprindo pena na cadeia de Tiradentes. Mas o Tibúrcio saiu de liso da trapalhada. E ainda botou a mão em cima da porcaria da herança de dona Biuca, um arremedo de chácara com um bode e uns pés de laranja. Imune, enfiou no bolso o lucro do sujo crime. A Marieta da Biuca, desatinada, anda aí. A última que arranjou foi raspar a cabeça. Fez promessa de dar o cabelo para Nossa Senhora do Rosário. Está um monstro de feia. Depois que lhe passou a perna, seu Tibúrcio não quer saber de conversa com ela. Fica é lá na loja, jiboiando o rendimento de tanta desgraça dos outros.

Deixa estar que é mesmo o pai da avareza. Mais agarrado do que a santa mãe de São Pedro. O povo já nem gosta de sujar a boca com o seu nome. Falam é aquele munheca de leitão assado. Ou equivalente. Mas ele vai vivendo no seu bem-bom. Já não tem onde botar o dinheiro. Diz que esconde até no oco dos santos. É possível. Pois que, apesar de incréu, só trata negócio com a imagem de Santo Onofre no bolso, para chamar mais lucro. Santo Onofre tem fama de chamador de dinheiro, mas será que ajuda um miserável daquele? O homem não fuma, não bebe, não tem vício para não gastar. Mas explora o jogo — roleta, víspora, bingo e campista, todo esse sumidouro do dinheirinho honrado de muito pai de família extraviado pelo azar. O azar seduz, é sabido. Até um homem da projeção do major Sotero, que não tem sabido ter mão na riqueza que herdou. Não havia de ser o Tibúrcio que ia ficar inerte, como um palerma, diante das doideiras do major. Tratou de ir-lhe abrindo o abismo. Tibúrcio não descansa, nem dorme de touca. Rico como é, chega ao cúmulo de rachar um palito de fósforo em três! E garanto que assim mesmo não acende o pito de nenhum mortal.

Ia-me esquecendo, Tibúrcio tem um cavalo. Está lá no Pastinho, comendo o que acha. Seu nome é Estrelado. Foi tirado na rifa. Ninguém pode com o homem, até a sorte está do seu lado. Já viu o Estrelado? Cavalo magro, tristonho, trote duro. O corpo todo cheio de pisadura, de tanto ser esporeado. Mas agüenta o dono no lombo nas suas andanças por aí afora. Não sei como o animal ainda não deu com o rabo na cerca. Tem mesmo estrela na testa. É nele que o Tibúrcio amonta para ir especular suas terras e apertar o crânio dos parceiros. Meeiro com ele não folga. Acha jeito de trazer tudo vigiado. Ao mesmo tempo que está aqui, está lá e acolá, como se fosse assombração. Mas como eu ia dizendo, o Estrelado e o biquinho-de-lacre é toda a criação do Tibúrcio. Já não falei que ele não gosta de bicho nem de gente, de tudo que é vivo?

Noutros tempos, muito antigamente, teve um pangaré manso-manso, chamado Brinquinho. Este não cheguei a conhecer. Conheço a história que dele ficou e que volta e meia estão contando. É mais ou menos assim. Um filho de seu Quincas Coletor se agradou do animal. A gente sabe como é criança quando cisma com uma coisa. Encasquetou. Aí é que o Tibúrcio, já tendo lá o seu plano, não deixou mesmo o menino dar um repasso. E ainda mandava puxar o Brinquinho defronte da casa de seu Quincas, para pôr mais água na boca do inocente. Nem todo pai tem o coração derretido de seu Quincas Coletor. Seja para ter paz, seja porque tinha os recursos, o fato é que não tardou a propor comprar a alimária. Tibúrcio mais que depressa se esquivou, com desculpa que era animal de estimação. E o menino querendo porque querendo.

Foi então que Tibúrcio se dispôs a vender e pediu um preço desses bem extravagantes. Contado, ninguém acredita. Seu Quincas, bom homem, contrapropôs, mais abaixo. Tibúrcio fechou a questão: era o preço caçula. E o coió de seu Quincas, em vez de deixar pra lá e comprar outro cavalo (afinal, dava no mesmo), acabou pagando o despropósito para satisfazer o menino, que era até meio doentinho. Há de ver que foi isso. E aqui em Santa Rita, desde então, quando alguém diz não-vou-comprar-o-Brinquinho, quer dizer que não é bobo de fazer mau negócio.

Assim é o Tibúrcio. Só de viver e esperar vai se enchendo cada vez mais. Com quem é que se pega, com que potestade, não sei. Pois além do mais é incréu. Não dá esmola, nem espórtula. Escute esta. De puro capricho, ou para fazer graça, padre Casusa certa vez mandou incluir o nome do Tibúrcio como festeiro da festa maior de Nossa Senhora do Rosário. Honra que esse usurário nunca fez por merecer. Só de falar no santo nome da santa, tiro o chapéu. E dizer que nunca fui festeiro. Mas vamos adiante. Pois Tibúrcio não soltou um vintém para os festejos. No dia, apareceu no adro, o que é raro da parte dele. De cara limpa, a mão fechada. E cuidou foi de explorar o jogo de azar nas barraquinhas. Também, foi a gota d'água. O padre perdeu a paciência e subiu no púlpito com a boca cheia de impropérios. Fez um sermão que era um xingatório do começo ao fim. Uma beleza de palavreado. Mas não tocou no nome do miserável. Não quis dar nome ao boi. Em todo caso, todo mundo entendeu que estava desancando o excomungado. Surtiu efeito? Qual o quê! Tibúrcio nem abanou o rabo. Não perde tempo com religião e com padre.

O homem adora mas é o bezerro de ouro que está escondido no sobrado do Pastinho. Acende vela, vela ímpia, em sinal de devoção ao ídolo. Teve gente que esperou na tocaia para tirar as provas dessa celebração. E viram, sem tirar nem pôr, quando o Tibúrcio subiu no mirante, com uma vela em plena escuridão. Diz que é lá o altar do tal bezerro. Há de valer uma dinheirama. Por essa e por outras é que o Tibúrcio, mal assinando o nome, se assina capitalista nas escrituras lavradas no cartório do Tomé Pintado. Se continua nesse passo, dentro em pouco vai ser o proprietário de tudo. E quem não se conforma que se arretire.

Só mais um dedo de prosa, para arrematar. Faz cerca de dois anos, o mulato Zé Lucas, expedito, mecânico de orelhada, apareceu aqui dono de uma forreca. Uma lata-velha. Em todo caso, servia para o gasto. Botou a jardineira a serviço do povo, ligando Santa Rita a outras cidades. Só a vantagem de dispensar a montaria até a estação das Coroas, pra pegar o trem de São João del-Rei, já pensou? E a gente ficar livre do atalho pela mata do Baú! Aí o Tibúrcio botou olho comprido na jardineira. Farejou algum negócio. Ou então é porque não queria ver o pessoal indo comprar e se abastecer fora de sua loja. O fato é que, com desculpa de ajudar, andou soltando uns empréstimos no Zé Lucas. O pateta se deixou enrolar, como se não conhecesse quem lhe estendia a mão. Quando Zé Lucas acordou — e é um mulato esperto como poucos — olha aí o Tibúrcio feito dono da jardineira. Zé Lucas virou empregado e continuou guiando a forreca por uns tempos. A primeira providência do Tibúrcio foi aumentar o preço da passagem. E logo tomou outras medidas antipáticas. Por exemplo: a jardineira só podia arrancar dos Quatro Cantos com a lotação completa. Quer dizer que não tinha hora, nem dia de partir. Seu Quincas Coletor, o mesmo que comprou o Brinquinho, certa vez precisou de ir a São João com urgência, a chamado. Teve de marchar no preço de cinco passagens, tantas eram as vagas que faltava cobrir. Conforme o esperado, Zé Lucas acabou se zangando com o Tibúrcio — o diabo do homem não admitia gasto com as viagens. Veja só, com essas estradas. E assim Tibúrcio encostou a forreca. Depois, passou adiante com lucro gordo. E Santa Rita ficou lesada porque perdeu o progresso de uma condução tão importante.

Por essa e por outras é que dizem que esse amaldiçoado traz é desgraça à nossa terra. Ninguém vai para frente. Só se vê entre nós uma miséria engatando numa carência. É pobreza atrás de pobreza. Só o Tibúrcio acha jeito de prosperar. Todo mundo perde, e ele lucrando. O povo fala, mas deixa pra lá, esquece. Falar é saliva. Pode consolar o pobre, mas não lhe aumenta.

Quanto ao Tibúrcio, é esse o homem.

3

TIBÚRCIO já estava decidido a se recolher ao Pastinho, quando chegou o enxerido do padre Casusa. Veio sozinho, mas a visita provocou curiosidade nos Quatro Cantos. Para encurtar a conversa, Tibúrcio não o convidou a entrar. Ficaram os dois de pé na calçada. O vigário, com voz macia, espichava o assunto, disfarçava. Lamentou a ausência do comerciante na festa de São Francisco. Perguntou pelas horas, suspirou que era tarde, mas continuou desperdiçando tempo.

— O que me traz aqui — disse padre Casusa, afinal.

E deu o seu recado. Pintou um major Sotero que só existia na sua cabeça: cidadão prestante, filho de tradicional família. Sofreu desgosto na política. Perseguido pela má sorte, descurou a administração de seus bens. Recorreu então aos préstimos de capitalista de seu Tibúrcio. Sabia que não tinha sido possível a dilação do prazo da hipoteca que gravava a Fazenda do Pinhão. Muito bem. Mas o major goza de bom conceito e de crédito. Vai levantar fundos em São João del-Rei. Resgatará os compromissos.

Se bico valesse, tucano era advogado — Tibúrcio sussurra dentro de si mesmo. E, calado, não encara o vigário. Padre Casusa começa a torcer as mãos, perde o aprumo. Está entendido com o major — pensa Tibúrcio — e prometeu me dobrar. Por que o vigário se abala da igreja para vir entreter conversa fiada desse jeito? Está agora falando da caridade que deve reinar entre os cristãos. Que é que tem a ver o cu com as calças?

— Compreendo perfeitamente sua posição — padre Casusa recua, sorrindo beatamente.

Compreende coisíssima nenhuma. Já vem de novo com a história de atenuar as culpas do major. E outras lorotas. Até baixar ao que interessa. A hipoteca. Garante que não haverá prejuízo. Os juros serão pagos. Fiador? De boca, bem entendido. Tibúrcio não pisca. É como se não fosse com ele. Então o padre muda de tática. O major é homem de natural exaltado. Não se conforma com a perda do berço da família. Evitar desgraça maior. Não custa contemporizar. O major nasceu e foi criado com aquele sentimento de honra. Não pode ter ferido impunemente o seu orgulho de família. Um acordo será a saída para evitar mal maior. Pode vir a correr sangue. Cumpre com o seu dever de sacerdote, agindo no sentido da conciliação.

— Pois é. — Tibúrcio quebra o seu silêncio. — Não costumo apear do cavalo para ficar a pé.

O padre recua de novo. Vai e volta. Em sentido estrito (que é isso?), está pronto a concordar que Tibúrcio tem razão. A propriedade é um direito. Um direito sagrado. O homem tomou tino, pensa Tibúrcio. Mas lá vem o padre com o seu sermão encomendado. Porque a caridade. Porque o mandamento cristão. O desapego aos bens deste mundo. A grandeza da generosidade. Tibúrcio nem pestaneja. E o vigário não parece descoroçoado. Recomeça a conversa mole. Acaba deixando no ar as ameaças do major Sotero. Que faz e acontece. Vai ser difícil conter o homem.

— Pois é. Posse minha não fica órfã de pai — diz Tibúrcio, e tem a impressão de que o sangue lhe corre mais depressa nas veias. Mas sua voz grossa sai mais arrastada do que nunca.

Antes de dar boa-noite, o padre promete que vai segurar o major Sotero até amanhã. Se conseguir (o major é esquentado, pode ser que não consiga), no dia seguinte trará uma proposta objetiva. Não desiste de firmar um acordo. Sempre é possível o entendimento.

Pois sim — murmura Tibúrcio enquanto tranca a porta. Acende a luz, vai à caixa registradòra e abre-a com um gesto enérgico. A campainha ressoa alto dentro da mudez total da loja. Tibúrcio enrola a féria do dia em dois embrulhos, que enterra dentro dos caixões de arroz e feijão. Lança um olhar pelas prateleiras, fecha a luz. Pode sair sem receio. O Damásio vai ficar de guarda na loja. Zé Leluia ainda não voltou, deve andar trocando perna por aí, atrás de novidade. Bem andou a Joaninha do Tataço, que tapou os ouvidos à intrigalhada e foi dormir, assim que voltou da igreja. A Dominga, avoada, saiu de novo, para andar na rua como cachorro sem dono.

No gabinete, com a porta fechada, Tibúrcio abre o cofre e retira os documentos que acha conveniente levar para o Pastinho. Dobra os papéis, divide-os entre os bolsos de dentro do casaco e os bolsos de trás da calça. Fecha o cofre, abre a primeira gaveta da escrivaninha, onde guarda uma garrucha com todo o jeito de enferrujada. Apalpa-a hesitante, pensa em botá-la no corrião. Desiste. Armas, tem muitas, aqui e no Pastinho. Mas não gosta de andar armado. É uma cisma: desarmado se sente mais protegido. Destranca a porta e, antes de fechar a luz, olha a coruja empalhada na parede. Bicho, até morto, lhe dá nos nervos. É como um inimigo. Precisa mandar aquela coruja para o Pastinho. A Dominga já resmungou que ela dá azar. Agora, essa história do major Sotero. No fundo, um frouxo. Perdeu o seu cabedal e foi se agarrar na batina do vigário, como beata chorona. O padre e o major estão de braços dados. Vai ver, são sócios. Uns desperdiçados, todos os dois. Lá se entendem: um burro coça o outro.

Tibúrcio pensa em dar uma volta pelos Quatro Cantos, passar pela porta do botequim do Abdala, subir até o largo. Surpreender e calar com a sua presença os línguas-de-trapo. Haveriam de ficar com a cara daquele tamanho. Da idéia desse passeio pela cidade lhe vem o desejo de calçar as botas. Na loja, em geral não anda calçado. Enfia os pés nas meias grossas de algodão e anda de chinelos. Reserva as botas para as grandes ocasiões. Imponentes, de cano alto, só para dia de festa. Essas botas foram compradas em São João del-Rei, faz muitos anos, pelo filho do coronel Boanerges. O estróina passou pela loja e pediu a seu Tibúrcio para guardar o embrulho. Nunca mais voltou. Naquela mesma noite, se meteu numa encrenca a propósito da honra de uma moça donzela. Sumiu de Santa Rita para sempre. Tibúrcio é que saiu lucrando. Guardou as botas com cuidado. Teve tentação de vendê-las, até que um dia se decidiu a calçá-las. Continuavam praticamente novas. Ainda outro dia mandou Zé Leluia escová-las.

Tibúrcio apanha o par de botas, acende a luz e senta-se no seu banquinho. Valeria a pena dar uma volta pelos Quatro Cantos? Vive apartado de todo mundo. É o seu jeito, desde que nasceu. Melhor não perder tempo com esses padóias que não sabem o que fazer da vida. Passam o dia quentando sol, ou falando da vida alheia. Uns chefosquentos. Fazem luxo para tudo, não querem nada com o trabalho. Para quem quer, serviço não falta. Mas quem é que quer saber de trabalho em Santa Rita? Ou são uns potoqueiros, uns gargantas, como esse major Sotero, roedor de herança. Ou são uns pés-rapados que não têm onde cair mortos. Paridos de graça, vão vivendo à toa feito passarinho. Não fazem por merecer. Sem cuidar de seu pé-de-meia, invejam o alheio. Gentinha ordinária. Há de ver que estão todos estimulando os maus bofes do major. Mas este não é bobo, vê onde pisa. Formiga sabe em que roça come. Passarinho que come pedra sabe o cu que tem. O major gastou o seu cobre porque quis. Dinheiro, como tudo nesta vida, um dia acaba. Em mão-aberta, dinheiro é macho, não reproduz. Vai minguando, quando o dono acorda, é tarde. Está no ora-veja. O major passou de porqueiro a porco. Bem feito. Dissipou o que era seu. Andou até viajando. Viagem custa os olhos da cara. Nem o apito do trem é de graça. Agora não há de ser o Tibúrcio que vai pôr azeitona no pastel alheio. O major viveu vida regalada, que se afomente. Padre Casusa não tem é vergonha de vir com aquela proposta. O major veio na chama direitinho, tal qual filhote de garrincha que ouve o pio da mãe. Está no beco sem saída. Na rua da amargura. Paciência.

Diz que esfola e que mata. Que ateia fogo. É baixo. Por via das dúvidas, melhor prevenir do que remediar. A Dominga foi chamar o Damásio no Acaba-Fubá. Com o Damásio na loja, valentia não entra portas adentro.

Tibúrcio empurra os chinelos para debaixo do tamborete. Sentado, sem pressa, recorta primeiro duas palmilhas de jornal. Calça uma bota, depois a outra. As botas são grandes demais para os seus pés. Os gadelhos ficam nadando lá dentro. Não tem hábito de andar calçado. Fica difícil caminhar com aquelas botas de sete léguas. Mas é assim mesmo que Tibúrcio vai sair. Passa em revista mais uma vez as portas bem trancadas e se retira sem esperar pelo Damásio, que deve estar chegando. Ele conhece o seu ofício. Basta chamá-lo, já sabe.

De pé na esquina, Tibúrcio sonda o céu. Tempo firme, sem sinal de chuva. A tabuleta balança de leve: o Barateiro de Minas. Está tudo em paz. Umas poucas vozes nos Quatro Cantos. O botequim do Abdala anda animado. Boa féria para o turco. Cambada de vadios, em vez de ir dormir! Por onde andará o major? Se tivesse de vir tomar satisfação, já teria vindo. Não há de querer se aventurar até o Pastinho. É esperar e ver o que acontece. O que for soará.

Tibúrcio evita os Quatro Cantos. Não quer encontrar ninguém. Esgueira-se pela Rua Direita, protegido pela pouca luz. Sobe a ladeira, o andar difícil, as botas pesadas. Atravessa o largo. Tudo calmo, como de costume. A igreja fechada. São Francisco lá dentro, ainda há pouco festejado, agora esquecido. Estranho apenas que na casa paroquial a luz ainda esteja acesa. Vigário boêmio, aluado. Boa coisa não há de estar fazendo. Ou estará com o major Sotero?

Tibúrcio deixa o largo para trás, segue o seu rumo. Não cruza com ninguém. Diante do último passinho da Paixão, já quase chegando, vê uma mulher de véu, ajoelhada e contrita. Que doida será aquela? Tibúrcio muda de calçada, a mulher nem dá pela sua presença. Os passos na calçada. O eco cadenciado das botas no chão. Depois do último poste, a luz fraquinha, rodeada de mariposas, é a escuridão total. As botas chapinham na areia — aí estão as casas geminadas de Tibúrcio, fechadas, solitárias, em paz. Mais um pouco e ele atravessa o renque de casuarinas, sobe pela trilha até a porta principal do sobrado. Quando está escolhendo a chave no molho pesado, a porta se abre. É o bronco do Rufino Moçambique, a postos como lhe cumpre. Ouviu passos, veio ver se era o patrão. Crioulo fiel. Tibúrcio lhe dá ordem para ir vigiar as casas vizinhas. Pode deixar o sobrado por sua conta.

O sobrado é como um castelo assombrado, apinhado de coisas. Tibúrcio sabe de olhos fechados tudo que está ali dentro. A porta range ao fechar-se. Passa-lhe a tranca por dentro. Caminha até a sala e tateia a mesa comprida, encostada à parede. A luz elétrica está desligada. Medida de economia. Acha logo o candeeiro de carbureto. Ouve o baque surdo de um rato que foge de encontro aos móveis. Hesita. Melhor não acender logo o candeeiro. A chama azulada pode chamar a atenção de quem esteja rondando lá fora. Algum capanga do major. A andadura de um animal vem vindo longe, no princípio da rua. O silêncio avoluma o trote distante, primeiro lá perto do passinho. Vem vindo, se aproxima no mesmo ritmo, cada vez mais nítido. Parou? Não parou, foi adiante. Vai sumindo, perde-se lá longe na estrada. Há quem diga por aí que o Pastinho é assombrado. Qual cavaleiro-fantasma qual nada. Deve ser alguém no rumo de alguma fazenda daqueles lados. Devoto de São Francisco regressando com a fresca da noite, depois de render o preito ao santo.

Tibúrcio guarda os papéis que trouxe. Senta-se na marquesa empoeirada. Pensa em tirar as botas, mas os pés estão confortáveis, passou o formigamento. Tateando no escuro, acha a candeia e decide acendê-la, em vez do candeeiro. A droga está sem óleo. Sacode-a junto ao ouvido. Logo ali na despensa está o azeite de mamona. Tira a caixa de velinhas e joga uma dentro da candeia. Risca o fósforo — a velinha flutua no azeite. Acende a candeia e a chama esbranquiçada crepita no silêncio do sobrado. Volta à sala, encaixa a candeia no arco do portal. A luz trêmula abre um halo irregular na treva, o suficiente para entremostrar o contorno dos trastes que entulham a peça larga, de pé-direito alto. Um desses dias vai pôr ordem no sobrado. Espanar, acabar com essa sujeira. Senta-se, a marquesa estala. Quase ao mesmo tempo, vem lá de cima um barulho surdo, encadeado. Algum bicho? Certamente um gambá. Ainda bem que o forro não é de esteira caiada, desses que cedem e formam um papo no ponto em que a gambá faz seu ninho. Tudo ali é do bom e do melhor. Madeira de lei. Forro de cedro-do-líbano, pesado e rijo, como já não se faz hoje em dia. O sobrado não tem comparação com a fieira de casas vizinhas, apoiando-se umas nas outras para não cair.

Tibúrcio sente a barriga roncar. Com a festa de São Francisco, a amolação do major e a visita importuna do padre, não tomou o seu caldo, nem ao menos bebeu café. Por um instante, sua atenção se volta para o paviozinho de espermacete que estala na candeia. A chama tremeluzindo estremece as sombras que lambem as paredes. À sua volta, coisas de sua propriedade, um patrimônio juntado dia a dia, ao longo de muitos anos, com carinho e paciência. Ama as coisas acima de todas as coisas. A candeia deixa escapar uma fumacinha preta, o pavio estala mais alto. Lá fora, na altura das casuarinas silenciosas, um gato está miando. Outro gato começa a rosnar comprido, num dueto mais sinistro do que amoroso.

Tibúrcio apanha a candeia no arco do portal. Enfia o indicador pela alça e vai andando até a cozinha. Barata por todo lado. Acende uma palha de ovo na chama da candeia. Vai fazer fogo. Assopra as brasas para se avivarem. A fumaça sobe até o teto de treliça. Tibúrcio tosse. Apanha um cuité de café torrado em grão. Onde diabo meteu o moinho, que devia estar pregado na ponta da mesa? Derrama o café no oco do pilão de madeira. O soco cavo do pilão ecoa pela casa, mais forte, menos forte, em ritmo certo. Os sapos lá fora param de coaxar. Adiante, no pasto seco, o Estrelado bufa, denuncia a sua presença. Deixa estar, amanhã bem cedo vamos dar um pulo ao Pinhão.

A Fazenda do Pinhão. Os pinheiros ao lado da casa-grande. Quando chega o tempo, as pinhas se abrem e os pinhões caem aos montes no chão. Cozidos nágua com sal, esses pinhões têm um sabor antigo, todo especial. A infância que não teve. Quando menino, Tibúrcio não chegou a provar, mas bem que queria. Agora, quem vai comer os pinhões é ele. Os pinheiros lhe pertencem. Os mesmos pinheiros de antigamente. Toda a fazenda é sua: a sede centenária, o curral, o moinho, o paiol, os pastos e as plantações. Tudo dele.

A água está esquentando numa lata de banha. Custa a ferver. A candeia, em cima da mesa. Tibúrcio atiça o fogo. Em pouco, passa o café no coador duro pela falta de uso. Não tem o que comer. Nem um pedaço de batata-doce, para assar nas brasas. Toma aos goles o café, numa caneca de folha de bordos pretos. Sujeira por toda parte. Precisa mandar fazer uma limpeza em regra no sobrado. Sente o estômago reconfortado, agradecido. Esfrega as mãos em cima do fogão. Retira os tições que não se queimaram de todo, apaga-os na barrica d'água e guarda-os no caixote ao lado.

De novo na sala, Tibúrcio não tem disposição de dormir. Nunca foi de muito dormir. Com a idade, tem cada vez menos sono. A Fazenda do Pinhão não lhe sai da cabeça. É uma obsessão. A dizer a verdade, não se preocupa com as ameaças do major Sotero.

Fica indeciso entre continuar ou não na sala. Sentar-se na marquesa, cochilar um pouquinho, tirar as botas, folgar os pés, esticar as pernas, ficar ruminando. Melhor subir.

As botas vão ecoando pelos degraus da escada de madeira. Tibúrcio passa uma vistoria pelos quartos. Está tudo em ordem. Um cachorro começa a latir, longe. Outro responde, perto. E mais outro. A cachorrada conversa no silêncio da noite sem lua. O povo diz que cachorro pára de ladrar de noite debruçando um chinelo no chão. Tibúrcio não tem chinelo à mão. Não crê em superstições. Acredita em coisas concretas, na posse delas.

Subir ao forro. Vem-lhe a idéia, depois o desejo de subir ao forro. A esta hora da noite, no escuro! Dormir não vai. Subir até lá, ver como estão as coisas. A noite passará mais depressa. Santa Rita do Rio Acima pode ser que desconfie, mas não calcula a riqueza que ele esconde num desvão do telhado daquela casa. Ninguém sabe. Jóias, um colar de ouro de quase meio metro. Anéis. Finos artigos de antiga ourivesaria. Moedas. Prata. Candelabros. Preciosidades que outros perderam e que ele foi juntando. Coisas atraentes, atraídas por sua posse cuidadosa, quase sensual. Duas barras de ouro do melhor quilate. Sobras raras da velha riqueza das Minas Gerais. Ouro arrancado às entranhas da terra, por mão cativa. O destino do ouro é estar escondido. Nas entranhas da terra, ou na escuridão do sótão. No segredo da canastra, debaixo de sete chaves.

Tibúrcio vai até a alcova em que guarda a escada de abrir. Porta trancada. Leva a escada no escuro até debaixo do alçapão, no cômodo da frente. À luz da candeia, escolhe a chave que abre o alçapão. Debaixo do braço traz o porrete de braúna. A candeia presa no dedo indicador, vai subindo devagarinho, degrau por degrau. As botas dificultam os passos. No topo da escada, abre o cadeado e o retira das argolas que pendem do teto. Guarda-o no bolso. Empurra a pesada tampa do alçapão com o porrete, que serve de calço para manter aberta a entrada do sótão. Com um gemido — a dor nas cadeiras —, mas ágil, sustenta o corpo no ar, as mãos apoiadas no forro. A candeia já está ali em cima e ilumina o seu refúgio. Recolhe as pernas, pronto: aqui ninguém o incomoda. Retira o calço e fecha cuidadoso, sem ruído, a tampa do alçapão.

Cá está. Tem que andar curvado para não bater com a cabeça nas telhas à mostra. Os grossos caibros de madeira de lei. Como um animal acossado, enfurnado nos altos de uma casa fora da cidade. Duas canastras pojadas de valores. Não precisa abri-las. Só de ver com seus olhos, repousa. Fora da cobiça alheia, inexpugnáveis. Uma teia de aranha se agarra no seu cabelo. Tibúrcio bate duas ou três vezes com o bastão de braúna num caibro tosco. A vigia triangular, aberta na parede grossa, está fechada com barras de ferro e vedada com uma tela, para bicho nenhum entrar. Espia lá fora. Escuridão medonha. Não dá nem para ver a copa das casuarinas, que nenhum vento agita. Melhor assim. Não gosta das casuarinas gemendo dentro da noite. A luz da candeia aconchega, tranqüiliza. A cachorrada parou de ladrar. A espingarda de dois canos, chumbo grosso, está encostada a um canto.

Sentado numa canastra, Tibúrcio descansa do esforço de subir até ali. Proprietário do Pinhão. Talvez mudar-se para a fazenda, fugir das futricas da cidade, do convívio de todo mundo. Deixar a loja com alguém de confiança. Mas quem? Ninguém neste mundo merece confiança. Levar para a fazenda o tesouro do Pastinho. Acabar seus dias retirado, no Pinhão senhorial. Ali onde outrora um menino pobre, sem pai nem mãe, ficou atirado, sozinho, sem que ninguém lhe dirigisse a palavra. Deve ser a mesma cozinha, a mesma escada, a mesma paisagem. Os mesmos pinheiros altivos. A grande fazenda dos ricos Peçanha. Rico agora é o Tibúrcio. Duas barras de ouro — quem pode dizer o mesmo? Diante disso, de que valem as bravatas do major Sotero?

Quando Tibúrcio decidiu descer, ainda não tinha sono. Podia continuar vigilante até o dia raiar. Mas espichar um pouco no catre embaixo. Aliviar aquela dor nas cadeiras, de tanto estar sentado. Acende a candeia, que tinha se apagado — que vento soprou no sótão?

O corpo dobrado, faz força para suspender a tampa do alçapão. O movimento é inverso, descer é mais complicado. Escora a tampa pesada com o porrete. Apalpa o cadeado no bolso. Agacha-se, estica o braço para iluminar a escada. Lá está, no mesmo lugar, aberta, à sua espera. Deposita a candeia ao alcance da mão. Passa primeiro a perna direita, depois a esquerda. No escuro do cômodo embaixo, tateia com a ponta das botas o topo da escada. Vai deslizando, escorregando o corpo devagarinho. Agarra-se com a mão direita, depois com a esquerda, as duas mãos sólidas agüentam o corpo por um momento solto no espaço. De repente, solta um grito, a escada!

Que foi que houve? Tibúrcio esbarrou de mau jeito no calço da tampa do alçapão? Num átimo, a tampa fechou-se com uma pancada seca sobre suas mãos grossas. Dor lancinante. Tibúrcio agita os pés aflitos e a escada, com certeza mal aberta, sem base de sustentação, se inclina e cai com estrondo sobre o assoalho de tábuas largas.

Agora está sem apoio, as pernas balangando no ar. Mas conserva a cabeça fria. Não se afobar. A solução é voltar ao sótão. Abrir o alçapão fechado, libertar-se. Mas como? De que jeito? Suas mãos estão presas, sangrando. Com o susto, seu coração disparou. Pela primeira vez na vida, está ouvindo seu coração bater. Bate no peito magro, bate até na garganta. Como um pássaro de súbito preso. Calma. Há sempre uma saída para todas as situações. Saltar, esborrachar-se lá embaixo no assoalho. Tenta despregar as mãos, não consegue movê-las. É o diabo: caiu na armadilha que ele próprio armou. Como um rato esmagado na ratoeira, de repente, sem mais aquela. Balança o corpo com esforço, para lá e para cá. Os pés pesados, as botas esbarram uma na outra. O movimento aguça a dor nas mãos esmagadas — agulhas de fogo cravadas nos seus dedos. Deve ter fraturado os ossos. As unhas esmigalhadas, quem sabe roxas. Duas gotas de sangue pingam no chão. O alçapão fechado, a candeia em cima do forro ilumina as canastras. E aqui tudo escuro. Tibúrcio é duro, não se entrega assim-assim. Mas caiu na cilada. A cilada — terá sido coisa-feita? Uma zoeira nos ouvidos lhe impede de pensar claro. Rufino Moçambique não terá ouvido o estrondo da escada no chão? O baque da tampa do alçapão? O negro deve estar dormindo. Talvez gritar, Rufino virá socorrê-lo. Terá sido um susto, os dedos triturados como numa moenda, doendo, e mais nada. Pela primeira vez em toda a sua vida, Tibúrcio precisa dos outros. Humilhantemente. Um pobre-diabo qualquer, qualquer um serve. Tirá-lo daquela situação. Se gritar, o grito vai morrer no interior do sobrado, todo fechado, trancado a chave. Rato. Rato que cai na ratoeira. Não podia acontecer. Não é possível que já tenha acontecido. Pesadelo. Como no seu tempo de menino, quando o padrinho o sovava e depois o prendia no quarto escuro. Manter a cabeça fria, o juízo perfeito. Mover a mão direita, primeiro os dedos. Depois escorregar a mão para cá, aproximá-la da esquerda. Fechar mais os braços. Em vão. O mesmo movimento com a mão esquerda. Inútil. Está pregado, colado no forro. Os braços vigorosos distendidos, meio abertos, ainda agüentam erguer o corpo no ar. Dar um arranco, as mãos se soltam e ele cai lá embaixo, no assoalho. Pé-direito muito alto. Vai fraturar as pernas, mas se salva. Salvar-se. Sair dali. Não acabar assim. Como um quarto de boi suspenso no ar por um gancho, no açougue. Seus pequenos olhos se abrem, querem ver a escada traiçoeira caída no chão. A escada que o traiu. As coisas o traíram. Move a cabeça com esforço, a dor desce até os músculos do pescoço, crava punhais nas suas costas. Levanta a cabeça, olha para cima. A tampa do alçapão, a poucos palmos de seu nariz. Cedro-do-líbano, pesado, madeira de lei. O cadeado no bolso do paletó. O maldito porrete de braúna ficou lá em cima, no forro. Está tudo explicado: a tampa mal escorada se abateu de um golpe sobre suas mãos. Foi isso. Compreende o que sucedeu. O que está sucedendo com ele. Só com ele, com ninguém mais. Quedê o povo de Santa Rita do Rio Acima? Zé Leluia. O moleque com certeza está dormindo. A Dominga, que o benzeu. A Dominga dorme. Dormem os vigias. Dormem os devedores. Todos dormem. Rufino Moçambique, boçal, a dois passos dali. E ele pendurado como um capado. O imprevisto da cilada diabólica. Sua viagem ao Pinhão amanhã cedinho. Amanhã. Sua vida. A vida que precisa continuar. Até o Estrelado deve estar dormindo. O silêncio é completo. Ou são seus ouvidos que não ouvem mais nada. Nem um rato chiando no rodapé. Um gambá aninhado no forro. O vento nas casuarinas. Os gatos, os cachorros que ladram de noite. Tudo dorme, em silêncio. O cômodo escuro, a escada caída lá embaixo, invisível. O sobrado, o mundo às escuras. Malditas botas. Foi praga do filho do coronel Boanerges. A Dominga dirá que as botas traziam desgraça, estavam destinadas a matar o filho do coronel Boanerges, seu dono. No entanto, Tibúrcio, que quase nunca as calçava.

Apesar das setas enfiadas nos seus dedos quebrados, sair daquela situação. Curar as mãos feridas, ir ao Pinhão de manhãzinha, entrar pisando duro na fazenda de antigamente. Onde está o major Sotero? Prometeu atear fogo às casas do Pastinho. Bazófias. Se ao menos aparecesse o major Sotero. Um entendimento, selar acordo. Sair vivo, inteiro. Quedê todo mundo, que não vem ao sobrado. O padre Casusa, tão enxerido. Ver ao menos o espetáculo: Tibúrcio pendurado no forro, balangando no espaço como um pedaço de chouriço. Um Judas de sábado de Aleluia, para ser malhado. Ele, que nunca foi vítima do imprevisto. Um calculista, que sabe de tudo antes de acontecer. Que adivinha a palavra que o outro vai dizer antes mesmo de já estar na sua boca. Pois é. Como um Judas. A um passo das suas canastras. Duas barras de ouro, quem é que tem ouro em Santa Rita? No mundo? Foi ontem a festa de São Francisco. São Francisco! Um santo milagroso, o santo da pobreza.

O suor poreja na testa fria, o rosto lívido de medo, de susto. A cãibra desce pelos ombros, pelos braços rijos. Os lábios tremem. A pressão no peito, como punhos sufocando. Tensos todos os músculos que agüentam o corpo no ar. Agulhas enfiadas nos nós dos dedos. Os dedos em carne viva, quebrados, sob a tampa de cedro. Carne ainda viva, doendo, sensível. Imóvel, inútil qualquer esforço. Melhor poupar-se, reservar energias, aguardar o raiar do dia. Viver. Alguém virá. O Pastinho é retirado, mas alguém virá. Rufino Moçambique, Damásio, a Dominga, Joaninha do Tataço. Zé Leluia, moleque esperto. Darão um jeito de entrar com a porta trancada. Ouvirão o seu grito, socorro. Soltar um urro de animal ferido, de repente preso na engrenagem de uma armadilha infernal. Como é que pôde acontecer? Azar miserável, cilada. Quem lhe armou essa cilada?

Quando o sino da Matriz dobrou pela primeira vez, chamando para a missa, Tibúrcio voltou a si. Despertou da sonolência em que mergulhara. Amanhecia, mas na alcova era a mesma treva. A candeia em cima do forro talvez se tenha extinguido. As forças de Tibúrcio se extinguem. Corpo exausto, a dor dormente, quase anestesiada, não fossem as pontadas que lhe vêm às vezes dos dedos e atravessam todo o corpo. As pernas pesadas como duas toras. Dois caibros de antiga madeira de lei. Os pés inexistentes, só as botas. O peito rígido. A respiração estertorante, sem ritmo, no esforço de livrar-se daquela situação.

Os ouvidos de Tibúrcio, suas grandes orelhas cabanas não ouviram o sino da Matriz chamar os fiéis pela segunda vez. Quando a missa começou, ele tinha perdido os sentidos, em estado de choque. A cabeça tombada de lado, sobre o ombro esquerdo. Os pequenos olhos esbugalhados de horror, o rosto lívido. A boca cerrada, raivosa. Mas um fio de baba escorreu até o assoalho e caiu sobre a escada de abrir.

Antes de perder definitivamente a consciência, num último fiapo de lucidez, viu uma grande manga coração-de-boi. O menino preso na alcova escura. No delírio, Tibúrcio viu a negra Bebiana Corcunda chegar ao sobrado, apanhar a escada e libertá-lo. A mão trêmula, fininha, sobre a sua cabeça. Com um ronco selvagem, Tibúrcio despediu-se do mundo às escuras e mergulhou na inconsciência.

O Damásio no dia seguinte abriu as portas do Barateiro bem cedo, como de costume. Um ou outro freguês curioso perguntou pelo patrão ausente. Mas todo mundo passou adiante. Alguém sussurrou que Tibúrcio se escondia de medo do major Sotero. A Dominga jurou que ele tinha viajado para a Fazenda do Pinhão. Aconselhado pelo padre Casusa, o major, por sua vez, foi providenciar em São João del-Rei os recursos com que ainda esperava entrar em acordo com o seu credor.

Só no outro dia é que a ausência de Tibúrcio deu para alarmar. Começaram as buscas. Rufino Moçambique confirmou que seu Tibúrcio tinha passado a noite no sobrado. No pasto seco, o Estrelado abanava o rabo, preguiçosamente. Padre Casusa tomou a iniciativa de mandar arrombar a porta do sobrado.

Zé Leluia chegou correndo ao cômodo do andar de cima e foi dele o primeiro grito que se ouviu. A loja cerrou as suas portas, em sinal de luto. Cada um dizia uma coisa. Ninguém se entendia. Foi aquela falação, o pessoal se deslocando até o Pastinho. Veio gente de todas as bandas, verdadeira romaria. Foi preciso conter o povo à força diante do sobrado. Os moleques treparam nas casuarinas. Todo mundo queria ver. Montes de curiosos subiam a escada, davam com o que viam e desciam horrorizados. Os que tinham visto e os que não tinham visto, cada qual descrevia a cena a seu modo. Houve quem dissesse que o cadáver exalava. Foi castigo, disse a viúva Maria Apolinária. Pela primeira vez o miserável abriu as mãos, zombou baixinho o Tunico da Taquara.

— Parece um Crucificado — e a Dominga tapou o rosto com as mãos. Mas sem a glória da Cruz, pensou padre Casusa, que encomendou às pressas o corpo, assim que foi descido do forro, pelo Damásio mais o Rufino Moçambique. Bem que eu ouvi o baque da tampa do alçapão, disse Rufino.

Zé Tché foi o único que não se abalou de casa para ir ver. Continuou tranqüilamente no cemitério e assim que soube da notícia, abriu a cova de sete palmos e ficou esperando o cortejo.

luxúria

CARLOS HEITOR CONY

Grandeza e Decadência
de um Caçador de Rolinhas

"A Luxúria é o pecado da carne e do espírito da carne. O Demônio da Luxúria é bem diverso do Demônio da Fornicação, embora muitas vezes ambos se fundam num só. O Demônio da Fornicação ataca a Criatura de Deus numa fase específica da vida e colima um fim específico. Já o Demônio da Luxúria é mais intenso e extenso. Acompanha o Homem desde a primeira infância, castiga-o na puberdade, na juventude, na mocidade, na maturidade e na velhice. Não o larga sequer na senilidade. A fornicação não degrada a infância nem a senectude. A Luxúria corrompe a criatura humana do berço ao túmulo. Extensa no tempo, a Luxúria é intensa no modo. Não é, como foi dito acima, apenas o pecado da carne; a fornicação também o é; mas a Luxúria é principalmente o pecado do espírito da carne. O homem para pecar através da fornicação necessita, na pior das hipóteses, de um parceiro. Para pecar pela Luxúria, o homem se basta, não precisa de nada. *Ubi est caro, ibi est pecatus.*"

Sábias e santas palavras do venerável anacoreta Ieronimus ab Mosis, da Ordem de São Bento, antigo provincial da Toscana e mais tarde superior de Monte Casino. Ao longo do séc. XII deixou edificantes exemplos de vida cristã. Aqueles que duvidarem de sua existência ou de sua inconteste autoria das frases acima transcritas, o autor deste não menos edificante trabalho remete seus leitores às seguintes e insuspeitas fontes:

— *De Monasticorum Rerum* — (1345) apud Biblioteca de Alexandria.

— *Philopatris* — de PESCÊNIO NIVERO, autor popular do séc. XIV

— *Bereschith Rabba* — cap. LXV, fol. 65B, éditions Du Cange (1715).

— *De Vita* — FR. CORIGANUS OFM (1708) apud Bib. Vaticanensis.

1

— PAPAI, que que é sacanagem?

O pai joga o catálogo de telefone em cima do guri.

— Onde é que você ouviu essa palavra?

O garoto quer explicar mas o pai dá um berro para a cozinha:

— Marina! Venha ouvir o que teu filho aprendeu na rua!

A mãe aparece com uma batata na mão, a faca na outra, o avental sujo de banha à altura da barriga inchada que anuncia outro filho.

— Anda! Repita para a sua mãe o que você me perguntou agorinha mesmo!

— Mamãe, eu só queria saber o que é sacanagem.

A mãe olha para cima, num gesto que significa ao mesmo tempo piedade, horror e inocência. Depois olha o marido, em busca de testemunha:

— Esse desgraçado! É a rua! Não sai da rua, com esses garotos do matagal.

O matagal. O garoto sente um tremor na carne ao ouvir aquele nome proibido: o matagal.

Mas o tremor é rápido. A mãe cai em prantos, arreganhando os olhos, levantando os pulsos para o céu

O bode está armado. Até a hora do almoço, pai e mãe se amaldiçoarão de ter nascido, casado, gerado e criado aquele monstro que quer saber o que é sacanagem.

Mas o monstro está de mãos no bolso e vai para a varanda, deixando atrás de si imprecações e mútuas acusações:

— A culpada é você!

— Eu uma ova! Quem disse que o menino precisa ir se habituando a essas coisas?

Da cozinha, vem cheiro de batata frita. Da casa do lado, um rádio toca alto uma valsa vienense. No galinheiro, há galinhas que fazem barulho e ovos.

Aquilo é seu mundo. Fecha os olhos e imagina o dia em que poderá ser adulto e sacana.

— Sim. Sacana.

E acha a palavra diabólica, mágica. SA-CA-NA. Ouvira-a há tempos, no quarto de Madalena. Madalena era uma mulatinha que viera de Barra do Piraí para ajudar na casa, quando a mãe esteve doente. Um dia, ele subiu na cama dela para apanhar a espingarda de rolha. Tateava com a mão em cima do armário empoeirado, quando Madalena entrou:

— Sai daí, garoto! Já disse para não botar os pés em cima da minha cama! Também sou gente!

— É um pouquinho só. Quero apanhar a espingarda, minha mão não dá.

Madalena levantou o braço e catou, catou. O garoto viu-lhe o sovaco cabeludo e suado, um pouco de morrinha, para dentro da blusa a carne inchava, parecia macia e doce.

— Toma sua espingarda!

Madalena viu o olhar do guri.

— Tá me olhando, não é? Quer ver?

O garoto fez cara pateta e Madalena arriou a blusa.

— Toma. Chupa.

Teve repugnância em botar a boca naquela coisa enorme e quente que veio para fora, como um pudim.

— Não.

— Toma, seu bobinho, toma, é bom, você vai gostar.

Ela esfregou aquele mundo fofo em seu rosto, ele fechava a boca com raiva, como quando o pai vinha dar-lhe purgante.

— Então bota a mãozinha.

Madalena pegou a mãozinha e levou-a ao seio.

— Assim, assim! Garoto safado!

De repente, ela começou a gemer, a revirar os olhos. Ele teve medo.

— Vou chamar mamãe!

— Não, bobinho, não chama não, fica quietinho e esfrega. — Ele sente alguma coisa na calça. Precisa olhar para ver. A mão de Madalena apalpa-o e os dedos procuram alguma coisa.

— Deixa, deixa eu dar um beijinho!

— Não! Não! Vai doer!

— Não dói não, é gostoso.

Teve vontade de vomitar quando sentiu a umidade daquela boca tocar em sua carne. Mas logo depois começou uma dor estranha e até então nunca sentida. Tinha vergonha, tanta vergonha que não percebia que estava gostando.

— Garoto safado!

Madalena teve um tremor pelo corpo, agarrou-o e esfregou-se violentamente nele. Bufou como um bicho, torceu-se toda, até que o largou. Caiu para a cama e ficou tremendo, respirando fundo.

Ele apanhou a espingarda, arriou a calça, olhou para ver se estava saindo sangue. Sossegou quando viu que tudo estava como antes.

Ia embora quando Madalena disse:

— Olhe, amanhã quero mais sacanagem.

II

— Papai, que que é sacanagem?

2

JÁ NÃO LEMBRAVA como começara. Sim, houve um tempo em que, na outra casa, o enorme quintal tentava. Havia rolinhas em todos os cantos, até mesmo na copa; muitas vezes estavam almoçando e elas chegavam, chegavam; se ninguém as enxotasse, elas vinham até quase a mesa, catar migalhas.

Uma tarde, sem nada o que fazer, aceitou a idéia do primo. Foram para os fundos, arranjaram bacia, corda, instalaram-se no canto onde dois pés de coco-de-catarro marcavam duas silhuetas rudes contra a cal do sobrado do seu Ferraz. Ali, as rolinhas acampavam.

Bastava um pouco de milho ou de miolo de pão. Elas vinham, saltitando nas magras perninhas. Eles puxavam a cordinha, às vezes ficavam duas ou três presas. No fim da tarde, chegavam a dar rolinhas aos vizinhos, que era um prato disputado pelas redondezas. Dona Auta, mulher do seu Almeida, sabia fazê-las com arroz.

Apareceu um tal de Lauro, de cabelo pixaim. Lauro apanhou uma rolinha e torceu o pescoço. Com o passarinho ainda estrebuchando, começou a arrancar as penas cor de tijolo. Quando a carne apareceu, toda ensangüentada, Lauro riscou um fósforo. Passou o corpinho esfolado da ave pela chama do fósforo, não deu sequer para esquentar.

Depois comeu, com tripa e tudo.

Não precisava ter visto tanto para sentir repugnância. A rigor, tinha repugnância até de bifes de carne, quando pensava que o bife que a mãe lhe colocava no prato era carne de cadáver, sentia náusea e terminava comendo pão com manteiga.

As rolinhas não lhe serviam para nada, mas era bom caçá-las. Até que o pai resolveu mudar de casa, foram para outra rua. Havia quintal também, enorme, mas bem menor que o outro. O primo entrou para o colégio interno, já não tinha mais a companhia habitual. E rolinhas, sim, havia, mas poucas, era preciso avançar para o matagal e esperar. Custavam, mas sempre apareciam algumas.

Geraldinho, filho do Dr. Passos, volta e meia convidava-o para brincar no galpão abandonado que havia lá para as bandas da fábrica de papelão. Era brincadeira aborrecida, o cheiro do papel molhado e das colas enjoava. Certa vez tomou coragem:

— Não, na fábrica não. Vamos brincar aqui mesmo.

Geraldinho argumentou que o quintal era cheio de capim, de nada poderiam brincar.

Fez gesto de enfado.

— Vamos caçar rolinhas.

Bom, isso era outra coisa. Geraldinho nunca tinha caçado rolinhas, nunca fizera nada de importante. E caçar rolinhas era importante:

— Depois a gente dá para a tua mãe fazer com arroz.

Geraldinho imaginou-se útil, chegar em casa com passarinhos na mão, a mãe faria qualquer coisa com eles, e o pai, ao jantar, talvez o elogiasse.

— E você? Você não leva rolinhas para casa?

— Não. Lá ninguém gosta.

Arranjar bacia foi fácil. A mãe tinha uma, meio amassada, que servia para molhar roupa. Era um pouco grande.

— Se fosse menor, era melhor. Mas serve.

Corda foi difícil, era preciso uma, bem comprida.

— E barbante, não serve?

O primo, antigamente, fazia a arapuca com corda e nunca lhe passara pela cabeça usar barbante. Podia dar certo. Precisava ser linha grossa, resistente. Geraldinho tinha rolo de linha crua, para soltar pipa.

— Essa serve.

Apanharam um pão na cozinha. Tiraram a casca e fizeram as rodelinhas de miolo, em silêncio. Depois, foram procurar o lugar. Ele sabia que não havia rolinha por ali, muito raramente apareciam cambaxirras, mas estava entediado, e dentro dele alguma coisa amolecia-o, dando-lhe preguiça. Inconscientemente, sabia que a rolinha não era o importante.

— Aqui.

Um local igual aos outros. Havia um pouco de terra no intervalo do matagal. Jogando as rodelinhas de pão por ali, fazia-se uma trilha. A trilha daria no canto mais úmido e fresco, onde a bacia foi colocada, de boca para baixo, enviesada. Arranjaram um pedaço de pau que escorasse a borda. A linha foi amarrada no pau. Na sombra que a bacia despejou no chão, derramaram o resto de miolo de pão.

— Agora. Vamos levar a linha.

Geraldinho, dono do rolo, ia desembrulhando lentamente, com medo de puxar mais forte e desfazer a armadilha.

— Vamos ficar aonde?

— Um pouco mais longe...

Entraram pelo matagal.

— Aqui está bom?

Ele olhou em redor, balançou a cabeça.

— Não. Daqui a gente não vê a bacia. Precisamos saber quando a rolinha está debaixo dela.

Demoraram ainda um pouco, até que encontraram. Uma pequena moita escondia-os: as rolinhas não os veriam. E eles veriam as rolinhas. Atrás da moita, havia um trecho de grama intercalado com capim rasteiro. Ali podiam deitar-se e esperar.

— Pronto, deita aqui.

Geraldinho deitou, sem receios. O rolo de linha entre as mãos.

— Cuidado, se puxar a linha, a bacia cai.

— Pode deixar. Eu tomo cuidado.

— Não. O melhor é deixar o rolo aqui. Quando chegar rolinha, a gente puxa.

Sentou-se perto de Geraldinho.

— E agora?

— Agora? Vamos esperar pelas rolinhas. Não é fácil, não. Elas custam a aparecer.

— E se elas não vierem?

— Psiu! Com você falando assim é que elas não aparecem mesmo.

Geraldinho resolveu ficar quieto. Deitado de bruços, ficou olhando o seu rolo, ao alcance da mão. Bastaria uma ordem e ele puxaria rápido. Depois levaria as rolinhas para casa e o pai lhe diria, sim, sim, fez uma coisa útil, é preciso ir ajudando.

— Você já comeu rolinhas?

— Não. Não gosto. Gosto só de apanhá-las. Você pode levar todas.

Agora, no joelho dobrado, recebia um pouco do calor de Geraldinho. Desde que haviam se embrenhado no mato que sentia, dentro de si, uma moleza estranha, imprecisa. Queria estar perto do outro, sentir-lhe a carne, o calor.

Mais um pouco e estavam juntinhos, Geraldinho de bruços, de costas para cima. E ele sentado, nem olhava para a bacia, olhava para a nuca de Geraldinho.

— Você está vendo a bacia daí?

— Estou. Pode ficar descansado. Quando chegar rolinha, eu aviso.

Mentira. A moita era suficientemente alta para tapar a visão. Com o joelho procurou o corpo do outro.

— Chega um pouquinho para lá. Vou me deitar também.

Ambos se espremeram no pequeno espaço gramado.

— Mas assim você não vê a bacia.

— Deixa por minha conta. Sei como se caça rolinhas.

Tinha o corpo todo encostado em Geraldinho. Sentia o seu calor, sua pele macia.

Como se não tivesse onde colocar as mãos, deixou uma em cima das pernas do outro. Alisou-a um pouco e achou com o dedo uma casquinha, perto do joelho.

— Deixa eu tirar?

— Vai sair sangue.

— Não sai não. Tiro com cuidado.

Com a ponta da unha, delicadamente, arrancou a casquinha seca, do tamanho de uma cabeça de alfinete. A gotinha de sangue inchou da ferida.

— Doeu?

— Não.

— Saiu um pouquinho de sangue. Vou chupar para sarar.

Curvou o tronco até que a cabeça ficasse entre as pernas de Geraldinho. Colocou a boca na feridinha e sentiu na língua um gosto adocicado e quente.

Depois, começou a passar a mão pelas pernas nuas. Geraldinho, passivo, fingia que não percebia: grudou o rosto na grama e ficou, o peito pulsando.

Ele ousou mais ainda. Fez a mão penetrar pela calça do outro, até sentir o redondo da nádega. Apertou um naco de carne macia. Era dono da situação. Cruzou uma perna, e depois outra. Geraldinho nem se mexia. Imóvel, passivo, parecia gostar.

— Não, assim dói...

Geraldinho afinal gemeu e ele pôde descansar.

— Não dói não, já acabou.

Ficaram por ali mais um tempo, Geraldinho com a cara enfiada no chão, ele levantava o pescoço de vez em quando, para ver se havia rolinha.

Resolveu mentir:

— Agora, cuidado, vai entrar uma. Anda, puxa!

Geraldinho puxou a linha.

— Pronto! Acho que apanhamos uma!

Correram à arapuca. Ele fingiu cuidado ao levantar a bacia.

— É preciso saber fazer isso, a rolinha pode fugir.

Não havia rolinha nenhuma. A mão tateou sob a bacia, quando veio para fora trouxe bolinhas de miolo de pão.

— Fugiu?

— Não, seu bobo, você não soube puxar. Demorou muito, quando a bacia caiu a rolinha já tinha fugido.

E depois, para garantir uma outra vez:

— Na outra vez quem vai puxar sou eu.

II

Houve outras vezes. Já era apenas um rito. Levavam a bacia e o miolo de pão simbolicamente. Certa vez, não encontraram miolo de pão e assim mesmo foram.

— A gente bota só a bacia, pode ser que alguma rolinha passe por baixo sem querer.

A moita foi melhorada. Uma tarde, quase que foram apanhados pela empregada de um outro vizinho. Ela fora despejar a lata de lixo no matagal e por pouco não os surpreendeu. Por causa disso, fizeram a moita maior, colocando mais terra e trazendo mais capim.

— Pronto, assim as rolinhas não vêem a gente.

Quando chegaram as férias, Geraldinho foi passar o mês na casa de um parente que morava no interior. Ele então ia sozinho para a moita, sem bacia nem nada. Deitava na grama e ficava esperando, esperando. Sentia uma falta furiosa do outro.

— Este menino anda emagrecendo.

O pai olhava-o fundamente e ele temia que os outros descobrissem o brinquedo.

Felizmente, Geraldinho voltou.

— Vamos caçar rolinhas?

— Não. Não quero mais caçar rolinha.

— Por quê? Não gosta mais?

— Gosto. Mas é que... vou fazer a primeira comunhão...

Sim, com o novo ano, ambos teriam de fazer a primeira comunhão.

— Eu também vou fazer. Mas ainda falta, só em maio...

Foram aquela vez e foram muitas vezes ainda. Nas vésperas da cerimônia, Geraldinho foi confessar-se, voltou de cabeça baixa. Encontrou o outro de bacia na mão, pronto para caçar rolinhas.

— Não. Hoje eu não vou! De jeito nenhum!

— Deixa de ser bobo! Vamos aproveitar mais um pouco, depois da primeira comunhão então a gente não vai mais.

— Mas é que eu já me confessei.

Caiu um silêncio sobre os dois. Ele fez o gesto de deixar a bacia no canto mas tentou ainda uma vez:

— Você disse tudo?

Geraldinho abaixou a cabeça. Custou a responder.

— Não.

— Então vamos, pela última vez. Essa confissão não valeu. Amanhã você se confessa novamente e aí, sim, nós vamos parar.

Foram, sem bacia e sem cordinha. Quando se levantaram da grama, viram uma rolinha que passou por ali e fartou-se de comer miolinhos de pão endurecidos pelo orvalho de muitas noites e pelo sol de muitos dias.

3

A ESPINGARDA de rolha está em suas mãos. Há quantos anos não pega nela? Nem sabe mais. Gastara a manhã arrumando livros, remexera em velhos armários e em velhas coisas, de repente a mão tocou naquele brinquedo esquecido. Olha o cano enferrujado, experimenta o gatilho. Está emperrado.

Desagradável segurar aquilo.

É muito prático para sentir ternura pelo fato de ter encontrado um velho brinquedo.

— Quê que houve comigo por causa dessa espingarda?

Faz esforço para lembrar algum incidente — agradável ou desagradável, pouco importa. Consegue recordar o Natal em que ganhara o brinquedo, viu o cano, reluzente, parecia de prata, saindo do sapato que colocara na Árvore de Natal. Lembra o espanto quando viu que a coisa atirava mesmo — foi buscar a rolha que caíra pela janela, depois de bater no vaso de plantas. Força mais um pouco, e lembra a empregada que beijava sua espingarda, sim, era a espingarda que Madalena beijava — e embora não fizesse sentido, a cena está bem clara em sua lembrança, a mulatinha de Barra do Piraí segurando sua espingarda, beijando-a, com carinho.

Não consegue lembrar mais nada. A janela da casa em frente se abre e aparece o Oscar.

— Você não vem?

— Um instante. É só apanhar o livro.

Deixa a espingarda no canto e vai ao quarto apanhar sua pasta. Cata o livro, aproveita estar com a pasta na mão e verifica se a fotografia de Ana está ali. Olha o rosto gordinho, os cabelos repartidos no meio, o brilho dos olhos. No canto, a letrinha enfeitada tinha posto a dedicatória: "Ao Luiz, com todo o amor de sua Ana."

Ana. Para que aquele retrato, aquele rostinho gorducho?

O que ele gostava era das pernas dela, duas pernas roliças, brancas. Mas Ana não queria nada, ou não podia nada, vivia do colégio para casa, raramente um cinema, um encontro.

— Amor platônico — foi o que ela disse.

Da rua, novamente, a voz do Oscar.

— Já vou.

Apanha o livro e atravessa a rua.

II

O escritório é confortável. Oscar fica no lugar do pai: mesa colonial vistosa, tinteiros de bronze enfeitando os cantos. Ele fica numa das poltronas, de couro vermelho, amplos braços que dão para tomar apontamentos.

É bom ali, Oscar é filho de gente rica, lá embaixo a casa fala dos luxos, e o escritório, ao fim do corredor que dá para os quartos, é agradável, acolhedor.

Aproveita o silêncio e a concentração do outro para examinar as estantes, os livros encadernados, o tapete inteiriço que abafa os passos. Na parede, fazendo contraste, dois quadros solenes.

Oscar é rico e é burro. Ele já havia matado o problema, e deixa que o outro pene. Pela porta do escritório, vê o corredor, a passadeira vermelha que some no quarto do casal. Um pouco antes, a passadeira se bifurca e desce pela escada.

E é pela escada que ela vem. Nem olha para o escritório onde o filho estuda com o amigo. Vai direta ao quarto, fecha a porta. Logo depois sai, de roupão, em direção ao banheiro:

— Oscar, vou tomar banho agora. Quando eu sair, você pode entrar. Olhe que seu pai não demora e ele quer todos na mesa, ao jantar.

Oscar não responde. Continua abafado com seus problemas, volta e meia dá um pontapé na parte posterior da mesa colonial.

— Alguma dificuldade?

— Não, deixa que eu resolvo. Se você pôde, eu também posso.

— Não esqueça de fazer a inversão dos elementos depois de achar a primeira equação.

— Já passei por isso. Estou terminando. Quando a mãe sair do banho, já acabei.

Ele agora lê um livro do pai de Oscar. É sobre as guerras da Antigüidade. Datas antes de Cristo, generais, regiões, tudo é estranho e bom. Bom, também, o ruído que vem do banheiro: as duchas estão ligadas e a água faz barulho contra a cortina de matéria plástica.

Quando se casar com Ana, terá tudo aquilo: duchas, escritório, livros falando das guerras antigas. Ele estudaria, esperando que a mulher saísse do banho, com suas pernas gorduchas e brancas. Então, iriam para cama, fazer amor.

— Amor platônico. Assim é que é bom.

Isso ela dissera ontem. Mas daqui a algum tempo ela quereria o amor-amor. E se ele não casasse com Aninha? Mais algum tempo e talvez ela ficasse gorda demais. Teria de procurar outra, mas procurar quem?

— Pronto. Acabei.

A cara de Oscar é de triunfo e cansaço.

— Qual foi o resultado?

— x = 435. Confere?

Ele olha o caderno.

— Sim, confere.

Oscar arruma a mesa, recolhe lápis e rascunhos.

— Ainda bem que isso vai acabar. Ano que vem já não terei matemática. Por isso é que preferi fazer Direito. Quero ficar livre dessa imbecilidade.

— Pois eu continuo com a imbecilidade. Gosto dos números.

— Luiz, por que você não faz Direito comigo?

— Não posso. Tenho outros planos.

O barulho da água na cortina de matéria plástica pára subitamente.

— A mãe já vem do banho. Vou me preparar.

Fica sozinho no escritório. Fecha o livro de guerras antigas e procura colocá-lo na estante.

— Por que não janta conosco?

— Não posso. Mais tarde passo por aqui, antes de ir ver Aninha.

A porta do banheiro abre. Oscar quase esbarra com a mãe que vem lá de dentro, numa onda de vapor e perfume.

— Mamãe, peça ao Luiz para jantar conosco.

A porta bate com estrondo e o trinco corre pelo lado de dentro. Ele acha o lugar na estante e ali coloca o livro. Quando se volta, vê.

Ela está na porta, parada, úmida. O roupão está fechado, mas as mãos seguram as pontas; bastará um gesto e ela ficará nua. Não treme quando anda em direção a ela. Aproxima-se. Encosta-se quase:

— Dá licença?

— Já vai?

— Já.

— Espera mais um pouco. Senta aí.

Faz com a cara o gesto de apontar a poltrona de couro vermelho.

Vindo dela, há um calor feito de carne e sabonete.

— A senhora não tem medo?

— Ele demora no banho, só sairá daqui a meia hora.

Senta-se na poltrona, hirto, como um condenado. Ela chega mais perto:

— Não sou bonita?

— É.

Ela ri. Há um tique nervoso nos olhos verdes-cinza.

— Sou bonita mas sou muito velha, não é?

Ele demora a responder:

— Não, a senhora ainda não é velha.

— Por que esse *ainda*? Tem dúvida?

É brusca quando abre o roupão e surge, nua. Ele sente no rosto o bafo morno do banho recente, o perfume adocicado do sabonete, dos óleos.

— *Ainda* sirvo?

Ele não diz mais nada. Vê o ventre túmído, branco, muito branco mesmo, fofo. As pernas são longas, bem-feitas, os seios grandes demais, quase perfeitos. O joelho é forte, saudável. Da cintura para baixo, não parece mulher que tem um filho do tamanho do Oscar.

— Quer?

Ela se chega, mais e mais. As pontas do roupão batem em seu rosto. O ventre tem uma gordurinha macia e branca que treme quando ela anda.

— Quer?

O roupão cai e ela surge, rudemente nua. Encosta no rosto dele a carne macia de suas ancas. Com as mãos, aperta-o na nuca.

— Vem, vem!

— E se Oscar de repente abre a porta?

— Não seja bobo, venha. Aqui mesmo.

Agarra-o pela cabeça, suspende-o da poltrona. Ele agarra-a pela cintura e sente alguma coisa tremer nele, quando enlaça-a pelas ancas.

— Isso, meu homenzinho, isso, vamos!

Não gosta do beijo. Beijo por beijo, o beijo de Aninha é melhor. Na boca da mulher madura há gosto de fumo e de pasta de dente.

— No chão, no chão!

Ela guia-o ao chão. Geme quando é penetrada.

— Assim! assim!

Do banheiro, vem o barulho das duchas na cortina de matéria plástica. Mais alto que o barulho da água, Oscar começa a cantar. Vem um verso solto:

Douce France
cher pays de mon enfance...

— Assim, assim!

Aninha. Como seria Aninha na hora? É impossível precisar ou imaginar. Aninha é apenas a perna gordinha, os cabelos partidos, o beijo cheiroso que sabia dar, no escuro dos cinemas.

— Amor platônico, sabe?

— Assim, assim!

Debaixo dele, ela inteira treme. Da sua garganta sai um ronco rude e doloroso. De repente, toda ela pulsa, vê o branco dos olhos, através das pálpebras semicerradas. A boca entorta, solta o último urro. Ele continua insensível. O barulho da água na cortina de matéria plástica é maior e Oscar continua cantando:

Coimbra dos choupais
ainda és capital...

— E se seu marido chega de repente?

— Eu ouço o carro.

Ela agora parece quieta, mexe lentamente com as pernas.

— Quero mais.

O barulho do carro, afinal.

— É ele!

Ao mesmo tempo, pára a água no banheiro.

Apanha o roupão e some pela passadeira vermelha que vai até ao quarto. Correndo, as nádegas brancas tremem e há um vinco vermelho à altura das espáduas, peso dele sobre ela, contra o chão. Ele levanta-se e procura pelo seu livro, vai descendo as escadas quando o homem sobe.

— Como é? Estudaram muito?

— Sim.

— Onde está Oscar?

— No banho.

— Tenho uma surpresa para todos.

Espera que a porta do banheiro se abra.

— Vamos a uma festa hoje, a rigor.

— Luiz pode ir com a gente?

Ele abaixa a cabeça.

— Desculpe, Oscar, mas não posso ir a festa. Não tenho traje a rigor.

— Ora, arranja-se um. Telefone para seus primos.

— Não, Oscar, o problema não é esse. Tenho alergia nos pés, não posso calçar meia preta, você compreende, ácido úrico, não posso ir à festa. Obrigado.

A porta do quarto do casal se abre. Ela vem, arrumada, os cabelos ainda despenteados.

— Fecha isso para mim.

Dá as costas ao marido e com a mão procura ajudar. O marido fecha um, dois, três, quatro botões, de baixo para cima. Depois dá um beijo nos ombros redondos da mulher.

— Onde é a festa?

— Na casa de um amigo. Vai receber convidado importante.

—Então temos que nos apressar. Oscar, trate de andar depressa. Você tem ainda aquela gravata?

Não há mais assunto para ele. Dispensa-se de dizer alguma coisa. Desce as escadas. Lá embaixo, a empregada abre-lhe a porta. Atravessa a rua e lembra-se de sua espingarda.

— Sim, Madalena beijou a espingarda. Mas para quê?

4

ÀQUELA NOITE, sonhou que estava com Aninha e que Aninha gemia.

— Dor de dentes, Luiz.

Depois apareceu a mulata enorme, enrolada em roupão, segurando uma espingarda do tamanho de um revólver.

Aninha pegou o revólver-espingarda e de repente apareceu o pai:

— Menino, você é um caso perdido! Vou contar tudo para sua mãe!

Mas a mãe era agora a mãe do Oscar, rebolando nua, e o marido dela, de cuíca na mão, tocava surdamente uma música triste e sem sentido.

Aninha tomou-lhe a mão e começaram a correr por um caminho que não tinha fim. Correram até a noite cair e já não estavam no caminho, mas no meio do mato. Súbito, encontraram o ninho de cobras. Aninha gritou mas ele apanhou o revólver-espingarda. Ia apontar para as cobras quando, inesperadamente, as cobras viraram pombinhas-rolas e voaram.

Depois, Aninha foi crescendo, crescendo, até se transformar na mulata enorme do início do sonho. Vinha rindo, segurando o roupão com as mãos. Quando chegou perto, deu uma risada e atirou a meia preta de encontro a seu rosto.

Foi como um soco. A meia caiu no chão e quando se abaixou para apanhá-la, os pés estavam numa poça de sangue.

Deu o grito e acordou. Passou a mão pela testa.

— Estou com febre.

5

SOB AS COBERTAS, os arrepios de frio. Vira-se de bruços contra o colchão e basta ficar quieto um pouco e logo começa a sentir calor. Do ângulo em que está, o copo vazio é imenso, coando a luz da tarde. A garrafa de água mineral choca, a colher de remédio dentro da xícara azul.

— Parece como antigamente.

Sempre que fica doente é como se voltasse à infância. Os cuidados da mãe são os mesmos, mesmas as superstições. Só que agora há lucidez, ele sabe que não tem nada, uma gripe mais forte, amanhã estará bom outra vez. Em criança, a doença caía sobre seu leito como desgraça ou ameaça. A mãe temia pelo pior e ele, indefeso, temia também, e consumia sua febre imaginando o enterro, as flores, o caixão azul — seria azul seu caixão ou achariam que ele já merecia o caixão negro e amarelo dos adultos?

Agora, há tranqüilidade e ternura pelo seu corpo enfermo. Lá fora, a tarde acaba de cair e logo virá o pai. Depois o jantar, e ele ouvirá da cama o ruído dos talheres. Mais tarde, a mãe lhe trará a refeição, será bom comer como antigamente, mimado, como um ser frágil e amado.

— Ana vem aí.

A mãe bota a cara na porta para avisar que a namorada chegou. Não está contrariada, embora não goste da namorada do filho.

— Como é? Já morreu?

Ana é a mesma lá de fora. Acredita que faz um bem, visitando os doentes, principalmente quando o doente é seu namorado. Dentro do quarto, sua figura traz a alegria e a aspereza do mundo lá fora. Ali na cama, o dia foi vazio e branco, nada aconteceu ali, a não ser a febre, 38 graus, 37 e meio, remédio, um gole d'água, o calafrio, o calor súbito, remédio, 39 graus, a injeção que o rapaz da farmácia veio dar, uma torrada, suor, 37 e meio.

Ana é a vida que decorreu lá fora, num dia igual para todo mundo. Viver é ser feito Ana. Dentro do quarto, o corpo dela traz o cheiro de ruas e olhares e claridades e sons: o mundo. O mundo é Ana e Ana tem pernas gorduchas.

— Posso sentar aqui?

Ela bota a mão no colchão.

— Pode.

— Então chega para lá.

Ele se encosta, toma cuidado com o cobertor, sabe que o cordão do pijama está solto, só consegue dormir com o cordão do pijama aberto, e ele teme que a moça veja a sua nudez.

— Sua mãe não se incomoda?

— Não. Ela está acabando de fazer o jantar. Papai chega daqui a pouco.

Ana se curva e morde o queixo dele. Ele sente no peito os seios agressivos, o calor daquele corpo forte.

— Quando estivermos casados, sempre que você adoecer eu vou ficar na cama também.

Com a mão, alisa os cabelos do rapaz. Ele a olha, angustiado.

— Ana, estou com febre.

Ela olha a boca e hesita no beijar. É gripe, e gripe pega. Os dedos abrem o pijama e o peito cabeludo aparece. Beija ali, sentindo na boca a pele aquecida pela febre.

Por cima do cobertor, a mão tateia, procurando, procurando.

— Quer?

Ele sente a mão lá embaixo, onde a febre de vez em quando coloca um tremor de desejo. Amor platônico

— Não.

Ana levanta-se. Vai até a janela e vê as luzes da rua que se acendem.

— Lá está a vaca olhando.

— Que vaca?

— A mãe do Oscar. É uma vaca Gosta de rapazes. Papa tudo, até o padeiro.

— Como é que você sabe?

Ela não responde.

— Bom, vou para casa. Depois do jantar talvez volte.

Ele agora vê as pernas da namorada. O desejo é uma fisgada em seu corpo castigado de febre. Vira o rosto e quase lhe vê o início das coxas.

— Ana!

— Que é?

Ela abandona a janela e vem para ele.

— Não. Fique onde estava. Ali.

Ela volta à janela. Quando percebe, levanta um pouco o vestido:

— Assim é melhor?

Ele nem fala. Tem os dentes rilhados, os olhos acesos e grudados nas coxas gorduchas da namorada.

— Olhe que isso faz mal. Dá tuberculose.

Ele já se livrou do desejo. Sente-se mau e frustrado agora, como se tivesse corrido para apanhar um bonde impossível.

Se a mãe entrasse, ele não saberia o que fazer com a mão. Ana apanha um lenço.

— Toma.

Ela chega mais perto e levanta novamente o vestido:

— Beija.

— Ana, não vou me casar com você.

— Uê! Por quê?

— Você é uma vagabunda.

— Tá certo. Mas não precisa ofender. Vim aqui porque pensei que nós nos gostássemos. Vou-me embora. Pode ficar certo, não volto mais.

— Não quero que você se zangue, mas não posso namorar você. Você é uma perdida. Faz aquilo comigo no cinema. E agora, aproveitando a minha doença, veio me provocar. Amor platônico! Não dá certo casarmos assim.

— Mas você não gosta de mim?

— Gosto. Gosto de suas pernas. Elas são a coisa mais bonita do mundo.

— Então veja pela última vez.

Levanta a saia até a altura da cintura. Rodopia pelo quarto, ele vê as pernas tremerem. Depois, o vestido cai, em silêncio, e em silêncio ela vai embora.

O quarto agora está escuro. O pai já chegou e toma banho. O lampião da rua coloca na vidraça de sua janela um clarão amarelado. No escuro, entre arrepios de febre, ele sente novamente o desejo violento de possuir as coxas de Ana.

— Meu filho, você está muito abatido. Creio que precisamos chamar outra vez o médico. Olhe que pode complicar, a gripe vira pneumonia.

— Não, mamãe, não precisa. Amanhã estou bom. Agora quero dormir. Dormirei bastante. Estou cansado.

Prostrado, dorme até que o dia surja outra vez em sua janela, trazendo um gosto amargo em sua alma e no corpo um suor que cheira a convalescença e a pecado.

6

PASSO ESPUMA pelo rosto e por um momento hesito. Deveria ir ao barbeiro, ao menos hoje, para barba mais caprichada. Afinal, hoje me caso e não é todo dia que se faz isso. Sou homem que obedece a ritos, e em obediência a ritos é que namorei, noivei, me formei, trabalho e caso. E me barbeio.

Tanto faz, afinal. Desde que não me corte irreparavelmente, ninguém reparará se a barba está bem ou malfeita. Importante é ir barbeado, ninguém perdoaria o noivo barbado. Principalmente Glorinha.

Não me queixo de ter um queixo. Eis a frase que sempre me vem à cabeça quando passo a gilete pelo queixo. Mas se é verdade que não me queixo de ter um queixo, o fato é que me queixo de muitas outras coisas. A rigor, não deveria me lamentar. Glorinha é bonita, rica, gosta de mim, não me amola o juízo nem o bolso. Casar com ela é uma ação meritória para ambos. E cheia de recompensas. O que estraga este casamento — olhando os fatos friamente — é que serei obrigado a duas coisas horríveis: calçar meias pretas e sapatos pretos.

O problema não é gostar ou desgostar. Tenho alergia a meias pretas. E ácido úrico ainda por cima. Serei um velho doente e lamuriento, já disse isso à Glorinha, prevenindo-a, mas ela garantiu que cuidará de mim. E mesmo assim não me dispensou da meia e dos sapatos pretos. Todos irão assim: os padrinhos, o pai dela, meu próprio pai. Tenho de me bitolar por eles — é possível que o juiz e o padre também usem meias e sapatos pretos. É um uniforme, uma espécie de código.

Desta barba fiquei livre. É minha última barba de solteiro. De agora em diante, os fios que começarem a nascer encontrarão e farão parte de um novo rosto. Amanhã serei diferente, já terei dormido com Glorinha. Deveria deixar a barba no rosto, Glorinha roçaria suas carnes brancas de encontro a esta barba que agora some pelo ralo. Sou cruel.

— Ainda vai demorar?

— Não, pai, saio já.

O velho está nervoso, quer se aprontar, daqui a pouco a velha estará pronta e começará a reclamar. Ela já tomou banho, veste-se agora, é vaidosa o bastante para pretender aparecer bem. O velho não liga mais para nada. Serei igual a ele, quando envelhecer.

— Pronto, pai, pode entrar. O banheiro é seu.

É a minha vez de vestir. Aqui as cuecas. São novas, de linho, para impressionar a noiva. Ela também está botando uma porção de roupas extravagantes e caras para me impressionar. Como se fosse preciso isso. De qualquer forma, é bom sentir o linho. Olho para baixo e espio se tudo está em ordem. Sim, perfeito. Não tenho doenças venéreas, nem deformações. Sou um homem sadio, tudo funciona e é bom que esteja em ordem. É preciso que tudo esteja em forma.

Deixo as meias para o fim. Cada minuto que ganhar será uma vitória. Enquanto a mãe acaba de se arrumar e o velho toma banho, terei bastante tempo para ficar com os pés livres e nus.

Não causo boa impressão assim como estou, mas, para ser honesto comigo mesmo, é assim que eu deveria ir ao casamento: rigorosamente vestido, calça de riscadinho, jaquetão mescla, gravata prateada com botão de madrepérola — eu e o futuro sogro estaremos iguaizinhos como dois sabonetes de uma mesma fábrica. A diferença é que estou descalço ainda, de chinelos. Meus dedos aproveitam os instantes, antes da dura prova. Breve começarão a sofrer e não poderei fazer nada por eles.

O velho sai do banho e já está se arrumando. São meus últimos momentos nesta casa. Vou percorrê-la, como um museu, onde minha vida estivesse guardada nas cortinas, nos móveis, nos quadros, ao longo das paredes.

Aqui a sala, o Sagrado Coração onde a mãe rezava em dias de temporal ou revolução. Meu quarto, este sim, é íntimo, meu, aqui a janela, o canto de rua, do outro lado a casa do Oscar. Onde andará ele? Todos fugiram depois do escândalo. Pegaram a mãe dele com o rapaz que lavava o carro do pai. Quase saiu tiro, os vizinhos se meteram, meu próprio pai foi lá dar conselhos. A mãe do Oscar chorava, foi perdoada, mas todos se mudaram, nunca mais apareceram pela rua. Talvez alguém tenha dito para eles que eu também abusara, mas é mentira, eu nunca abusei, ela é que fazia armadilhas e me apanhava. Caçava rolinhas também, à sua maneira. Bom, isso não tem mais importância, eu ou o lavador de carros, a vergonha deles foi grande e o sumiço foi necessário.

O quintal. Lá para os fundos, onde construíram uma porção de apartamentos, há o matagal onde caçava rolinhas. Com bacia e cordinha, meu pai nunca consentiu que eu tivesse uma arma de verdade. Espingarda, só mesmo aquela de rolha, que deve andar pelo quarto de serviço. Associo aquela espingarda a alguma coisa desagradável e dolorosa de minha infância. Procuro lembrar o que houve, mas não consigo. Vejo apenas a empregada, muito gorda e má, beijando a espingarda. Que me importa isso? Vou me casar e pouco me faz que a empregada tenha beijado a espingarda ou — quem sabe? — tenha me beijado.

Digo adeus a esta casa e ao meu passado. A tudo que fiz e vivi. Ana. Lembro suas pernas gordas, aquela tarde de febre, a briga. Enxotei-a de casa, ela veio me tentar, bandalheira demais, botei-a na rua, como se fosse uma vagabunda. E era. O que fez comigo — o que quis fazer comigo — ela acabou fazendo com outros.

Deu no que deu. Casou na polícia e foi também para outras bandas. Todos os que erraram, fugiram. Toda minha infância largou-se para outras bandas, mas aqui deixou raízes, fundas raízes. Geraldinho, que caçava rolinhas comigo, hoje é oficial de Marinha, nunca mais o vi. Ana está longe, Oscar e sua mãe estão longe. Eu restei.

Chega a minha vez. Parto também, mas de cabeça erguida. Não fujo, como os outros. Vou para um casamento decente, com uma moça decente, em trajes decentes. Até meias e sapatos pretos vou botar.

— Meu filho, nós estamos prontos, não vai se calçar?

— Um minuto, mãe.

A voz do velho dá a última advertência:

— Não esqueça de botar a pomada.

Foi um médico, amigo do velho, que receitou a pomada. Fede a enxofre e é repugnante. Não dá alívio algum, apenas suja a meia. Bem verdade que evita a ulceração, mas provoca uma coceira dos diabos.

Vou passá-la, é o último pedido do pai, daqui a pouco eles ficarão sozinhos. Depois que meu irmão morreu, é o golpe mais rude por que já passaram.

Pronto, estou pronto. Vestido, abotoado, calçado. Glorinha terá orgulho de mim. E eu só não tenho orgulho porque estou preocupado com os pés. Não doem, mas incomodam, não pensarei em outra coisa até a noite. Não é só o ácido úrico. O pior é a alergia. Talvez tenha sido culpa do avô: lembro-me do caixão, o queixo atado pelo lenço, a cara coberta pelo pano, os cabelos brancos e desalinhados de fora. Tudo me pareceu normal, menos aquelas pontas pretas que apontavam para o lustre, como duas mãos disformes e negras que quisessem ficar ali para sempre.

— O carro chegou.

Ando, aos arrancos, como se tivesse pedras nos sapatos. Isso passa, daqui a pouco me distrairei com outras coisas e esquecerei os pés. Abro a porta e ajudo a mãe a subir. Depois o velho. Ele tem um jeito de gemer quando se curva. Acho que o gemido ajuda-o a fazer esse pequeno esforço.

Entro eu. Olho a casa, mais uma vez. Não vou morrer, mas parece que alguma coisa de mim fica aqui, atrás dessas janelas sem cor. É bobagem minha preocupar-me assim, posso voltar à vontade, passarei um mês fora mas não vou morar tão longe assim, essa casa será sempre a minha casa.

Minha rua. Será sempre a minha rua. Nela ficarei, intacto, imune ao sol e à chuva, redimido em cada manhã futura que se levantar sobre o mundo. Um pedaço de carne que teve o seu quinhão. Além do pecado e do medo, sobrevivi fiel a este pouco de sangue que me esquenta e me leva para a frente, talvez para novos sangues.

O carro faz a curva e a rua fica para trás. Pelo lado, agora, passa a casa onde Ana morou. Mais adiante, um pequeno trecho do matagal onde caçava rolinhas. É meu último escombro.

— Esqueceu alguma coisa, meu filho?

— Não, mãe. É que é bom olhar para trás.

Vejo, por cima dos telhados, a cruz. Aponta para o céu, como os pés do avô. Quê que há lá em cima para tanta coisa apontar assim? Ignoro o que esteja acima da cruz. Sei o que está por baixo: a igreja, o altar estupidamente iluminado, as velas, os convidados, as flores, o órgão. E eu. Ainda não estou lá mas é como se lá estivesse, inarredável, eterno. Na verdade, estou na igreja há muito, esperando pela noiva, pelo resto, pela vida. Esse que está indo aqui no carro é apenas um retardatário curioso que quer assistir ao espetáculo, apenas isso.

Pois assistamos.

— Olha o carro do seu padrinho.

A mãe aponta o buíque preto parado na esquina.

— Sim, todos estão na igreja. Só falta a gente. E Glorinha, é claro.

— Ela demorará muito?

— Não. Combinamos chegar quase juntos. Se tudo der certo, quando eu e a senhora chegarmos ao altar, o carro dela deverá estar encostando na porta. Tudo simétrico e perfeito, como um relógio.

— Não zombe de seu sogro, filho. O fato de ter ele uma relojoaria na cidade não o desmerece. Você é doutor e pobre. Ele é ignorante e rico. Cada qual faz o que pode.

— Pois estou fazendo o que posso. Saltemos.

— E o pé?

— Até agora, tudo vai bem. É uma grande coisa casar, mãe. Olha como tem gente. Parece um enterro.

Vejo, parado na porta, segurando a enorme espada, épico em seu uniforme branco, um oficial de Marinha. Custo a reconhecer. Lembro que mandara o convite, papai fizera a lista de todos os vizinhos dos últimos vinte e cinco anos. Mas ali está, capitão de qualquer-coisa-do-mar, o Geraldinho dos matagais, das rolinhas.

— Vim trazer meu abraço, Luiz, há quanto tempo!

Surpreendo-me comovido ao apertar aquela mão que já não me diz nada.

— Obrigado. Estou satisfeito por ter vindo. Lembra de mamãe?

Geraldo beija a mão de minha mãe, abraça meu pai e começam um diálogo nervoso, formal:

— Como vai seu pai?

— E sua irmã, casou-se?

— Que foi feito do Gumercindo?

Alguns convidados se aproximam e me cumprimentam, como se eu fosse um dever cumprido. Mas o órgão lá dentro começa a tocar, lembro que o meu tempo está cronometrado por um homem que tem relógios na cabeça, no ventre e no coração.

Apanho o braço da mãe:

— Vamos, mãe, está na hora.

Ela pisa firme, cabeça erguida. Eu dou bem os primeiros passos, súbito a fisgada nos pés. Tropeço.

— Alguma coisa, filho?

— Não, mãe, a fisgada.

— Vamos mais devagar.

— Não tem importância. Já passou. Está começando a coçar. Olha aquela cara de idiota.

— É seu primo, o Válter.

— Família calhorda, mãe.

— Deixa pra lá. O que conta somos nós.

O órgão enche a igreja. Há um sol coado pelos vitrais que bota nos mármores uma nódoa cor de vinho estragado.

Subimos dois ou três degraus e tomamos nossos lugares. O órgão faz uma pausa. Depois, com estrondo, começa outra marcha, esta mais solene, agressivamente triunfal.

Olho para a porta e vejo o véu de Glorinha saindo do automóvel. Ao lado, um sósia meu ajuda-a a ajeitar-se, que a cauda é imensa e farfalhante. Ele está igualzinho a mim, não fora um pouco de barriga e algumas rugas na cara — e poderia ser confundido comigo.

Ei-la que vem. Distribui sorrisos, tem um terço na mão, foi a modista quem receitou o terço, disse que ficava melhor que as flores. Atravessa o raio de sol que se filtra pelos vitrais, seu vestido branco fica manchado com a nódoa cor de vinho estragado. Ela nem olha para mim. Sou uma decoração a mais nesta festa.

O pai vem com ela em minha direção. Vou estuprá-la logo mais, mas agora o pai me a entrega diante do povo e de Deus. Casar é repugnante.

A cara do padre é seca como um figo de Natal. Diz algumas palavras pomposas e sem sentido. Pergunta se aceito Glorinha como esposa.

— Sim.

Glorinha também diz que sim.

Começamos a vida comum em comum acordo.

A cerimônia está demorando mais do que eu supunha. Volta e meia, a fisgada no pé retorna, e eu tenho de balançar a perna para controlar a dor.

— Os cumprimentos na sacristia.

O próprio padre nos leva à sacristia. A mãe de Glorinha pergunta pelo beijo:

— E o beijo, padre, não é aqui?

O padre vai dizer que o beijo é na sacristia, mas olha os altares iluminados, as flores, o órgão, quem gastou tanto pode beijar onde quiser.

— Podem beijar-se.

Levanto o véu de Glorinha. Maquilada como está, quase não a reconheço. Há um colar de suor em torno de sua boca. Beijo-a na face.

— Felicidades, Glorinha.

Ela nem agradece, nem retribui. E eu me dispenso de ficar amolado por causa disso.

II

— Enfim sós!

A frase-chavão é o último elo do complicado mecanismo que nos impuseram. Fecho a porta e corro para a cama a fim de tirar os sapatos. Glorinha me segura pelo braço.

— Não, Luiz. Ainda falta.

— Falta o quê?

Alarmo-me inutilmente. Imagino alguma oculta e inesperada cerimônia para cumprirmos ainda. Ela ri.

— É bobagem, mas dá sorte. Além do mais, nós combinamos isso.

Não me lembro de ter combinado nada para a ocasião. Estávamos casados, vestira o terno que me mandaram vestir, calçara os sapatos que me obrigaram calçar, usei a gravata e a madrepérola que me determinaram, cumpri todos os ritos. Estou sozinho e livre agora, posso me pôr à vontade. Mas há ainda alguma coisa importante a ser cumprida.

Glorinha me leva até a porta.

— Me bota no colo.

Ela tinha visto aquilo em filmes americanos ou em piadas de revistas femininas. Penso mandá-la às favas, mas é o nosso primeiro minuto realmente nosso, não a mandarei a parte alguma.

Suspendo-a. Pesa mais do que imaginava. Em compensação, sinto em suas ancas mais carne, mais formas. É um bom sinal.

— Enfim sós!

Ela ri. E de repente, quando nota que não tem mais ninguém para nos olhar e apreciar, fica séria e desolada.

— Acabou!

— Ainda bem. Estou pregado.

Sento-me na cama e começo a tirar os sapatos lentamente, para saborear o prazer. Primeiro afrouxo os cordões, depois vou abrindo, abrindo, até que o pé salta para fora.

— Uf!

Tão preocupado estou comigo mesmo que não reparo em Glorinha. Minha recente e perfumada mulher começa a tirar a roupa, e tem roupa que não acaba mais, parece um manequim de circo, desses que vestem e despem dezenas de roupas num minuto.

— Para que tanta roupa?

— Dá sorte. Separei seis trajes e vesti os seis. Assim, começo a minha lua-de-mel com seis vestidos ao mesmo tempo.

— E as calças? Também vestiu seis calças?

— Não seja bruto! Para que vestiria seis calças?

— Talvez você tenha seis virgindades.

Ela já não ouve. Meus ritos haviam acabado, os dela, não. Complicadas tarefas deveriam ser cumpridas ainda. Separar a camisola do dia, o perfume da noite — viera de Paris, um deputado amigo do pai trouxera em embalagem especial — o terço para a cabeceira, a escova de cabelos, a escova de dentes, tão pronta que já parecia ter dentifrício.

— Olhe, não leve a mal, trouxe umas pastilhas suíças, são boas para a gente dormir, evitam o gosto de sono na boca.

— Gosto de sono? Que gosto é esse?

— Mau hálito, se prefere. Nós precisamos ser práticos. Essas coisas acontecem a qualquer um.

II

Já tirara os dois sapatos, lentamente, saboreando. Faltavam as meias. Resolvo me despir de vez. Vou tirando a roupa e jogando em cima da poltrona.

— Não arruma a roupa?

— Amanhã arrumo. Ou melhor, o hotel tem arrumadeiras para isso. Estou cansado, venha logo para a cama.

Sem querer, havia-a chamado para a cama. Ela nota a brutalidade, mas parece gostar dela.

— Já vou. Espere mais um pouquinho. Não fique indócil.

— Não estou indócil.

Fecha-se no banheiro. Ouço os ruídos grotescos que a noiva faz antes de deitar com o noivo na noite das bodas. Pastilhas suíças! De cuecas, penso em botar o pijama, uma parenta cretina me deu um também, "para o dia". Fico de cuecas e fico bem. Deito na cama e tiro as meias, suavemente, gemendo de alívio.

O suor havia eliminado a pomada. Os pés estão lívidos, como se tivessem ficado na água durante muito tempo. Aproveito a janela aberta e jogo o par de meias fora.

— Meia preta, agora, só para o meu enterro.

A porta do banheiro abre. Glorinha afogara-se em gazes vaporosas que fediam de tanto perfume. Ela vai direto à tomada da luz e apaga o lustre central. Acesas ficam as lâmpadas da cabeceira.

— Estou bonita?

— Está.

Na verdade, está bonita. Pelas complicadas roupas que a vestem, eu adivinho o corpo que será meu. Já conheço tudo, mas imperfeitamente, nas apalpadelas do noivado. Agora, tudo aquilo é meu.

— Deite aqui.

— Tiro a camisola?

— Pode tirar. Querendo, fique nua.

— Mas...

— Quero que deite aqui.

Só então ela dá conta de que estou de cuecas.

— Não vai botar o pijama?

— Está muito calor. Deite aqui, vamos, seja boazinha.

Ela tira a roupa quase toda. A calcinha é transparente e ela não é feia de corpo.

— Pronto, sou toda sua. Faça de sua mulherzinha o que quiser.

Beijo-a sem sabor, na boca. Há nela gosto de tudo, menos de boca. Sinto-a ausente, ela pensa ainda na festa, nos convidados, nas amigas. Para despertá-la, deixo que a mão escorregue por seu corpo, até sentir que ela volta a mim.

— Tenha pena de mim, tenha pena de sua mulherzinha...

A boca faz um bico desnecessário para mostrar ternura. Eu me aproximo de seu rosto.

— Posso pedir uma coisa?

— Pode.

— Mas olhe, é uma coisa muito feia... você faz?

Seus olhos revelam o espanto que há em sua serenidade.

— Você não é tarado, é?

— Não. Não sou tarado, mas gosto muito de uma coisa...

— É coisa feia?

— É.

— Muito feia mesmo?

— Quer dizer, tem gente que faz e não se incomoda...

— Mas querido, você não podia deixar *isso* para mais tarde, para outro dia?

— Não. Agora é que estou com vontade...

— É pecado?

— Não. Nós agora somos casados, não pecamos mais. Além do mais...

— Então topo. Quê que você quer?

Tenho vergonha de pedir em voz alta. Baixo a voz, colo minha boca em seu ouvido. Depois, apago a luz.

Ela me coça os pés até que o sono coloque em minha cabeça um peso doce de serenidade e amparo.

II

No dia seguinte, faço Glorinha mulher. Ela percebe o minguado prazer que me causa:

— Ontem você gostou mais...

— O prazer vem aos poucos. Não sejamos afobados. Somos marido e mulher, temos muito tempo agora. O amor não nasce. Se faz. Comece por uma coisa: jogue as pastilhas suíças fora!

Saímos para passear. Alugamos cavalos, tomamos banho de piscina, almoçamos ao ar livre. Vou telegrafar para os parentes, mandarei dizer que tudo vai bem, Deus está conosco e nos protege.

Glorinha volta para o apartamento enquanto procuro o telégrafo. Tomo ainda um cafezinho e acendo o cigarro. Acho o telégrafo. Depois atravesso a rua e de repente vejo, na janela do hotel, o vulto de minha mulher que me espera e acena. Retribuo o aceno e fico orgulhoso subitamente.

Tenho uma boa mulher que me espera para ser minha. Amor se faz. Aos poucos. Enquanto ela aprende a amar, vai me coçando os pés, tenho o meu quinhão.

Guardo no bolso o recibo do telegrama, fará parte da conta que o sogro pagará, ele faz questão de financiar isso tudo. Jogo fora o cigarro:

— Sou um sujeito realizado, decididamente, sou um sujeito realizado.

7

APROVEITAMOS a manhã de sol e esticamos o passeio. Abandonamos a estrada principal e entramos para dentro do bosque — que há um por ali, pertencente ao casarão que agora transformam em hotel.

— Bonito isso aqui.

Glorinha não sabe amar ainda, mas sabe montar. O pai teve criação de cavalos, e ela gosta da coisa. Monta melhor do que eu. Conhece as manhas do cavalo, melhor que as minhas.

— Podemos voltar amanhã. Para o último passeio.

A lua-de-mel chega ao fim. Nem Glorinha aprendera a amar, nem eu fizera muita força para isso. As pastilhas suíças foram jogadas fora, o que foi um avanço razoável. E os pés melhoraram do rude castigo, por ocasião da cerimônia. Cicatrizamos nossas feridas — eu e ela, e esse é o saldo favorável de nossa lua-de-mel.

Mas o melhor é mesmo o passeio matinal, a cavalo, depois o banho de piscina. Nos últimos dias não a procurara para a "lição", nome repugnante que ela arranjou para designar aquilo.

O cheiro de mato me faz bem — e eu engordei nesses dias, as cuecas de linho estão apertadas, e os blusões estão arrochados nas mangas.

— Lá no Rio vou fazer regime.

Glorinha diz que não preciso, que estou bem, e na realidade estou.

Na manhã seguinte, voltamos ao mesmo bosque.

— Que que é isso aí atrás?

— Uma bacia.

— Para quê?

— Depois eu explico.

— Você está é machucando o cavalo com esse troço.

Vamos em silêncio. A bacia brilha ao sol, feito um elmo. E, realmente, castiga as ilhargas do cavalo.

Escolho o sítio quando sinto um cheiro mais forte de capim.

— Aqui.

— Aqui o quê?

Desço do cavalo e falo, sem animação.

— Vamos caçar rolinha.

— Que que te deu?

— Nada, uê! Caçar rolinha. É simples.

— Mas quem disse que eu quero caçar rolinha?

— Não seja boba. Desça. E me ajude aqui.

Fora prevenido. Levara um pedacinho de pau e um rolo de linha crua. No bolso, um pedaço de pão.

— Segura isso para mim.

— Que troço é esse?

— Não está vendo? Um pão. Um pão e um pau.

— Você está maluco!

Faço a armadilha no descampado. É mais fácil o Santo Padre passar por ali do que rolinha. Espalho miolo de pão, equilibro a bacia no pau.

— Agora, vamos procurar a moita.

— Não estou gostando nada disso.

— Espera um pouco. Depois você vai gostar.

Não há moita, mas aproveito um grupo de árvores que se juntam pelas raízes. Há folhas pequeninas e secas pelo chão.

— Deita aqui.

— Eu? Detesto deitar no chão! O capim me faz cócegas.

— Não há capim. Isso é folha.

— Dá na mesma. Para mim, o que está no chão é capim.

Não dou atenção a ela. Deito-me eu, tomando cuidado com a linha. As raízes são altas, tapam-me toda a visão.

— Você está vendo a bacia daí?

— Não. Não preciso ver. Aqui não há rolinha. E mesmo que houvesse, os cavalos estão fazendo barulho.

— Quer que vá amarrá-los mais longe?

— Não. Quero que deite aqui.

— É uma ordem?

— É.

— Então obedeço. Prometi isso ao padre, na hora do casamento, não?

— Tira o padre da conversa. Deite aqui, vamos.

Ela deita. Há um pouco de suor em seu corpo. De costas para o chão, ela custa a encontrar posição Vira de bruços.

— Pronto. Assim estou melhor.

— Está mesmo. Agora, cale a boca e vamos esperar.

— Esperar o quê?

— As rolinhas, uê!

— Mas você não disse que aqui não há rolinhas?

— Psiu!

Tapo com a mão a sua boca. Ela tenta falar ainda, mas forço a mão e viro seu rosto para o chão. Sua nuca é branca, e há suor nela. Chupo aquele suor, lentamente. É salgado, e, estranhamente, é doce também.

Não lhe vejo o rosto. Apenas a sua nuca recebe meu calor. De início, ela retesa os músculos e gruda o corpo no solo. Insisto, beijando-a na nuca, o sopro já selvagem.

Palavras não há. Apenas rito. Rito milenar e agora prolongado a dois e em dois, inédito para nós, total para ambos. A nuca está mais curvada, vencida. Há vergonha nela, e sinto essa vergonha em sua nuca. Em todo o seu corpo, em toda a sua humilhação gloriosa. Glorinha gloriosa. Glorinha gloriosamente gloriosa e gozada. Sim, sou seu homem, agora. Sem licença do padre e dos homens. Ao céu aberto, no chão-húmus de folhas e cheiros de infância e carne.

— Glorinha, eu te amo!

— Você nunca me disse isso, antes.

— Não importa. Digo agora: eu te amo!

Com as mãos, levanto seus cabelos. A nuca aparece mais nua, branca. Suspendo mais ainda as mãos, e elas esbarram com o rolo de linha. Puxo-o.

— Se tiver rolinha embaixo, estamos feitos.

Preocupo-me em recolher a linha, enquanto dou tempo a Glorinha, para se arrumar. Vou à bacia. Está tombada no chão, em silêncio, como uma tartaruga prateada, pousada, imóvel. Penso levantá-la de vez, mas prefiro obedecer aos antigos ritos. Tateio com a mão, e, com perplexidade, sinto que há rolinhas lá dentro.

Duas.

♊

— Já comeu rolinha?

— Nunca. É a primeira vez.

Pedira ao cozinheiro do hotel que preparasse as duas rolinhas com arroz, para o jantar. O garção acaba de nos servir e Glorinha é a primeira a provar. Gosta e me anima:

— Vamos, prove!

Posso dizer que tenho repugnância às aves, mas não custa ser amável com minha mulher. Provo. Ela ri da minha cara e eu rio também:

— É bom. Um pouco açucarada, mas serve.

Ela aperta minha mão por cima da mesa:

— Você hoje me disse uma coisa maravilhosa. Sabe, eu também te amo.

— Creio que você já me havia dito isso antes.

Glorinha faz cara envergonhada. Baixa os olhos:

— Eu não sabia o que dizia. Agora sei.

Então, aperto a sua mão, com ternura. E compreensão.

♊

E nossos olhos se abriram e no último dia fizemos amor. E vimos que o Amor era bom como uma bênção pousada sobre nossas cabeças, redimindo a nossa miséria e santificando a nossa decadência.

lra

MÁRIO DONATO

O Canivete

— VOCÊ NÃO ME reconheceu, Bernardo?

Vínhamos pelo meio da multidão, àquela tarde. Ela me segurou pelo braço e eu me voltei, encabulado. Ia flechado para o clube, sedento de solidão. Parei. Não gosto de que me segurem. Era uma senhora, teria uns quarenta anos ou pouco mais, elegante e recendendo a bom perfume, o decote muito aberto... Mas, como ela me prendia o braço, foram as suas luvas de renda que primeiro me chamaram a atenção, depois os antebraços claros, com uns cabelinhos ruivos, o decote aberto, o pescoço um pouco forte e, por fim, a sua cabeça, pequena, miúda até, dispensando tão soberbo suporte, o pescoço.

— Não me diga que você não é o Bernardo! — exclamou, risonha, com ar de antiga intimidade.

— Sim, sou... para servi-la — murmurei, e quase a chamava de "madame", como era costume de meu pai com as senhoras bem vestidas a quem era apresentado. Mas não lograva situá-la em minha vida, não sabia quem era ela. Parente, decerto não. Não também alguma aventura. Nem colega de trabalho na repartição. Minha galeria de conhecimentos femininos não era tão extensa que não pudesse percorrê-la num segundo: Maria era morena; aquela, branca. Júlia nariguda; não aquela, que tinha um nariz ligeiramente grosso, o que dizem ser indício de generosidade. Titina era mais baixa e não teria aquele rosto. Sim, porque não me lembrava do rosto de

Titina. Há pessoas que passam pela vida da gente e não deixam a cara: fica em nossa lembrança o vago contorno do seu porte e, no lugar do rosto, um vazio, às vezes o timbre de uma voz. Aqueles antebraços com seus pelinhos ruivos...

Os transeuntes passavam apressados e, maquinalmente, cheguei-me a ela, desimpedindo a calçada. Ficamos colados a uma vitrina. Ela não me largaria antes que a identificasse: sentia-a resolvida, inflexível.

— Vamos, Bernardo, faça um esforço!

Eu, atônito e embaraçado, rebuscava, aflito, minha caixa de lembranças. Seria alguma prima distante, uma conhecida de minha irmã?

Agora já me parecia conhecê-la. Talvez a vira uma vez, ou mais vezes, nos longes da mocidade... Não, era mais recuado. Aquela senhora sucedera a alguém que não me fora estranho.

E ela, escandalizada em seu divertimento, inclinando-se para mim, num sussurro:

— Heloísa. Não se lembra?

— Oh, Heloísa!

Claro que a conhecia, e como! Éramos crianças, ou melhor, era eu uma criança, um moleque de uns dez anos, um quarto de século atrás, e ela, mais velha uns cinco ou seis anos, já uma mocinha. Era linda a Heloísa! Minha vizinha. Eu adorava-a. Vivia atrás dela como um cãozinho. "Onde anda o Bernardo?" — "Ora, procurem a Heloísa!" Foi ela, afinal, identificar-se e logo a vi, mocinha ainda e eu menino. Repreendia-me, como era seu costume. Estava pendurando num varal algumas peças íntimas que ela mesma acabara de lavar no tanque, enquanto eu, debruçado no muro, seguia-lhe os menores movimentos. "Que menino mais ladino você é, Bernardo! Não me espie quando lavo estas roupas!" Eu, quieto e inquieto, espiava-a. "Olhe, que conto para dona Aldina!", e torcendo uma peça qualquer, respingava-me de sabão. Àquela ameaça de falar com minha mãe, eu deixava-me escorregar pelo muro, constrangido, amedrontado. Mas, mesmo sem vê-la, continuava a acompanhar os seus gestos, enxaguando a roupa, batendo-a, torcendo-a, pondo-a a secar no varal... E o cheiro doce do sabão me trouxe inteira a Heloísa do nosso passado distante.

— Ingrato! Como me esqueceu tão completamente? Isso não se faz!

— Tanto tempo, Heloísa!

— Faz tempo, faz — concordou ela, examinando-me. Tornei a encabular. Naqueles vinte e cinco anos, estava eu seguro disso, envelhecera bem mais. Admirava-me de que me reconhecesse. Depois me explicou que minha irmã, há muitos anos, lhe mostrara um álbum de família e ela me vira já homem feito, num retrato de grupo. A diferença era o bigode, que eu rapara. Examinei-a também, de minha parte. Sim, era aquela mesma Heloísa da minha infância, a Heloísa que eu, vinte e cinco anos atrás, poderia imaginar mulher feita, se para isso tivesse imaginação. Naquele tempo, porém, não a tinha, nem agora a tenho. Ela toda sorria, alva e contente, querendo saber coisas da minha vida e dizendo-me da sua.

— Fiquei viúva, sabe? Faz quase um ano.

— Sinto muito, não sabia...

Ouvira dizer, uma vez ou duas, ao longo de todos aqueles anos, que Heloísa também viera morar na capital. Mas não me fixara nela por causa da notícia. Agora, sabendo-a viúva, vi-me logo em seus braços... Não, recuava de seus braços que se abriam para receber-me, e então eles, desnudos, molhados, se erguiam para pendurar num varal imaginário meia dúzia de trapos coloridos. Minha mãe já não poderia ser invocada como uma ameaça de castigo. Morrera, a coitada! E, homem feito, eu já era bem mais alto que aquele pedaço de muro da minha infância. "Não me espie, Bernardo! Os homens não devem olhar essas coisas!" Ah, mas agora eu podia olhar, não espiar, e aqueles braços, com sua leve penugem ruiva, que eu via respingados de sabão, poderiam rodear-me o pescoço, num abraço estival de reconciliação. Eu devaneava, ela palrava.

— Por que não aparece lá em casa? Eu moro na rua... — disse onde era.

— Apareço.

— Quando?

— Um dia destes.

— Não, um dia destes não serve. Apareça amanhã. Espero você às seis. Não falte.

— Não falto.

Sorriu-me, apertou-me a mão com as suas duas juntas e lá se foi tranqüilamente, segura de si e de que eu, de fato, não faltaria ao encontro. Voltei para meu apartamento de solteiro pensando nela, mais na mocinha que ela fora do que nela mulher. E era curioso como, vendo-a, me visse a mim mesmo menino, com meus anseios indistintos, minha timidez e o mundo hostil em torno. Havia algumas cenas que eu podia recordar com clareza, mas, de repente, tudo chegava a um ponto cego e escuro, e me via, já não menino, mas mocinho também, e Heloísa não mais fazia parte do meu mundo. Era como se, em dado instante de minha vida de criança, eu deixasse de existir ou então adormecesse, para acordar bem mais tarde, numa paisagem nova, com outros sentimentos e perspectivas diferentes. Foi em vão que, renunciando a sair aquela noite, fiquei em casa cavucando no chão da memória. Heloísa não ficou mais adulta do que naquele instante do quintal cheio de sol.

Tarde da noite ocorreu-me telefonar a Glorinha, minha irmã, perguntando-lhe coisas a respeito de Heloísa. Ela estranharia, por certo, e comentaria com o marido. E o Jaime não deixaria de externar a meu respeito a sua opinião desabonadora. Julgava-me um irresponsável, e com alguma razão. Houve uma ocasião em que resolvi ficar rico e o meti num negócio de imóveis. Não tive culpa do desastre, mas foi um desastre. E como o dinheiro era dele, não meu, perdeu tudo quanto amealhara. Prontifiquei-me a pagar, embora a prestações. Ele deu de ombros: "Com quê? Você é um pronto!" Daí por diante, levou a peito saber da minha vida passada e acompanhava os meus passos. Não com maldade absorvente, canina, não: curioso apenas. Talvez quisesse deixar patente que o desastre que ambos sofrêramos tinha uma única explicação: a minha inépcia. Não era mau sujeito, afinal. Mamãe, que me defendia, morreu com seu nome nos lábios e uma advertência a mim: "Cuidado com o Jaime, meu filho..." Era injusto: muito lhe custara a ele não ter cuidado comigo.

Mas Glorinha não estava em casa, nem o Jaime. Tinham ido ao teatro e chegariam tarde. Desisti de chamá-los. Falariam a meu respeito, Jaime diria coisas, minha irmã se exaltaria, ficariam com a noite estragada. Resolvi enfrentar Heloísa sozinho. E fui.

II

Viúva, teria ficado em boa posição financeira, a julgar pelo seu apartamento de andar inteiro. Comparando-o com o meu, de apenas duas peças, fiquei envergonhado. Envergonhado, sim, mas não porque ainda tivesse em mente sentir os braços de Heloísa em torno do meu pescoço. Uma noite de sono me devolvera a serenidade que o devaneio da véspera ameaçara comprometer. Estava interessado em Heloísa agora que a reencontrara? A rigor, não. De certa forma, não muito clara, a Heloísa da minha infância não era mais aquela da tarde anterior, na cidade. Bonita, é verdade, mas não me comovia. Se imaginara os seus braços, molhados com a água do passado, me rodearem o pescoço, fizera-o por um cacoete que suponho muito comum nos homens: o de que sempre estão a sopesar as possibilidades eróticas das mulheres com que deparam. Mas Heloísa não me dizia particularmente mais do que outras mulheres que encontrara depois de moço.

Recebeu-me com alegria:

— Ah, veio? Pensei que fosse fazer-se de rogado!

— Não poderia, Heloísa. Afinal, somos velhos amigos...

— Amigos antigos — corrigiu ela, levando-me para a sala. Lá estava alguém muito dono da casa, folheando papéis que extraía de uma pasta magra e respeitável, além de preta. Era uma figura de Dickens, meu autor preferido. Escovado e penteado, acabara de sair de um daqueles lôbregos escritórios da velha City e vinha prestar contas de um processo que se arrastava de geração em geração.

— O dr. Santos, meu procurador. É como um pai para mim, que já não tenho ninguém. Se não fosse ele, não saberia o que fazer com esse inventário, essa papelada toda...

— Conheceu o bom do Odilon? — quis saber aquela figurinha, dando-me a ponta dos dedos frios e esqueléticos.

Não, eu não conhecia o "bom do Odilon", expliquei. Heloísa interveio:

— Conheceu, sim. É que você não se lembra, Bernardo. Oh, que péssima memória você tem!

Sim, ela deveria ter razão. Mas eu jurava a mim mesmo que não conhecera o Odilon, nem aquele, dela, nem outro com tal nome. Não era nome do meu catálogo. Nem Odilon, nem Olivério, nem Orlando. Não lembro de jamais ter conhecido alguém com esses nomes. Não insisti, mesmo porque quem estava com a palavra era o dr. Santos que, explicando papéis, perorava.

— Você não se incomoda, não, Bernardo? O dr. Santos procura me esclarecer estes assuntos.

— Ora, estejam à vontade. É bom, assim também aprendo.

— Tem algum inventário? — quis saber, zeloso, o advogado.

Não, eu não tinha. Nem nada a pleitear na Justiça. Nem coisa alguma de que me defender.

— Nunca se sabe — afirmou ele, com maus olhos. A seu ver, decerto, cada pobre mortal deveria andar com um causídico a tiracolo, pois as contendas podem desabar sobre qualquer um como uma escada, uma telha, um poste. — Nunca se sabe.

— É bom saber. A vida dá tantas voltas! — consolei-o.

— Dá muitas voltas, dá — aceitou o dr. Santos. — Veja o caso do bom do Odilon.

Odilon começara a vida pobre e se fizera "por si próprio". Um lutador. Um bom. Um justo. Afinal, também um rico. Como enriquecera não mo disse o dr. Santos, nem Heloísa, e achei feio perguntar. Quando se preparava para gozar a vida e pensava em ter filho a quem legar a herança, bumba!, lá vinha um enfarte, inexplicável na sua idade.

— Ah, não tiveram filhos! — deixei escapar.

— Não, não tivemos — admitiu Heloísa, não sei por que baixando os olhos, como se não ter filhos fosse uma falha de caráter.

Eu quis corrigir:

— Melhor assim. Agora, sentiriam falta do pai e absorveriam a vida de Heloísa. Depois, hoje em dia, filhos são o diabo! Ainda outro dia, um amigo meu que mora na Rua Augusta...

Não me deixaram contar o caso, nem ficaram de acordo comigo. O dr. Santos achava que os filhos são "uma bênção de Deus" e Heloísa que "lhe fariam companhia". A não ser Paulina, que a visitava regularmente, não tinha ninguém por si. Vivia inteiramente só e a solidão lhe pesava. Pensara em viajar, mas à última hora lhe faltara coragem. Pensara também em voltar para o interior, mas temera sentir-se ainda mais só. Estava perplexa, não sabia o que fazer.

— Mas pode voltar a casar-se, Heloísa — eu disse. — Você é moça, bonita e, pelo que vejo, também rica. Não lhe faltarão partidos. É só estender a mão.

Heloísa riu com gosto, talvez um pouco demais, sobretudo por causa daquilo de "estender a mão". O dr. Santos lançou-me um olhar pouco amistoso. Seria ele um candidato ou o via em mim? Depois verifiquei que não cobiçava a mão de minha companheira de infância: era casado e tinha filhos moços.

Caíram no debate de cifras e propriedades, e eu me alheei. Quem, diabo, seria o "bom do Odilon" que Heloísa escolhera para marido e que eu conhecera? Não me lembrava. Heloísa, para mim, era um sentimento distante de admiração, perplexidade, sonho e desejo, que inesperadamente sofria um colapso e desaparecia da minha mente com todas as suas conseqüências. Um vendaval se abatia sobre o quintal, varria o tanque e arrebatava as peças penduradas no varal. E Heloísa sumia naquele vórtice tão naturalmente como se não fosse mais sólida do que uma das bolhas de sabão com que me expelia do muro. "Não me espie, Bernardo!"

Começava a me entediar, o que Heloísa decerto notou. Procurou atrair-me para a conversa, mas eu não conseguia interessar-me.

— Você conhece o prédio, Bernardo. Fica na esquina de...

Eu dizia que sim, mas não me esforçava sequer para localizar o edifício de que falavam. O juiz de não sei que despachara não sei como. A Fazenda Nacional queria a sua parte. O inventário sofrera um embargo. Os impostos... Heloísa temia que algo acontecesse e que determinado juiz fosse peitado. O dr. Santos recuava na cadeira, apertando a pasta ao peito:

— Não, minha senhora, sossegue. A Justiça é cega.

Aquilo não era muito tranqüilizador para Heloísa, que voltava à carga. Sabia de casos e lembrou um. Órfãos na miséria, a viúva pedindo esmola... Resolvi ajudá-la:

— É a inflação, dr. Santos. Um juiz é homem, tem família, sente falta de dinheiro. Então... Ainda outro dia, um amigo meu...

O dr. Santos não me deixou contar a história, o que, aliás, foi melhor, pois eu sabia como inventar o começo da mentira, mas não sabia ainda como terminá-la.

Espalmou a mão no ar, solene, indiscutível:

— A Justiça é a última trincheira da legalidade. Há que confiar nela. Se não...

E disse um "se não" tão terrível, que capitulei. Senti-me responsável pela tomada daquela derradeira trincheira, se persistisse na campanha contra a Justiça. Calei-me. E o dr. Santos, refeito, caiu de rijo na explicação do papelame. Heloísa, embora inquieta, não podia deixar de prestar-lhe atenção. Eu examinava o apartamento, olhava o relógio, mergulhava na infância e voltava nadando devagar para junto deles, que discutiam. Uma hora mais tarde, quando já pensava em levantar-me e ir tomar um drinque no clube, soou a campainha.

— É Paulina — anunciou Heloísa. — Conheço o seu toque.

Foi abrir a porta. O dr. Santos pôs a papelada vagarosamente na pasta, dando por encerrada a sua tarefa.

— Tem boa cabeça a dona Heloísa. Dava para advogada. Hoje é comum as mulheres formarem-se. Aconselhei-a a entrar para a faculdade. Ela já tem o clássico. Seria fácil.

— Mas já não é tão moça para isso... — aventei.

— Não é, acha? Pois li outro dia que, nos Estados Unidos, uma senhora resolveu aos 80 anos ser pintora e está ganhando milhões. Dona Heloísa não tem mais do que a metade dessa idade. Devia estudar. Teria mais recursos para administrar a fortuna que lhe deixou o bom do Odilon. — E querendo acumpliciar-me naquilo: — O senhor, que é um amigo de infância, deveria aconselhá-la a estudar. Daria uma boa advogada. Tem cabeça, garanto-lhe. Tem intuição da lei, da chicana. Faria bem a ela, não acha?

— É. Acho que o senhor tem razão.

Prometi aconselhar Heloísa. Já me convencia disso e ia dar provas do meu entusiasmo ao dr. Santos, quando entrou Paulina e ele se preparou para sair. Inclinava-se tão profundamente diante das senhoras, e também diante de mim, que temi me beijasse a mão, levado pela força do hábito. O velhote interpretou mal o meu recuo, olhou para a própria mão suspensa no ar, eu me refiz, estendi-lhe a minha e, num vigoroso *shake-hands*, compactuamos que Heloísa teria o seu anel de grau.

II

Paulina era mais idosa que Heloísa e tinha uma memória mais fiel que um fichário. Olhou-me e não hesitou em apontar-me tão implacavelmente como uma vítima de assalto o faria na polícia ao criminoso:

— Você é o Bernardo. Fomos vizinhos. Uma vez dei-lhe um tabefe porque me levantou a saia. Era o apaixonado de Heloísa.

Corei por ondas sucessivas, desde o meu nome até à última afirmação. Daquilo de erguer-lhe a saia não me lembrava. Mas deveria ser verdade, embora eu não me visse levantando as saias de quem quer que seja, no passado, no presente ou no futuro.

— Perdão — murmurei.

— Lembro-me de você como se o estivesse vendo. Você era deste tamanhinho (fazia o gesto: um tico de gente), mirrado e feinho. Andava sempre atrás da Heloísa, que já era uma mocinha, enquanto você não passava de um piazinho, lembra-se? — Eu dizia que sim. — Adorava a Heloísa, todos sabiam. E ela bem que gostava da sua adoração... Confesse que sim, Heloísa — exigia Paulina da irmã, que também encabulava, mas não tanto quanto eu. — Você cultivava o Bernardo, não é mesmo?

— Acho que sim. Enfim, não sei. Éramos tão crianças!

— É, pode ser, mas você já namorava o Odilon nessa época. Não namorava?

— É, parece que namorava.

Ah, aquele Odilon não me era inteiramente estranho! Qualquer coisa me dizia que ele, de fato, passara pela minha vida, algum dia, muito tempo atrás. O "bom do Odilon".

— E sua irmã, a Glória? Como vai? Casou-se? Teve filhos?

Informei miudamente, procurando não perder o tênue fio de uma lembrança que, fielmente seguida, me levaria ao Odilon. Se Heloísa, já naquele tempo, namorava o Odilon, com certeza eu o conhecia. Era forçoso que o conhecesse.

— E você? Que fez de bom na vida? Quer dizer, além de erguer a saia das senhoras?

— Bem... Namorei, noivei, casei, tive dois filhos, desquitei-me... — Contei a história, com os olhos oscilando entre Paulina inquisitorial e Heloísa complacente. De fato, não fizera mais do que namorar, noivar, casar, criar a meio os dois moleques e depois me desquitar. Já não era rico nem o fiquei depois. Não brilhei em coisa alguma, não fiz carreira (o cadáver de uma moça, esfaqueada, esfaqueada na garganta, levado a exame dos estudantes de Medicina, fizera-me desmaiar e desistir dos estudos), não tinha ambições nem horizontes.

Meu pai, com um suspiro de rendição, fizera-me nomear empregado público.

— Que pensa fazer? Quais são os seus projetos?

— Para ser sincero, não penso em fazer coisa alguma nem tenho projetos.

— Por que não se casa outra vez?

— Acho que não tenho vocação.

E Paulina, com olho prático, sorrindo para a irmã que, adivinhando o que ela ia dizer, fazia-lhe sinais com os olhos e a cabeça:

— Ora, aí está um encontro providencial! Por que vocês dois não se casam? Ambos estão livres... Você naturalmente ainda gosta de Heloísa, não gosta? (Eu sorri, sem graça.) Heloísa precisa de um homem em casa. (Minha companheira procurava manter-se o mais neutra possível.) O fato de um casamento não dar certo, não quer dizer que outro não dê. Depois, vocês têm a infância em comum: já é um laço. Pensando bem, é até romântico. Que acham? Não é uma boa idéia?

— Heloísa, pense nisso — disse eu, o mais sociável que pude, sem me comprometer nem a ela.

— Paulina tem a mania de casar as pessoas — disse ela, com ar distante.

— E sua mulher, que rumo tomou? — quis saber Paulina.

— Não sei. Perdi Bilu de vista. Pago a mesada ao advogado.

Era mentira. Eu sabia que Bilu amava outro homem, e que já o amava quando nos desquitamos. A culpa do desquite não era dela, mas minha. Desde o início nosso casamento não dera certo. Havia qualquer coisa dentro de mim que me dizia que melhor fora ter permanecido solteiro e livre, não indo além das aventuras ocasionais. Infelizmente, aparecera Bilu, minha família gostara dela, a sua gente entrou pela casa adentro... Quando dei acordo de mim, estava noivo oficialmente e, logo mais, casado, instalado e com um filho em caminho. Eu não a amava, e ela sabia disso. Não que lhe dissesse, mas Bilu era bastante viva para o perceber. Indignou-se a princípio, mas em silêncio, e depois se acomodou. As coisas pareceram consolidadas com a vinda do segundo menino, mas só na aparência. Eu me senti ainda mais livre, e a minha liberdade a emancipou. Num bate-boca, quando falei em desquite, ela se agarrou à idéia. Eu quis voltar atrás, Bilu não. O Paulo, que a rondava, não seria estranho à sua determinação. Não creio que Bilu, até então, se tivesse decidido a abandonar-me nem mesmo a me trair. Não era desse tipo. Após o desquite, entretanto, alentou as esperanças do Paulo e certamente o fez mais do que com palavras. Seriam amantes. Não se casariam, porém: ela, por causa dos filhos, ele porque também era casado e a mulher não lhe dava desquite. Mas menti a Paulina e a Heloísa, dizendo que não sabia dela. Na verdade, preferia não saber nem o pouco que sabia. De alguma forma, aquilo como que me diminuía, me frustrava. Afagaria minha vaidade saber que Bilu me amava e continuava fiel ao sentimento antigo que nutrira por mim, embora as exteriorizações desse amor, se ela as fizesse, me fossem supinamente incômodas. Contraditório, concordo, mas a infidelidade de Bilu me soava como uma rejeição.

— Onde sua família foi morar quando você teve aquela queda de tifo?

— Vieram para cá...

— Lembra-se de quando ficou doente?

— Vagamente, Paulina... Sabe? Quase não me lembro nada dessa época. Acho que foi da doença. Uns perdem o cabelo, outros a memória.

— É, você perdeu a memória — disse, rindo, Paulina, com os olhos nos meus cabelos, que só então principiavam a rarear. — Pois eu me lembro. Perfeitamente, como se fosse ontem. Você sempre foi magrinho, mirradinho. Saiu ao pai. De repente, deixou de comer, encafuava-se nos cantos e apanhou tifo. Ficou entre a vida e a morte muitos dias, com um febrão de meter medo. Lembra-se, Bernardo, de uma nota que você tinha na mão?

— Nota na mão? Que nota?

— Uma cédula, dinheiro. Não sei de quanto. Quando precisaram meter você na tina d'água fria, para fazer baixar a febre, descobriram que você mantinha uma cédula na mão cerrada. Estava feito uma bolinha. Foi uma luta para abrir-lhe a mão. Não se lembra?

— Homem, não... Uma nota na mão fechada? Que coisa!

Não me lembrava, absolutamente não me lembrava. Uma nota na mão? Naquela idade? Seria verdade? Não estaria Paulina misturando fatos, atribuindo-me coisas ocorridas com outra criança? O tifo, sim, era verdade, pois aquela doença fazia parte das lembranças comuns da família, que até se mudara para fugir à epidemia. Mas aquilo de me encontrarem com uma nota amassada na mão, ah, era coisa que me escapava inteiramente! Não deixaria de perguntar a Glorinha.

Tocou o telefone, e Paulina, mais perto dele, atendeu:

— É o Carlos, Heloísa...

Heloísa foi cautelosa na conversa, como adivinhei que o seria pelo olhar que me lançou ao atender. Ficou no "sim" e "não". Era alguém interessado nela, ou talvez mais do que interessado. O "sim" saía rápido, alegre, persuasivo, o "não" espichado, triste, arrancado a custo da garganta. Sim e não "Eu lhe telefono depois" — prometeu, e desligou.

Paulina ergueu-se para sair:

— O Carlos tem visitado você?

— Não, mas às vezes me telefona, como agora.

— Não é mau rapaz, mas não confio nele. Não confio — insistiu, sem que ninguém se mostrasse particularmente atento à sua opinião. — Acho que ele está mais interessado no seu dinheiro do que em você, Heloísa. Desculpe-me, mas, como sua irmã, devo ser franca.

— Paulina, por favor! — Heloísa não estava apreciando aquelas "franquezas" na minha frente. Por mais fedelho que eu tivesse sido no passado, já não o era.

— É isso mesmo. Por que não lhe pediu a mão, quando você e o Odilon brigaram aquela vez? Por que só voltou a interessar-se por você agora que está rica?

— Éramos todos umas crianças! Por que, então, o Bernardo não me pediu? — disse ela, gaiata.

— O Bernardo, sim, era uma criança. Mas todos nós, não. Só ele era uma criança, coitado! O Carlos se plantou. O

Odilon, passada a rusga, voltou e pediu você. Tinha amor por você e provou, pedindo-a em casamento. O outro, não. Cuidado com ele, Heloísa!

— Ora, Paulina, não há nada, somos apenas amigos, conhecidos antigos. Você sabe como vivo só.

— Porque quer. Principalmente agora que o Bernardo apareceu. Vocês dois já sabem a minha opinião: casem-se quanto antes, que vai dar certo. Tenho olho clínico. Vocês ainda são moços, livres, podem amar-se, ter filhos... Bernardo não é rico, mas trabalha. Enfim, casem-se. Tenho dito.

Ergui-me também, disfarçando meu constrangimento:

— Pensaremos nisso, não é, Heloísa?

Ela riu, cúmplice, mas não amorosa:

— Pensaremos.

Paulina, no entanto, não quis que saíssemos juntos:

— Não, fique mais um pouco e faça companhia a Heloísa. Vocês devem ter muito que conversar a sós. Hoje, o dr. Santos e eu atrapalhamos o primeiro capítulo da novela. Fiquem juntos. Adeus. Não precisa me acompanhar, Heloísa: sei o caminho. Olhe, telefono amanhã para saber das novidades. Adeus. Bernardo, conto com você para dobrar Heloísa. Adeus.

II

Ficamos os dois em pé, um diante do outro, sorrindo contrafeitos. Heloísa fez um gesto e tornei a sentar-me. Consultei o relógio.

— Sim, fique mais um pouco. Ainda é cedo. — Sentou-se também. — Essa Paulina tem cada uma!

— Ela é muito simpática. Engraçado, não me lembro de uma porção de coisas que contou a respeito da minha infância. Aquilo da nota amassada na mão, por exemplo.

— Ouvi contar essa história quando você estava doente. Diziam que você a roubara para comprar meu enxoval...

Rimos.

— Minha gente não mencionou nunca essa nota — disse. Era mesmo. Teria passado despercebido no meio da aflição geral? Os outros, nada meus, guardaram o pitoresco.

— Mamãe dizia que você ficara fraco de tanta paixão e por isso o tifo apanhou você. — Agora, Heloísa ria, afastando com seu riso claro qualquer compromisso pessoal com o passado e o que nele acontecera. — Brincavam muito comigo por causa de sua inclinação por mim. — Dizia "inclinação", que lhe parecia a palavra mais adequada para qualificar o sentimento de um menino por uma mocinha como ela então era. "Inclinação", de fato, era uma boa palavra e prometi a mim mesmo adotá-la. — Você gostava mesmo de mim, naquela época, Bernardo?

— Gostava, sim, acho que gostava muito. Uma inclinação danada! — Era verdade e, afirmando-o, não queria eu dizer que o sentimento permanecera o mesmo. Tratava-se, afinal, de um amor de criança, sem maiores conseqüências. Era coisa morta, passada. "Não estamos em tempos de maiores aqueles..." como dizia um poeta freqüentador do clube, e dos mais modernos. Também minha gente mangava de mim, por causa de Heloísa. E disse: — Acho que era uma inclinação muito forte, minha cara. Parece que não perdia um momento de vê-la. Devo ter andado muito encantado pela mocinha que você já era, eu, um fedelho.

— Engraçado, não?

Heloísa apanhou da mesinha que nos separava um livro lido a meio, marcado decerto por uma espátula, que eu, do meu lugar, não divisava. Mas não abriu o livro, limitando-se a alisar-lhe a capa. Finamente encadernado, seria um presente, e recente, e com certeza do tal de Carlos.

— Sim, engraçado...

— Você me perseguia, sim. Muitas vezes, quando eu ia namorar com o Odilon, na esquina, você vinha atrás de mim, e eu precisava afugentá-lo. Lembra-se?

Eu não disse que não, embora começasse a lembrar que sim. Não do acontecimento em si, de sair atrás dela quando ia namorar. Não, disso não me recordava, mas ficara dentro de mim, e agora o sentia, o travo amargo de algo que poderia ter sido gerado pelo fato. Ela ia namorar com o Odilon na esquina e eu saía atrás dela. Heloísa precisava afugentar-me. Senti-me corrido, como se fosse ontem.

— Você devia ficar com uma raiva de mim! — murmurei.

— Ficava, sim, mas só na hora. Depois, quando voltava e via a sua carinha triste, ficava com pena, abraçava você e o beijava, lembra-se?

Dos beijos não me lembrava, e bem que gostaria, para pagar-me de ser corrido. Decerto, o tifo, queimando-me a 42 graus, queimara as lembranças dos beijos da mocinha Heloísa como queimara tantas outras recordações agradáveis ou não.

— Acho até que você me perseguia de propósito, para depois ganhar beijos! Você sempre foi muito ladino, Bernardo! E como me espiava, malandrinho! — Aquilo parecia diverti-la e, rindo como ria, tornava-se mais bonita, mais fresca, mais jovem. Como que recuava para dentro do passado e, não demoraria, seus braços se molhariam d'água com sabão e se ergueriam, na minha memória, para pendurar roupas no varal. — Aquilo de levantar a saia da Paulina não sei se é verdade. Mas é bem possível. Nessa idade, os moleques ficam infernais. Comigo você fez isso, e fez mais de uma vez.

— Não — protestei. — Mas se fiz, espero que me tenha castigado com tabefes, segundo a tradição familiar.

— Não, não castiguei. Apenas olhei você ferozmente. Até você baixar a cabeça, como se pedisse desculpa.

— E eu, baixava?

— Custava, mas baixava. Ficava confuso, cheio de culpa, mas me encarava, como me desafiando.

— Como se me sentisse com direito a... fazer o que fizera?

— Sim, talvez. Mas acabava baixando a cabeça, envergonhado.

— E ia embora, sumia?

— Não, não sumia. Baixava a cabeça, mas não arredava pé.

— Terrível! Peço-lhe mil perdões agora pelo mal-educado que fui.

— Não precisa pedir. Aquilo me irritava, mas, no fundo, eu gostava. Não, não pense mal de mim — apressou-se a explicar, antes que eu esboçasse a menor reação. — Era uma demonstração de amor, embora canhestra, grosseira. Você era meu devoto, meu admirador... E quando fazia aquilo (fez mais de uma vez, eu me lembro), era como se tentasse adquirir direitos sobre mim, desvestir-me, possuir-me. Não acha?

— Deve ser. Você analisou direito. — E ri, embaraçado com o exame a que me expunha o Bernardo menino, de quem não podia libertar-me. E também embaraçado por não me lembrar sequer de um gesto daquelas cenas que tão precisas se estamparam na memória de Heloísa. Fazer-me curvar a cabeça, de vergonha... Mas eu não arredava pé. Queria-a e fincava pé firme. Isso, pelo menos, me aliviava.

Consultei o relógio. Não estava compromissado, porém cansado e desejoso de ficar só. Ficar só para pensar naquilo tudo e situar-me em meio das lembranças que Paulina e Heloísa me tinham revelado. Aquilo, naquela tarde, de alguma forma me enriquecia, me religava ao passado, dava continuidade ao meu eu sobre o episódio do tifo. Graças a elas, eu me prolongava ao encontro das minhas raízes. E então talvez compreendesse certos estranhos olhares trocados entre minha mãe e Glorinha, quando eu me esquecia das coisas ou me enfurecia. Elas tinham em comum o conhecimento de algo que me pertencera, mas de que não me apossava pela consciência. Aquela tarde me devolvera em parte a mim mesmo.

— Tome alguma coisa comigo — disse Heloísa, quando fiz menção de me erguer.

— Não será tarde para você, minha cara?

— Para mim, não. Não espero ninguém nem vou sair. E você? Tem algum compromisso?

— Não, nada.

— Então fique mais um pouco, se não se aborrece em minha companhia.

— Ora...

— Vamos beber alguma coisa. — Serviu-me e a si mesma. — Fale-me de você, agora que estamos sozinhos. Por que se desquitou de Bilu? Sabe que a conheci? Era uma moça muito bonita. Na ocasião, senti-me um tanto despeitada: esperava que ela fosse parecida comigo.

— Era bonita, era. E ainda deve ser. Muito conservada. Mas não se parecia nada com você, Heloísa.

— É bem mais moça do que eu.

— Deve ter uns trinta ou trinta e um anos.

— É verdade que não sabe da vida dela?

— É verdade.

— Pois eu sei... — disse Heloísa, deixando de me olhar e apanhando o copo. — Soube pela Glória, outro dia, quando nos encontramos por acaso.

Ah, ela sabia da verdade! Aquilo me encheu de vergonha e me desnorteou... Ela sabia. Era mais uma vergonha minha de que Heloísa se apossava. De minha parte, firmei a decisão de não admitir que o soubesse nem quis discutir minhas infelicidades com Bilu. Limitei-me a dizer:

— Pois não me conte nada. Prefiro ignorar. Ela que viva a sua vida, que eu faço o mesmo. — Fiquei com vontade de inventar uma aventura amorosa, com muita paixão, até alguma loucura, mas deixei para mais tarde. — Sabendo de qualquer coisa, terei de tomar-lhe as crianças, e isso seria a morte para ela. Não me conte nada, Heloísa.

— Não ia contar, Bernardo — explicou ela. — É assim mesmo que se deve fazer. Cada um que leve a sua vida. Aliás, Bilu não faz nada que possa comprometer a guarda das crianças. E você procede muito nobremente não controlando a coitada!

Aquele diploma de nobreza que Heloísa tão generosamente me concedia, não me satisfez muito. Ao contrário, como eu sabia do procedimento de Bilu, humilhou-me. E eu não queria de forma nenhuma requerer a guarda dos meninos, que eram umas pestes. Gostava de vê-los, sim, mas apenas meia hora, uma vez por semana, aos domingos, lavadinhos e comportados, sob os olhos de minha sogra ou na rua. Cuidar deles, vigiá-los, educá-los, ah, isso não, mil vezes não! Mil vezes a minha vida solitária e largada, cheia de vazios que eu enchia de devaneios inconseqüentes, os ócios na repartição, os drinques no clube, os jornais, um ou outro livro policial, alguma biografia, meu velho Dickens... Não queria esforçar-me por coisa alguma, não tinha ambições, não amava ninguém. Como que adivinhava que jamais encontraria mulher que me fizesse feliz, simplesmente pela razão de que não me sentia nem jamais me sentiria à vontade muito tempo com mulher alguma. Gostava delas, até de qualquer uma, sem muita escolha, mas nas melhores horas, como entretenimento, de passagem. Depois, queria fugir, um desejo incoercível de sentir-me só ou na companhia de homens me lançava pela porta afora como perseguido por uma fera. E ao sentar-me no clube, diante de um copo bem servido, sentia-me aliviado, descompromissado, a salvo de ameaças.

— E você, Heloísa, foi feliz com o... seu marido?

— Com Odilon? — Hesitou um pouco. — Fui, fui feliz. — Não fora. Heloísa mentia. Mas como, afinal, o homem estava morto, fora da jogada, não adiantava queixar-se.

— Foi uma pena não terem filhos.

Ela pensou um pouco antes de responder. Pensei até que não respondesse, pois já dissera, diante do dr. Santos, que realmente era uma pena. Mas Heloísa me encarou alguns segundos e depois se abriu em confissão:

— Não, não foi. A você posso dizer a verdade. Foi melhor assim — insistiu, segurando o volume contra os joelhos. Exaltara-se um pouco e aquele sentimento forte a tornava mais dura e menos bela.

— Você disse o contrário, há pouco, na presença do dr. Santos — adverti.

— Na presença do dr. Santos, claro. Para que chocar os sentimentos dos outros? Dizer, na frente do dr. Santos, que foi melhor Odilon não deixar-me filhos, seria quase confessar-me uma decaída. Ele não entenderia de outra forma. Quando um homem e uma mulher se juntam é para ter filhos. Senão, é imoral. Amor, para ele, é apenas um substantivo que desculpa a forma feia pela qual se produzem crianças.

— Ele é que não queria?

— Não, não foi ele: fui eu. Eu é que evitei. Muitas vezes me censurei a mim mesma por proceder dessa forma, mas não pude deixar de proceder assim. Não queria filhos. Não queria filhos dele.

Era alarmante como Heloísa se confessava. Não amara o marido. Casara por casar, apenas. Nada de filhos. Talvez gostasse de outro. Ou simplesmente se arrependesse de não ter casado com outro, qualquer que fosse. Talvez com aquele Carlos, que a chamara ao telefone. Sim, devia ser isso: queria ter filhos de Carlos, não de Odilon, do bom do Odilon.

— Não sei por que estou falando essas coisas a você, Bernardo. Acho que é para desabafar, sabe? — disse, apertando o livro fortemente contra os joelhos, agora com dois dedos de cada mão metidos entre as páginas marcadas pela espátula. — Se ele me deixasse filhos, acho que os meteria num internato e não os visitaria mais do que uma vez por ano. — Estava agora com uma fisionomia carregada e má, e se envelhecia naquela raiva. Não era mais a mocinha Heloísa com os braços molhados d'água e sabão. — Porque decerto sairiam parecidos com ele, secarrões, desconfiados, suficientes. Eu não conseguiria dobrá-los, fazê-los românticos e perdulários como eu fui. Eles não olhariam para mim como você me olhava em menino.

— Não me parece que você seja lá muito romântica, Heloísa... — corrigi eu, alarmado com aquela confissão que me tornava cúmplice de Heloísa na sua aversão pelo marido.

— Sou, ou melhor, fui romântica e perdulária, sim. Odilon é que me deformou, me tornou seca e realista, econômica e até mesquinha, incapaz de entregar-me, de amar perdidamente pelo simples prazer de amar. Fiquei calculista e infeliz, e isso não posso perdoar ao meu marido. Eu deveria ter casado com qualquer outro, até com Carlos, jamais com ele. Foi um erro.

— Está em tempo... — insinuei. — Esse Carlos, pelo que disse Paulina, estaria disposto a...

— Não, agora é tarde. Tem razão Paulina quando fala de Carlos daquele modo. Não creio nele como poderia ter crido há vinte anos. É bem capaz que ele, realmente, se interesse mais pelo meu dinheiro do que por mim. Mas que importaria isso, se me desse prazer acreditar no amor, preferindo uma mentira? Já hoje não posso acreditar nele porque Odilon me ensinou a descrer.

— Mas sempre é tempo... — emendei, só para dizer alguma coisa. Não estava eu interessado, de forma alguma, em casar-me com Heloísa, mas não me agradava a eventualidade de que ela viesse a casar-se com aquele tal de Carlos, que a namorara quando eu era um fedelho agarrado às suas saias.

— Não, é tarde, você se engana, Bernardo. — E incisiva, como se aparasse por antecipação qualquer pretensão da minha parte: — Você, por exemplo, que teve tão forte inclinação por mim... Você mesmo. Se você me fizesse uma declaração, eu não acreditaria.

— Fique tranqüila, Heloísa.

— Não me permitiria acreditar em você. E não me casaria com você de maneira nenhuma, tão certa estou, ou estaria, de que você o faria por interesse e não por amor. Mesmo que o fizesse sinceramente por amor.

— Heloísa, não se sangre em saúde. Não vou declarar-me. — Era sincero. Nunca, como naquele instante, eu estivera tão longe de amar Heloísa. Ela ficara lúcida demais, tão dona de si própria, que me repugnava. Sim, tinha cabeça demais, deveria ser advogada.

— Sim, mesmo que o fizesse sinceramente por amor — repetiu. — Eu não acreditaria em você. Examinaria você detidamente. O preço dos seus sapatos. O corte de sua roupa. A qualidade de sua camisa. E concluiria que as suas necessidades seriam mais de dinheiro do que de afeto. E me faria infeliz, recusando-o, pois perdi toda a generosidade, a capacidade de acreditar e de dar, sobretudo a capacidade de me dar a mim mesma.

Aquela exemplificação tão a frio me deixou bem pouco à vontade. Porque Heloísa, falando, pousava os olhos duros naqueles detalhes da minha indumentária, e mesmo que a sua intenção não fosse aquela, chegaria às mesmas acabrunhadoras conclusões. Pedindo-a em casamento, eu, aos seus olhos, com aquela roupa, demonstraria, de fato, mais precisão de bons salários do que de amor. Era um papel pouco agradável o que me conferia Heloísa, e fiquei com vontade de dizê-lo. Afinal, não tinha nada contra o defunto. Ninguém lhe mandara casar com Odilon, bolas! Depois, sempre achei que, após certo tempo de casados, todos os maridos e todas as esposas chegam à conclusão de que casaram errados. O casamento é uma instituição que responde a muitos interesses, menos aos do amor. Devia ser proibido.

Mas me calei, prudente, desejoso de que ela pusesse fim às suas confissões e me servisse outra dose. Na primeira oportunidade, eu desviaria o assunto para *O pagador de promessas*, a Liz Taylor, o San Thiago Dantas, o diabo! A inflação, por exemplo, seria um bom tema, agora que ela se metia a cuidar do seu dinheiro.

Heloísa parece ter adivinhado que eu me cansava e se ergueu, largando o livro. Foi buscar outra dose. Aproveitei a pausa para acender um cigarro e estender as pernas. Falei tranqüilamente, e ela me ouviu sem se voltar, de costas como estava, apanhando gelo e servindo a bebida.

— Pois, olhe, Heloísa, bem que eu gostaria de gostar de você como quando era menino. Quero dizer, gostaria de amar você, agora que nos reencontramos. Soaria assim como fita de cinema: a reconquista da amada da infância. Devo ter lido ou visto qualquer coisa parecida. Acho que até estaria moralmente obrigado a isso — disse, rindo. — Infelizmente, não é verdade. Você é outra Heloísa, que deve ser amada pelo que é. Não é a Heloísa da minha infância, a que eu amei. Você é outra Heloísa, como eu sou outro Bernardo. Uma Heloísa adulta, que se casou, que recusou ter filhos. Que ficou rica. Que eu quase não conheço.

— Que ficou má — disse ela, retornando à cadeira. — Foi Odilon que me deformou. Não posso odiá-lo, mas não lhe perdôo. Você, que o conheceu mocinho, precisaria tê-lo conhecido durante o nosso casamento. As pessoas são sempre outras.

— Não o conheci quando era mocinho, desculpe.

— Conheceu, sim. Eu me encontrava com ele na esquina de casa e você me perseguia. Você não pode deixar de o ter visto muitas vezes. Tenho a certeza de que o viu.

— Não me lembro. Que cara tinha ele?

— Não se lembra mesmo?

— Não, não tenho a menor idéia.

— Vou-lhe mostrar — disse Heloísa, erguendo-se para procurar uma foto.

Debrucei-me sobre a mesinha, esmaguei o cigarro no cinzeiro e abri o livro. Como espátula e marcador, Heloísa usava um canivete comum, grande, de uma lamina só, desses de cabo de madrepérola, pouco usados para tal mister. Não o apanhei, advertido não sei por que misterioso apelo, e voltei a recostar-me na poltrona. Acendi outro cigarro, perturbado. Um canivete! Não estranhava que ela usasse um canivete como espátula, mas, sim, ali encontrar um canivete, no instante em que remexíamos nossas lembranças infantis. Havia um canivete na minha infância, eu sabia que havia, mas não conseguia localizá-lo. Tivera parte importante na minha vida, talvez até na formação da minha mente e da minha sensibilidade, mas eu não o encontrava por mais que procurasse. Aquilo me inquietava fortemente e me sentia um pouco trêmulo e medroso, como se na iminência de uma revelação que me deslumbraria e me faria sofrer como nunca antes disso. Um canivete!

Heloísa voltou com a foto:

— Este é Odilon um pouco antes de morrer. Em moço era a mesma coisa. Não mudou nada.

Reconheci-o imediatamente. Alto, seco, espadaúdo, cara amarrada, riso fino e parado. Reconheci-o. Sim, era verdade: eu o vira muitas vezes na esquina, à espera de Heloísa. Muitas vezes. Clareou-se-me a memória. Ele ficava plantado junto da árvore, mas não se encostava ao tronco. A sombra deitada pela árvore parecia concentrar-se toda em seu rosto, na sua barba cerrada, e de longe não se podia divisar sua boca e seus olhos. Ele me fazia medo. Mais de uma vez, estava ele sozinho quando eu o via. Chamava-me, querendo conversar comigo, mas eu escapulia, amedrontado. Chamava-me, mas eu fugia. Sabia que era namorado de Heloísa e, de longe, lhe tinha ódio. Era ele quem me roubava a moça, já era um homem, podia casar com ela, e eu não. Naturalmente se beijavam no escuro, como eu já ouvira dizer que os namorados faziam, e por que Odilon e Heloísa não o fariam? Tinha-lhe ódio, um pequeno ódio impotente que se apagava quando não o via, mas que a sua presença na esquina fazia renascer e alentava algumas horas. Uma vez ele conseguiu segurar-me por um braço e arrancar-me algumas palavras. Não me lembro quais. Queria saber se eu gostava de balas ou de bolinhas de gude, talvez. Não me lembro. Disse-lhe qualquer coisa para satisfazê-lo e ver-me livre. Quando me soltou, saí correndo, com vontade de xingá-lo, mas não me atrevi.

— Reconhece agora?

— Reconheço.

— Sei até que vocês conversaram um dia, não foi? — perguntou ela, pouco interessada, agora abrindo as páginas restantes do livro com o canivete.

— Conversamos.

— Sobre o quê? Lembra-se?

— Lembro. — De fato, agora, de impacto, eu me lembrava e dentro de mim as lembranças andavam em tumulto, acordando umas às outras, carregadas de energia, permutando ódio. Eu sofria. — Ele me perguntou se eu queria ganhar um canivete e eu disse que sim. Mostrou-me uma cédula. Mas eu tinha de responder a uma pergunta.

— Que pergunta? Não seria nada de honesto, tenho a certeza. Odilon não usava processos muito limpos quando queria obter alguma coisa. Ele sempre subornava as pessoas. Pior é quando conseguia suborná-las de graça. Que pergunta? — insistiu.

Eu continuei, de cabeça baixa, com os olhos na foto do finado e no canivete que ela manejava:

— Ele quis saber se você se encontrava com outros rapazes quando ele não vinha. Insistiu muito, mostrando-me a nota. E eu disse que sim. Então ele me deu a nota para comprar um canivete.

Heloísa explodiu numa gargalhada, provocada mais decerto pela minha expressão compungida do que pela história em si.

— Ah, que serzinho desprezível você foi, meu querido! Era mentira, Bernardo! Eu não me encontrava com ninguém, a não ser com ele. Você sabia disso.

— Sabia.

Então Heloísa, teatralmente, exibiu o canivete na palma da mão aberta:

— Por causa de um canivete você me traiu! Nem o seu puro amor resistiu ao suborno, Bernardo! Nem seu amor de menino! Que é que se pode esperar das criaturas, me diga! — Mas não parecia sofrer com aquilo, tanto que ria, dura e escarninha.

— Não, não foi pelo canivete! Foi para afastá-lo, foi por amor! Eu devia estar louco por você, Heloísa!

Ela ria perdidamente, encantada com aquela minha indignidade, como decerto Odilon se encantaria, como decerto lhe ensinara a ficar. Agora, eu a odiava. Não lhe contara o resto, recuando a tempo. Odilon, ouvindo o que eu lhe dissera, deu-me a nota com estas palavras: "Compre o canivete, porqueirinha. E passe ele no pescoço!" Foi o que ele disse. Aquilo ficou em mim, gravado a fogo, e não me largou. Foi com certeza por isso que definhei e depois adoeci. Era a nota que me dera para comprar o canivete a que me arrancaram da mão fechada, quando me meteram na tina d'água fria.

Heloísa morria de rir, e eu a odiava. Procurava conter-se, mas o riso era mais forte que a sua vontade, e voltava a gargalhar, tripudiando sobre o miserável que eu fora. E a culpada de tudo fora ela. Meu amor por ela é que me lançara àquele ato vil. Por isso é que tudo se me apagara da memória e havia um hiato na minha vida. Era aquela a ferida, e que só cicatrizara aparentemente. Por causa dela é que eu todo me frustrara e vivera em estado de ira. Contra mim e contra os outros. "Que serzinho mais desprezível você foi!" Sim, eu me tornara desprezível aos meus próprios olhos e, para sobreviver à minha vergonha, esquecera-me completamente de que o era. Entretanto, a consciência da minha miserabilidade ficara latente em mim todos aqueles anos. Não seria por outra razão que, salvo da moléstia, me tornara cruel e andava a estripar passarinhos e machucar meus irmãos mais fracos. "Vamos fazê-lo médico — dizia meu pai, rindo das minhas crueldades. — Dará um bom açougueiro, isto é, um cirurgião!" Nem dei para isso nem para nada mais. Aquela moça esfaqueada na garganta, no meu primeiro ano de Medicina, liquidou minhas pretensões a cirurgião. Decerto, por isso também é que me apavoravam as navalhas de barbeiro. Barbeava-me com lâminas e não permitia que me passassem navalhas nem quando cortava o cabelo. A simples vista de facas me apavorava. Era o maldito canivete enterrado na minha mente que me fazia desmaiar, o que aconteceu mais de uma vez, quando via alguém picar fumo, descascar uma laranja, limpar uma unha. O medo tomou outros coloridos despistadores. Uma vez Bilu me deu uma gravata vermelha, e eu passei a detestar a pobrezinha. Não pus jamais aquela gravata, o que a ofendeu. "Tenho horror de botar isso no pescoço! Desculpe, mas é horrível!" — "Está na moda. Todos usam. Por que você não?" Muito mais tarde, ainda por causa da gravata, que veio à baila por qualquer motivo, brigamos ferozmente, e diz Bilu que a agredi com uma faca à hora do jantar. Não me lembro de jamais ter empunhado uma faca, mas Bilu se mostrou tão apavorada, que deve ter sido verdade. Mesmo minha gente esteve de acordo em que ocupássemos quartos separados algum tempo. Nunca mais dormimos juntos, depois disso. E o desquite se tornou inevitável.

— Ah, como é engraçada a vida, Bernardo! — E Heloísa, apertando o canivete com ambas as mãos, ria gostosamente, maldosamente. — Odilon nunca me falou nisso. Ele não deve ter acreditado. Talvez sentisse ciúmes de você. Era um ciumento feroz, um ciumento sem amor. O fato de você ser um fedelho não lhe diminuiria as razões de ciúme. Deve ter sido isso. Além do que quis humilhar você, quis rebaixá-lo aos seus próprios olhos. Isso era bem dele. Uma vez, com meu pai...

Eu não ouvia Heloísa nem suas histórias. Odiava-a, odiava-a, responsabilizava-a por toda a minha frustração. As namoradas que não consegui persuadir de que as amava, porque me voltava para mim mesmo e não para elas. Com Malvina fora assim, e eu chegara a querê-la muito. Eu, porém, não projetava meu amor sobre ela, não a convencia de minha ternura, e não a convencia porque, inconscientemente, cirandava em volta daquele maldito canivete espetado na carne viva da minha memória, a me sangrar, a me exaurir por dentro. "Esse menino tem o diabo no corpo!" — era o que minha mãe constantemente dizia. E dizia a verdade. Eu estava possesso e possesso continuei pela vida afora, sem que ninguém me exorcizasse. Desliguei-me dos meus pais e dos meus irmãos. Jamais, depois disso, — agora o via claramente — pude ser feliz e tranqüilo com eles. Vivia sobre brasas, como se aquela culpa que eu carregava, e de cujo peso não tinha consciência, me surgiria aos olhos se encarasse alguém, me mancharia as mãos se as estendesse. Glorinha, tão minha amiga, arredei-a de minha vida com uma estupidez que agora me fazia corar. Dissera-lhe coisas, não sei bem por quê. Fizera-a chorar. E mais a rejeitava porque ela me perdoava: a sua bondade como que assoprava a chama da minha ira. E Bilu, também. Heloísa, móvel da minha miséria, é que me impedira de amar a quem quer que fosse, eu, que nascera tão inclinado a amar. Eu poderia ter amado Bilu e ser feliz com ela. A pobre não quis outra coisa durante todos os anos em que vivemos juntos. Eu é que não me dera, ou me dera a meias, para furtar-me logo depois. E fora até com alívio que me sentira desobrigado dos meus deveres de marido. Fui mais feliz dormindo só, em minha cama de solteiro. A culpada de tudo fora Heloísa, que agora ria de mim. E os meus dois meninos, para os quais me voltava com remorso? Por que não os quisera com pureza de coração?

Decerto por sabê-los capazes, também eles, de uma infâmia por um canivete. Não pela posse de um canivete em si, mas de uma infâmia de amor, de que o canivete era um símbolo.

Odiei Heloísa e vi-a feia, e má, e mesquinha. Nunca se casaria comigo, se lho pedisse, como não se casaria com Carlos, que lho pedira. Não se casaria. A sua missão na terra era frustrar, levar os homens à frustração. Como o fizera a mim, roubando-me toda a minha vida. Odiei-a e quisera vê-la ferir-se com aquele canivete que me abrira de golpe a consciência da minha fraqueza. Quisera vê-la espadanando sangue, jorrando sangue pelas veias abertas, as veias dos pulsos erguidos sob o sol, junto de um varal onde peças de roupa adejassem. Não água de sabão, mas sangue, sangue redentor de sua mesquinhez.

— Se eu contasse, ninguém acreditaria, Bernardo! Mas acho que não resisto e contarei pelo menos a Paulina.

— Não, por favor, não faça isso! — pedi, exaltado, e creio que estava lívido, tanto, que Heloísa se assustou.

— Ora, que bobagem, Bernardo! Já somos crescidos. E são coisas de crianças!

— Não, por favor — roguei de novo, agarrado à necessidade de que Heloísa não contasse a ninguém o que eu lhe revelara.

— Está bem, Bernardo, não contarei, se isso o abala tanto. Mas é uma bobagem. Você me amava e quis afastar o adversário, só isso. Não foi mais feio do que sujar na cama, quando não se aprendeu ainda a educar o corpo. Que tem de mais?

Heloísa não alcançava o fundo da minha vergonha. Não fora ela quem perdera metade da vida, nem se considerara tão miserável que quisera morrer. Não fora atingida, pois Odilon continuara a procurá-la e até se casara com ela. Era intolerável reintegrar em minha consciência aquela vergonha e eu me sentia tão diminuído, que no momento não julgava ter mais coragem de voltar-me para dentro de mim mesmo, daí por diante, nem de me impor aos outros, nem de julgá-los, de julgar-me, de me perdoar. Se saísse, acreditaria ver em cada pessoa um julgador inflexível "Ali vai um homem vil!" —

"Aquele homem se vendeu por um canivete!" — "Que serzinho mais desprezível você foi..."

— Odilon procedeu muito mal com você. Ele sempre foi assim. Estou certa de que ele enredou você de tal forma, que você não teve outro jeito senão confessar aquela coisa feia. Que era o que ele queria, estou certa. Mas não se martirize por isso. Olhe, vou preparar-lhe outra dose. Você ficará mais calmo.

— Não, não precisa incomodar-se — murmurei, saindo a custo daquele estado hipnótico em que, desesperado, lutava para não perder o controle dos movimentos. Já estraçalhara a fotografia e nem dera por isso.

O telefone tocava insistentemente e Heloísa ergueu-se. Devia ser o Carlos outra vez, e ela parecia agastada.

— Eu já lhe disse... Não, claro que não... Outra ocasião... Não posso... Sim, claro... Sim... — Uma longa pausa, em que ela ouviu em silêncio. Depois consultou o relógio de pulso. Suspirou. Resignava-se. — Sim... Se me promete dessa forma... Sim... Está bem... Está bem... No mesmo lugar. Até logo. — Desligou.

Sentou-se sem me servir. Também sem me olhar. Estava abstraída. Tomou um gole que restava no copo. Apanhou o canivete e ficou a brincar com ele. Esqueceu-se totalmente da minha presença, como se eu não estivesse na sala. Acendi um cigarro para chamar-lhe a atenção: nada. Estirei as pernas com ruído: não me notou.

— Foi uma coisa feia, admito. Estou envergonhado... — disse, a meia voz.

— Como? — fez ela, inteiramente alheia. Depois: — Ora!

Pensava no Carlos, a ordinária. Ia encontrar-se com ele "no mesmo lugar", onde já se tinham encontrado antes. É evidente que, apesar do que dissera, de como se definia, amava aquele tratante e não se importava de se lhe entregar, mesmo sabendo que era dinheiro e não amor que ele queria dela. Esquecida, lhe rodearia o pescoço com os seus braços enxutos, como o fizera antes com Odilon, que lhe deixara uma fortuna, a mesquinha. E se despiria aos seus olhos, a vendida, daquelas mesmas peças íntimas que tantos anos antes eu a vira lavar e pôr a secar no varal, sob o sol. E se daria, se daria, a sem-vergonha, não tomando consciência de que me devia alguma coisa, de que me devia a minha própria vida, de que somente com a sua vida pagaria o preço da minha infâmia, aquela infâmia que eu, fraco e inerme, pagara sozinho desde a meninice. Odiei-a pela sua indiferença, pelos abraços que dera naquele maldito que me humilhara, pelos beijos naquela maldita boca que me espezinhara ("Passe ele no pescoço!"), pelos abraços e beijos que corria a dar no Carlos. No Carlos, sim, no Carlos, que queria o seu dinheiro, aquele mesmo dinheiro de que a mais ínfima cédula me infamara por todo o sempre.

Ela estava alheia a mim e eu podia examiná-la e odiá-la em cada centímetro exposto de sua pele, em cada prega do seu vestido, em cada momento dos gestos distraídos que fazia, brincando com aquele maldito canivete! "Por causa de um canivete você me traiu..." Ah, por que ela não se feria com aquele canivete, como eu, no passado? Por que aquela lâmina, de repente, num relâmpago, não se soltava e mergulhava fundo em sua garganta, donde há pouco haviam brotado aquelas gargalhadas que me enxovalharam? Por que aquilo não explodia em suas mãos distraídas e lhe estilhaçava o rosto, onde um riso pervagava, não se fixando, e os olhos boiavam perdidos, sem ver, ou vendo ela própria a despir as peças que um dia eu vira lavadas pelas suas mãos cheias de espuma? Odiei-a por mim e pelos que eu afastara de mim. Odiei-a por Malvina, que eu não soubera amar. Pelos meninos, que eu perdera. Por Bilu, que eu atirara aos braços de outro. Pela carreira fracassada. Pela moça com a garganta aberta na mesa do necrotério.

Heloísa sorria, embevecida. Pensava em Carlos, decerto. Estava decidida a dar-se, a cadela. Ignorava-me e me fugia, agora para sempre, depois de me reencontrar. Naquela exaltação de sentimentos, eu via-a recuar no tempo e rejuvenescer, e de novo tornar-se a Heloísa que, mudo, adorava, debruçado no muro, quando ela ria seu riso moço e brejeiro ("Não me espie quando lavo estas peças, Bernardo!"), e me molhava com água de sabão. E era um Carlos que eu julgava conhecer, que a esperava logo mais na esquina, sob a árvore, e que lhe contaria a história de um fedelho, eu, tão infame que a vendera por um canivete. Por isso é que ela, agora, em minha imaginação, se apressava, deixando cair os pegadores de roupa, e as peças, mal torcidas, ficavam a escorrer água. Poças d'água se abriam na terra solta e, sob o sol, brilhavam como rústicos espelhos despolidos — e a sua cintilação me lembrou a lâmina do canivete, aquele canivete com o qual Heloísa brincava. Não, Heloísa não poderia contar a ninguém aquela infâmia que me escapara em confissão. Nem a Carlos, que a esperava na esquina, nem a ninguém. Já era muito que a soubesse ela própria, a maldita, ela, por quem eu me infamara, infamando-a.

Ela me ignorava, não se apiedaria de mim, falaria de mim como de um estranho, um sujo estranho. Enojava-se de mim, era evidente. Senão, reencontrando-me, era inevitável que me amasse. As palavras formaram-se em minha boca e saíram em tropel, antes que eu pudesse refletir:

— Heloísa, quer casar comigo?

Ela voltou-se e me olhou um instante, friamente. Não lhe causara nenhuma surpresa o meu pedido. Porque decerto o esperava, mas estava tão resoluta a repeli-lo, que não se abalou. Deixou cair a resposta com desdém, numa sentença definitiva, acachapante:

— Nem pense nisso.

Ergui-me, impelido pela fúria, e avancei para ela, derrubando a mesinha.

— Bernardo, você está louco!

Estou certo de que Heloísa disse isso, só isso, nada mais. Depois, eu o repetiria várias vezes no inquérito policial e diante do juiz. Recuando, em pânico, ela deixou cair o canivete e eu me curvei rapidamente para apanhá-lo. Não, Heloísa não iria ao encontro de outro homem nem riria com ele da minha vergonha. Não contaria a ninguém que eu me infamara e arruinara toda vida porque, um dia, vinte e cinco anos atrás, me atrevera a disputá-la àquele homem a quem ela se entregara, ignorando o menino que chorava. Então, o menino humilhado que vivia escondido dentro de mim ergueu-se e, armado de canivete, saltou urrando do seu fojo. E, através do sangue que derramou como homem, libertou-se, por fim, da sua miséria.

Gula

GUILHERME FIGUEIREDO

De Gula ad Aennium Silvarium

GUIDUS FICARIUS ad Aennium Silvarium, *salve.*

Por teu homem, Aenni Silvarie, nada pude fazer. Iohannes Haranius apareceu no átrio do Fórum ainda o sol não apagava as sombras dos ciprestes vaticanos. Eu estava a desmontar, quando chegou. Deixa-me dizer-te: desde cedo foi hoje um dia desagradável. Pela manhã, Stratipontes demorou-se a selar o cavalo; o próprio cavalo, talvez porque à noite não o deixassem dormir, tal ruído fazem agora os legionários perto da quinta, tentou atirar-me ao chão, quando o escravo lhe segurou o estribo e as bridas. E novamente assustou-se quando um punhado de soldados de César se divertia à volta dum mastro plantado na estrada. Serenei o animal com afagos da palma da mão, falando-lhe o nome, como ensinaram os árabes a quem o comprei:

— Aben-Mkair! Aben-Mkair!

Os soldados desfizeram o cerco e vi um espetáculo incômodo, que agora se reproduz com freqüência na via que conduz à quinta: tinham cravado um homem no mastro, de cabeça para baixo; haviam-lhe aberto os braços, as mãos perfuradas por pregos, que as sustinham num toro cruzado ao outro; de sua boca, de sua barba destratada, corria sangue, coagulado na testa, gotejado nos restos de cabelo, resina de árvore humana. Como estava nu e o sangue lhe empastava as feições, não se distinguia se era romano ou hostil, liberto ou escravo. Dispus-me a dirigir uma petição ao Bem-Amado, para que ordenasse as execuções em outro sítio que não no caminho de tantos patrícios, e indaguei dos soldados quem designara a Vaticana para tais ações.

— O decurião tem ordens para escolher onde lhe aprouver.

— De onde vem a vítima? — indaguei.

— Da Prisão Mamertina. É um certo Cephas, ou Kepha, que se dizia pescador de homens.

Estrugiram risos. Um falou:

— Era a sua maneira de torturar os soldados de César, creio. Muito faltou a Tibério inventar, entre as torturas que inventou.

Novos risos, que me faziam mal. E me fazia mal o rosto do morto, ou o que restava dele, o olho a escorrer pela sobrancelha um avesso de lágrima sanguinolenta, a boca aberta, com as comissuras de espuma onde já se juntavam moscardos; o sexo pendente, cômico, o que mais provocava o riso dos soldados.

— Um circuncidado!

— Um peixe mordeu o pescador!

Esporeei Aben-Mkair, galopei um só galope até o Fórum. Lá encontrei o teu homem: deu-me tua carta e me examinou com olhos miúdos, simiescos, ansiosos, enquanto esperava. Conhecia-te de Alexandria e era teu amigo. Queria que eu o levasse a Aulus.

— Por que não vais só?

— Decerto não me deixam entrar. É arriscado. Talvez não se lembre, mas em certa época estudamos juntos.

Digo-te com franqueza, Aenni, não me apraz ter ao lado essa gente; não que eu seja romano dos que não trocam palavra com estrangeiros e assim deixam de aprender os legados da Grécia e do Egito; tanto não sou que longos anos andei na Ibéria, de onde só me trouxe de volta a febre; mas nos tempos de hoje não se recomenda o ser visto com palestinos, mesmo pertencentes às milícias, mesmo os que vêm a Roma por ordem do governador; porque, se uns obedecem ao Sanhedrim que nos obedece, outros aprenderam em Atenas a negar os deuses que honramos no Capitólio e de quem descende César; outros fazem comércio de gentios, e sobretudo de mulheres negras, de Cartago e da Abissínia, e as vendem aos patrícios sem pagar tributo; e outros ainda, primários e supersticiosos, falam de abolir os deuses, até os que o Império consente, afora um cuja magia empolgou de tal modo Cornelius, o centurião, que este enlouqueceu e passou a repelir as entranhas nos sacrifícios, contentando-se com libações de pão e vinho. Sabes, ao mesmo tempo, da minha tolerância e da minha lealdade. Mas sabes também da minha amizade, e foi ela quem me fez dizer a Iohannes de Haran:

— Tens sorte. Aulus está em Roma. Levar-te-ei a Aulus.

Pude ver o brilho de seus olhos, antes de cobrir o rosto com o capuz. Seguimos ambos: ele deixava que eu apressasse o passo do cavalo, como a cuidar marchar um pouco atrás. Tinha a cabeça baixa e não a erguia para ver Roma, que surge, feita de mármore, depois do incêndio, as vias largas, os banhos e os aquedutos, os templos e as fontes, os verdes e retos ciprestes por entre os muros tintos de rosa, a Roma que não conheces, Aenni, desde que abandonaste a nobre profissão das armas para te entregares aos rolos de papel de Alexandria e aos poeirentos livros antigos. Tens que vê-la, irmão, Jóia do Mundo polida pelos melhores homens, resumo do belo, arrepanhado desde as praias de Olisipona aos banhados dos chins comedores de arroz e vestidos de fios de vermes, anel de mármore lavado com o leite da loba dos Irmãos Deuses, posto no dedo de Zeus Pater a verter, do alto do Capitólio, a luz de sermos seus filhos. Não devias ter fugido, Aenni, que tens o nome do Pius Aeneas, o Fundador. Naquele átrio eu brincava contigo, naquele pórtico eu te vi quando enlaçaste a tua primeira concubina, naquele banho tu me contaste como amaste pela primeira vez, e tão bem que a mulher recusou os duzentos sestércios que lhe davas. Como podes viver entre escribas sujos, em província de suja areia, onde as mulheres envolvem os seios com serpentes e sonham com entregar-se a touros divinizados, igual aos tempos dos antigos mitos? Que procuras aí, que Roma não te dê melhor e mais grandioso?

Decerto, após o incêndio, não é a Roma que conheceste: as chamas devoraram muitos edifícios das ruas estreitas e, em seus lugares, há amplos espaços calcinados, onde se castigam rebeldes e sacrílegos, amarrando-os em mastros e acendendo-os, depois de besuntados de betume, o que deixa, aqui e ali, um odor de carne que somente conhecíamos dos circos e das batalhas. Alguns pórticos ruíram, mas já sobre eles o Senado ordenou que se estendessem festões e estandartes. A gente da plebe, que perdeu os tetos, e a que acorre do interior pela sedução da cidade, está agora instalada no Campus Martius. Houve quem dissesse que a calamidade fora proposital, para que o imperador tivesse outra cidade, com seu nome; no entanto, todos sabem como chorou a desgraça de Roma, a lira em punho, comparando as nossas aflições com as dos troianos quando Ílion foi destruída; e é voz corrente que o fez tão bem que, tempos depois, o Senado lhe outorgou os prêmios de eloqüência e o senador Ceralis Anicius propôs a ereção de um templo ao Divino Nero. Verás longas filas de romanos, para comprar lentilhas do Nilo, trigo da Líbia e farinha de Clusium, e verás considerável quantidade de pedintes, resultado do incêndio; e murmurou-se que Nero mandava que neles se ateasse fogo e os jogassem ao Tibre, para diminuir-lhes o número.

Mas as pessoas que levantaram tal infâmia, como as de incesto, fratricídio, matricídio, foram apanhadas em conspiração, denunciadas por Milichos, que recebeu por isso o título de Salvador. Entre elas, Lucanus, que se julgava melhor poeta do que o imperador e por esta razão teve ordem de não poetar — e que escreveu um epigrama tolo, que aqui te mando, já que hoje és livreiro:

Há quem diga que eu não sou poeta,
Mas meu livreiro acha que eu sou.

Nessa conspiração estava também o comandante Sabrinus Flavus, que chegou a bradar, no julgamento, ao Bem-Amado: "Eu te odeio e, no entanto, como soldado, ninguém te foi mais leal, enquanto merecias ser amado. Comecei a odiar-te quando te tornaste o assassino de tua mãe, condutor de carros, ator e incendiário." Em que época estamos, Aenni, em que se dizem tais coisas a César? Por mim prefiro a nova geração e nela o adolescente Martial, que assim mimoseia o imperador:

Se eu fosse papagaio, contigo aprenderia outros nomes
Foi sozinho que aprendi a dizer: Ave, César!

Isto, sim, honra a Pátria e o Regime! Por isso Roma é a Jóia do Mundo e o próprio imperador prestigia suas alegrias, e freqüenta, incógnito, suas tabernas e lupanares. Que melhor exemplo de Democracia se apresenta? Poderás ver aqui, melhor do que nos nossos tempos de jovens, concubinas a passear livremente nas ruas, efebos que visitam tabernas a eles destinadas (que às vezes os pretorianos depredam), teatros de coplas e danças, casas de banhos e palácios de amor onde até vestais se vendem! E dizem que César restabelecerá a Intendência dos Prazeres dos tempos de Tibério! Há dias encontrei quem me falasse da corrupção dos magistrados, da rapacidade de Sextus Proculos, das extorsões de Tarquinus Priscus, do estelionato de Viprianus Laenos quando administrador da Sardenha. Falaram-me ainda que Pomponia Graecina e outras damas da melhor sociedade vão a sítios de ritos estranhos, bailes de negros onde até se chupa fumaça de folhas secas enroladas e acesas para misteriosos transes; contaram-me que Octavius Sagitta, o tribuno, seduziu Pontia e apunhalou-a, e que a meretriz Sabina Poppaea, que simulava ser mulher de Rufus Crispinus, casou-se com Otho, amigo do Imperador, só pra alcançar favores deste, levada pela mão do marido; e que Cainibius Rebilus, desesperado de ter envelhecido e não receber mais o amor dos jovens, cortou as veias, enquanto seu amigo Cossutianus Capito partiu a introduzir na Cilícia os prazeres romanos. Em que podem tais tolices e rumores apagar o brilho das águias?

O teu haranita não queria ver a cidade. Acompanhou-me, deixou que eu me anunciasse ao efebo, que indicou o caminho e desapareceu. Deves ver também, quando vieres, a nova casa de Aulus, fechada quando ele está na África, mas aberta com maravilhoso esplendor de colunas e estátuas quando vem a Roma e recebe seus amigos. Ele distribuiu, pelas galerias e pelo jardim interno, um fio de incenso e rosa, a passar constantemente e a mesclar-se ao odor das sazonadas gorduras que crepitam em alguma parte. Aulus colheu, e antes dele seu pai, Lucius, brancos mármores que os negros rolaram pela Iudaea e pelas ilhas: um e outro, havendo-lhes mandado cortar as cabeças, sobre os pescoços colocaram suas próprias imagens, esculpidas por escravos e libertos helenos. Entre elas está a mais autêntica: ele próprio, talhado em Carrara, magnífico, sobre um soclo trazido da grega Neápolis. Há muito não via Aulus: vi-o, no triunfo de Gaius, quando voltou de Hierosolyma. Posso jurar-te, o seu busto de mármore é idêntico: a testa lavada, o olhar severo e ao mesmo tempo complacente, as maçãs do rosto carnudas, queimadas de sangue, e os vermelhos lábios a saborear o paladar da vida; e as narinas que parecem bater, apressadas, aflitas, ao desfiar-se o aroma do incenso, de rosa, de gordura, a provar os gostos dos odores, a mastigá-los no ar. O haranita olhava, agora, sim, espantado; e mais ainda se espantou quando, ao lado da estátua, como por sortilégio, Aulus Vitellius surgiu. Não sei se aplaudirias ou se reprimirias o riso se o visses, Aenni: abraçava-o uma toga sacrílega, do tecido dos chins, verde e pontilhada de flores de arroz e de nardo, bordada, como as matronas gostam de usar; tinha os ombros nus, os braços enrolados por uma série de argolas, umas douradas, outras atulhadas de gemas, outras feitas de jade, que aos seus gestos soavam como címbalos. E os dedos, Aenni, seriam de um guerreiro? Cada um se ornava de um anel e cada anel ostentava uma pedra, um selo para o pergaminho, ou a caixinha para o *instans mortalis.* Não exibia insígnias no peito, mas um cordel dourado a sustentar um espelho de mirar-se; não trazia à cabeça os louros a que tem direito, mas um punhado de pequenas flores de cristal, plantadas por entre o óleo com que lhe haviam lavado os cabelos da testa; e suas sandálias eram recortes de pele de gamo presos com faixas trançadas. Abanava-se com um *muscarium* de penas de ave e, atrás de si, mesmo sob o teto, um escravo cobria-o com uma *umbrella* à maneira do Oriente. Por baixo da seda, via-se que usava *o mamillare* para disfarçar a gordura; e não vestia a *cenatoria* e muito menos a *synthesis,* e assim seu ventre, a cada movimento, desenhava-se no pano. Duas outras personagens, além do suave escravo, o acompanhavam: um *cocus* e um *pistor dulciarius,* em tocaia aos seus desejos, como os ordenanças do exército.

Quando me viu, avançou da *umbrella,* rapidamente, tanto que o lacaio teve de correr com ela; lançou-se em meus braços, beijou-me no rosto; e, antes de qualquer palavra, contemplou o teu amigo, o teu maltrapilho amigo, primeiro com desgosto, olhos franzidos, enquanto o outro tirava o capuz; e então Aulus deu um grito, que abalou as pombas das colunas do *tablinium* e elas bateram em debandada de asas:

— Iohannes Haranius!

Lançou-se a ele, abraçou-o com os dois braços, como faz a gente da Lusitânia, e beijou-o nas duas faces, como fazem os gálicos. Afastou-se, para vê-lo melhor, com a mão do judeu entre as suas cravejadas de brilhantes:

— 'Υγιενέ — exclamou.

— Pensei que não me reconhecesses, Aule — murmurou o outro.

— Não reconhecer-te? A ti?

Voltou-se para mim:

— Muito aprendi com ele em Caesarea, quando Lucius era administrador.

E logo, assustado de que a idéia não tivesse já ocorrido:

— Comes comigo? E tu?

Segurou-me o cotovelo, o de Iohannes, para convencer-nos. Disse-lhe que sim. Voltou-se para o outro, que sussurrou:

— Assistirei ao teu repasto. E conversaremos.

Aulus contemplou o seu séquito. O *cocus* retirou de dentro da túnica a tábua de escrever. Aulus riu, explicou-me:

— Meu cozinheiro tem de ser ao mesmo tempo um *notarius,* para assentar meus desejos. Mas hoje, Setiane, tu tens a escolha. Esmera-te.

Dirigiu-se a nós, enquanto nos conduzia à *stibadia* e nos fazia sentar:

— Trimalchio sentiria inveja, se visse. Pena que César o tenha condenado, como a tantos outros, o suave Petronius...

— E Sêneca — disse baixinho o Haraneu.

— Agiu bem — retrucou Aulus. — Haverá algo pior do que um amigo a nos censurar todo o tempo?

Um negro trouxe o *colum nivarium,* de onde cada um de nós retirou um punhado de neve, que esfregou no rosto e nas mãos; depois, estendeu-nos linhos secos. Outros criados compunham rapidamente os estrados da mesa; dois, os mais jovens, iniciavam a música de flauta e de cítara. A um gesto, cada um cantou versos de saudação a mim e ao Haraneu, e que aplaudimos.

— Um costume da Lusitânia, que procuro introduzir em Roma. Agrada-te, Iohannes?

— Sim, sim. Escuta, Aule, vim porque preciso falar-te. É grave o que te quero pedir.

— Se é grave, guarda para depois. É o bom conselho em que se unem Archestratos e Apicius, esses poetas do paladar: a mesa não foi feita para assuntos graves. No mais, vereis, revolucionei as regras desses mestres: nada da ordem das vitualhas à maneira tradicional. Com Aulus, novos prazeres foram dados ao homem, dirá a posteridade.

As ânforas traziam os vinhos, os jovens nos estendiam os cálices saguntinos:

— *Tarraconense? Caecubum? Frifolium? Ou* preferem *o mulsum* de Falerno? Ou o *albanum?*

Um dos efebos tinha na mão uma bandeja coberta, que Vitellius destampou. Por entre os fumos, um doce odor de mel quente e violetas se desprendeu; e por entre a fumaça distingui uma enorme quantidade de *priapus siligeneus,* não a grosseira torta que Trimalcião apresentou aos convivas, monumento digno de via pública pompeana, mas as delicadas figuras de farinha glicosada, com os requintes e pormenores do mesmo escultor que esculpira o busto de mármore; minúsculos, crocantes, como cascas de ovo por fora e um desabrochar de licores quando se partiam nos dentes. Com uma das mãos, Aulus comandou que oferecessem a iguaria a Iohannes, e falava, a bochecha cheia:

— Enquanto quentes, amigo. Frios, desmancham-se. Como os de verdade.

Riu do que disse. Iohannes recusou, com a mão espalmada. Explicou:

— Estou de jejum.

Os olhos de Aulus quase saltaram das órbitas, cravados no amigo. Depois, seus beiços se abriram e a boca, ainda cheia de biscoitos de farelo, desatou sua impressionante gargalhada, que desmontava os ombros, descia ventre abaixo, coxas abaixo, terremoto que poderia comunicar-se à mesa, às paredes. E, quando pôde falar, desengasgado:

— Em jejum? Tu, um filósofo? És agora χυνιχός?

E o riso voltou, em novas catadupas. Quando o rosto serenou, quando Aulus se acostumou à idéia que o fizera rir, falou, sério:

— Vais dizer-me, Iohannes, que adotaste a seita dos que catam a glória na miséria? Dos que se orgulham da fome, da imundície? E eu te fazia civilizado! Ou pelo menos não te fazia imbecil.

Logo, mudando de tom, batendo-lhe no ombro:

— Vamos, vamos! Importante é a alegria de ver-te!

E, para mim:

— Eu devia ter uns dezoito anos, quando o conheci. Lucius comandava a Síria. (Eu ficara em Roma, ainda criança, e em Capri, até que Tibério o nomeou.) Lá nos conhecemos, não é verdade, Iohannes? Terra estranha, a tua! Enquanto com ele eu aprendia o grego e líamos juntos versos de Sappho, não calculas, Guide, o número de predestinados, de santos, de videntes, de profetas, de salvadores que apareciam! Logo que cheguei, Iohannes se tornou meu paidagogós; estava impressionado com um galileu que produzia mágicas e chicoteava os vendedores de amuletos na sinagoga... Homem útil ao império, pois aconselhava a dar a César o que é de César; homem que pregava a pobreza. Parece que o mataram.

— Mataram — disse Iohannes.

— A essa seita pertences?

— Por ela te procuro.

— Vês, Guide, os pedintes sempre acham um meio de nos perturbar a refeição. Chegaste ao teu assunto, amigo? Resigno-me. Contarás a tua história. Mas vê o que tens diante de ti e que perdes.

Bateu palmas. As portas, no fundo do *tablinium,* se abriram de par em par. Os músicos se ergueram. Duas ordens de jovens escravas se estenderam no jardim, junto às colunas — e não havia duas que se parecessem: ali estavam os compostos cabelos da helena, os grandes olhos dormentes da hebraica, os cabelos retos da egípcia sobre os ombros quentes, o escuro rosto etíope encimado por um penteado de ossos e plumas, os olhos cartagineses que se debruçam sobre um véu como duas luas em horizonte de mar, a pele opaca da mulher de Tróia e a pele de barro da mulher da Arábia Félix, os dentes claros e largos da ibérica, a boca recortada de lábios sussurrantes da gálica e os cabelos germânicos, ilhas douradas nas cabeças, axilas e púbis. E todas não tinham mais para cobrir-se do que seus risos e suas tristezas — e mais os pratos, erguidos no alto, para não esconderem seios e sexos. E então, cinco, dez, vinte dessas mulheres, que havia pouco teriam sofrido o sangue de se tornarem mulheres, bailavam até nós os pratos que traziam e os efebos serviam à medida dos nossos gestos. Aulus murmurava os nomes, não delas, mas das vitualhas, como quem declama um poema, só interrompido ou mudado de tom no momento de mastigar ou farejar aqui e ali:

— Vê estas azeitonas, Guide, de Venafrum, e que se recheiam com alhos afrodisíacos; ou as de Picanium, ali, postas em salmoura e mergulhadas em sumo de limões do jardim de Cocrirum. As primeiras, quando trincas, destilam um gosto ácido, bom para ser aplacado aos poucos, com hidromel da Ática; as segundas quase se derretem sós entre a língua e os dentes... Para elas, nada do Falerno, nem o Spoleto, que não merecem misturar-se à água de neve, vinhos para plebeus! Mas prova com elas este, de Signia, quase linfa um pouco picante e claro como o azeite do Epiro em vaso de Arretium... Ou, se queres, experimenta o que talvez não conheces — e te segredo que nem César conhece: aquelas ovas de esturjão, das costas dácias do Pontus Euxinus, trufadas dentro de ovos de cisne...

A grega mo-los oferecia e com eles oferecia as pontas dos seios onde se incrustavam duas pérolas que eram todo o seu vestido; estendia para mim uma *bascanda* larga como um escudo; dentro flutuava um cisne inteiro, cujo bico de ouro arrancara as próprias penas do peito e olhava para dentro de sua própria ferida com olhos de ônix; e da ferida escorriam ovos já cozidos, recheados de grânulos, sementes negras e oleosas.

— Não esperes, serve-te com um *dentiscalpium* ou com uma *coclearia,* das que se usam para comer lesmas. Observa: Aristóteles afirma que estes cisnes cantam só ao morrer, coisa nunca vista, mas que os poetas adotaram. De seu fígado, o meu poeta-cozinheiro fez uma *adipata;* para tanto, prendeu a ave pelos pés, dias seguidos, e deu-lhe tantas iguarias que não poderia mesmo gritar; por fim, afogou-a num lago de *passum,* o vinho de uvas secas à moda hispânica. Pois para acompanhar os esturjões e a pasta, só os francos seriam capazes de inventar este espumante da Campania Gallica, que crepita pequenas bolhas, pequeno vulcão líquido e gelado... Prova-o.

A grega juntou os seios com as mãos, como dois cálices surrentinos que se tocam para um brinde, e entre eles verteu o vinho, que a egípcia aparou nas *poculae crystallinae.* Bebemos. Aulus olhava o amigo:

— Não falas?

— Sim, falo. Quero pedir-te que vás a César.

— Agora? Iohannes, contempla: esses pequenos peixes, embora vênetos, se chamam *goujons* em idioma gálico. O divino Iulius encontrou-os em Lutetia; mas eu imaginei um meio de prepará-los, macerando-os junto com línguas de flamingos, de rouxinóis, de *porfirione,* e das longas gruas cujo vôo ensinou Palamene a inventar o "y" grego; a tudo se acrescenta o vinagre do Egito, aipo, alhos e cravos mastigados por virgens.

Iohannes juntou as mãos e seus olhos estavam baixos, no chão, nos próprios pés suados. E disse:

— Senhor, perdoai-me.

— Estás bêbado, profeta? — perguntou Aulus, e enxugou com a mão o caldo das ovas, do lábio.

— Eu pequei, Aule.

— Por que as mulheres te perturbaram? Escolhe.

— Porque há dias que não como, desde que saí de Hafa.

— Que fazes então em minha casa, pescador? Sirvam-no!

— Não antes de falar-te. Não antes de ser atendido.

— Pois fala. Que desejas?

— Leva-me a César.

— Guide, não te interrompas enquanto escuto Iohannes, porque eu tampouco me interrompo; se tenho ouvidos de ouvi-lo, tenho olhos para acompanhar esta revoada de pássaros...

Agora escravos núbios surgiam com gaiolas de prata, de cristal, de louça fina como folhas de papiro. Dentro delas, em jardins floridos, havia pássaros. Os músicos interromperam os instrumentos, porque os próprios escravos, com os lábios, com escamas da Dácia, com *syrinx,* com silvos de argila, imitavam os sons daquelas aves. Numa gaiola de teias finas havia um colibri, que Aulus colheu nas pontas dos dedos e trincou; num ramo de árvore, um *psittacus,* cuja cabeça o efebo decepou com uma tesoura dourada para servir-me; e vinham ainda cotovias e pintarroxos feitos de suas próprias carnes e recobertos de suas penas, que se dissolviam em nossas bocas, tenros como flores e fungos. E Aulus, para enxugar os beiços, tomou os cabelos da escrava mais próxima e beijou-os. Viu o olhar de Iohannes:

— Que me importam as mulheres, Iohannes? E que me importa a luxúria, que nunca soubeste o que seja? Quando eu era criança, antes de encontrar-te, fui entregue a Tiberius, a quem os invejosos chamavam de Caprinius, por causa da ilha e pelo que nela se praticava em assuntos de amor, e de Biberius, pelo que bebia. E lá havia grotas confortáveis; e o velho gostava de banhar-se numa piscina, onde nós o esperávamos para beijar-lhe o corpo sob a água, e ele nos chamava seus *pisciculi.* Se crês que estou agora desejando qualquer destas escravas, enganas-te, Iohannes: penso nas ostras de Baia, da água do Lucrínio, que aquela fenícia nos traz, e nos dará de comer na palma da mão, ou sobre a língua, se o quiseres. E nada de lançá-la sobre a fofa *stibadia* e amá-la, Guide, porque te cansarás demasiado para o resto do banquete. Quanto a ti, Iohannes, aprende a ver este espetáculo e a ele resistir: assim irás para o Céu do Jejum!

— Se fores comigo a César, Aule...

Mas o nosso anfitrião não o deixou terminar:

— O Céu do Jejum — repetiu... — Já imaginaste, Iohannes, Roma com todas as tuas virtudes? Já imaginaste os templos cheios de gente encardida, rezando ao teu deus, a gente das ruas a esfalfar-se no trabalho, a gente em catres que ferem ao dormir e no amar, a gente a comer o pão ázimo e os gafanhotos e os excrementos que os teus profetas comem, e a apedrejar mulheres porque fornicaram, e a chicotear-se com cilícios? Roma, Roma que reúne todas as riquezas para fruí-las, dos ostrogodos aos citas, dos bretões aos africanos, dos saxos aos persas? Vai pelas ruas, entra nas tavernas: podes pedir o vinho de Caere, que os ónagros trazem da Etrúria, o Tarentinum, ou o Portucalense; o de Fundi, da melhor safra, dos tempos do consulado de Opimus; o Surrentinum ou o Albanum, o de Nomentum que se engarrafa durante cinco anos, ou o de Setia que César Augusto bebia, ou o de Caecuba, ou o Massilitanum, ou o reles Paelignum se não tens dinheiro ou se queres curar o estômago; o vinho de Cnossos, em Creta, ou o Picatum de Viena; com este pede uma truta do Ister, que baila ao ser cozida; ou pede um capão das Gálias e o seu guisado de cristas, o javali de Meléagro ou da Etólia, varado ao espeto rutilante; os pombos de Cnido, dedicados a Vênus, tão tenros que podes mastigar seus ossos; as perdizes da Ausônia, cujas asas assobiam como flautas de Pã, o presunto do país dos cerritanos, o faisão da Cólchida, cuja carne é mais saborosa quando deita gusanos vivos, as galinhas da Numídia desfiadas em seus próprios ovos, as salsichas da Lucânia, onde se entranham a gordura e o sal grosso, o *testiculum* de novilho ainda não amante e não adestrado na tauromaquia, os queijos etruscos, queijos dos pastores de Vestinum, ou o defumado de Valabrum, ou o Trebulanum, ou os salgados e vivos queijos dos francos e germanos, e com eles podes pedir a espuma fermentada de cevada que se esfria em gelos vindos nos ombros de escravos, ou a *aqua vitae* violenta que os barcos trazem de Londinium. Tetas e vulvas de lebres, postas pintalgadas de camelopardos, lagartas tarjadas, tudo encontrarás nesta cidade, preparado pelas mais hábeis mãos, as mãos que servem a César, Senhor do Mundo, e aos patrícios, seus súditos. E enquanto saboreias mil iguarias e bebes mil bebidas, podes ver danças exóticas, gladiadores, mímicos, atores, atletas, músicos e poetas. Crês que Roma deixará tudo isto por um céu vazio como uma mercearia saqueada?

— Aule, lembras-te de Caesarea, de quando eras jovem? Um dia zombaste de uns homens que teu pai deixou falar diante do templo; mas, à medida que os ouvias, cessaste de rir e achaste que tinham razão.

— Que razão?

— Tinham razão: que a Roma em que nasceste e que teu pai representava não criava senão escravos e miséria.

Supus que Iohannes estivesse louco.

— Ora, teses de jovens, que se deixam de lado quando chegam as responsabilidades! — disse Aulus, rindo. — Que mundo pretendes criar com tais teses? A república platônica? Se falas aqui em república, qualquer que seja, levar-te-ão ao suplício. Um mundo feliz?

— Um vale de lágrimas. O reino do Senhor não é este mundo.

— Então dize a teu senhor, Iohannes, que deixe Roma e o império. Aqui não conseguirás um sequaz, nem mesmo um escravo. Ninguém trocará sua alegria por uma vida como a que propões.

— Então por que César faz prender os nossos guias?

— De fato, pregar a miséria e a resignação é até útil ao Estado; o que ocorre é que, dentro dessa pregação, incluem também a derrubada dos deuses, da ordem jurídica, a implantação duma igualdade que não nasce do desejo de enriquecer, mas de castigar o êxito alheio!

— Nós consideramos a inveja um feio pecado.

— Nós, romanos, a consideramos uma fonte de progresso. Sem a inveja não há livre competição, sem livre competição não há conquista, sem conquista não há riqueza. Por que haveria eu de pintar como Apeles, se com isto ganhasse apenas duas dracmas como o seu sapateiro?

— Por que há de um homem, por talento ou por sorte, reunir mais do que os outros, e emprestar aos demais o que lhe sobra, não para ajudá-los, mas para multiplicar o que já tem?

— Meu triste Iohannes, dir-me-ás também que o que chamas avareza é pecado? Se o próprio César, o divino, a ela recorre, aos que lhe emprestam para as campanhas e para as obras públicas! Sem inveja, não teríamos dominado a Grécia; sem avareza, não teríamos pilhado o Egito; e no entanto a nossa bondosa inveja e a nossa generosa avareza nos levaram a terras sáfaras, como a Síria, que cumulamos de irrigações, de aquedutos, de templos, de estátuas; e aos teus compatriotas ensinamos a comer melhor do que as tâmaras e gafanhotos do deserto; levamos a nossa técnica, a nossa arte, a nossa civilização, a maneira-romana-de-viver, do mesmo modo que buscamos o que os povos têm de melhor, para usarmos e difundirmos. Arquimedes, o siracusano, foi morto quando criava engenhos de guerra contra nós: dizem mesmo que tentava inventar setas de fogo, areias incendiárias, naves submarinas e carros alados. Não teria sido melhor se tivesse tratado de inventar recipientes para proteger os alimentos, de modo a que os pudéssemos mandar a mitigar a fome de terras distantes, sem se deteriorarem? Disseram-me que os etíopes possuem uma árvore cujos frutos rubros torram, moem, misturam com água quente, juntam mel e bebem a infusão. Mandei buscá-los.

— Não serão as cerejas de Lucullus? — aventei.

— Não. Essas ele as trouxe do Pontus. A beberagem abissínia é outra e excelente para as vigílias. Depois que todo o Império Romano a consumir, vereis como a Abissínia progredirá. Mas estamos esquecendo o repasto, Guide.

Às suas palmas, outras escravas, agora como sereias e nereidas cobertas de escamas, conduziram pratos novos, que só de duas em duas podiam transportar.

— Aqui tens, Guide, o divino rodovalho, sobre o qual o próprio Senado deliberou, pois não havia em Roma travessa em que pudesse ser servido. Agora, vê!

O grande peixe ingressou no salão. Vinha erguido por dois negros. De suas ancas não saíam nadadeiras, mas, como duma trirreme, remos de aspargos de Ravena; as ondas do mar, de onde emergia, eram de figos de Quio e Damasco misturados com ostras de Lucrínio, camarões das lagunas de Líris, lampreias de Sicília e caracóis da Bretanha, que imitavam, com suas cores e posições, pequenos barcos ao redor do grande navio aberto no dorso, e deixando ver, dentro, argonautas de rãs fritas. O próprio Haraneu abriu os olhos e encarou a nave, que parecia pronta a zarpar em busca dum velo de ouro. Por outra porta, outra bandeja entrou, igualmente sobre ombros de dois escravos; e trazia outro rodovalho, do mesmo tamanho, tripulado por esculturas humanas de farinha, a proa sobre ondas de frutas. As duas naus puseram-se uma diante da outra, sustentadas nas cabeças de seus atlas; e estes arrancaram dos cinturões o punhal e a espada, uma em cada mão.

— Uma naumaquia! Bravo, Satiane!

Os navios enfrentaram-se, medindo-se, rodeando-se, como galos hindus. Aulus Vitellius atiçava os seus condutores, atirando-lhes uvas e ordenando que as escravas o imitassem. Os músicos, tangendo liras e plectros, romperam numa canção de mar batido de tempestade. Os atletas lançaram-se uns contra os outros.

— A liberdade à nau vencedora! — gritou Aulus.

Os escravos compreenderam, chocaram-se brutalmente, apenas temerosos de deixar cair as esculturas que sustentavam; as espadas bateram, os punhais as desviavam e defendiam, os barcos recuavam e voltavam, numa ameaça de abordagem que se renovava e fugia; até que um dos negros, a um descuido do contendor, circulou a lâmina no alto, abriu ao meio a nau adversária; não apenas a nau, mas a cabeça que a sustinha e cujos olhos brancos se arregalaram antes de chorar e morrer; o outro negro, aproveitando o desfalecimento, estendeu o punhal, onde veio espetar-se, até o cabo, o parceiro do que morria, justo quando pensava escapar.

— Bravo! Bravo! — continuava gritando Aulus.

Mandou servir bocados da nau vencedora. Arrastaram os cadáveres, os destroços, lançaram açafrão e areia sobre o sangue das lajes.

— Tu dizias, Iohannes? Repara, Guide, o som que têm estas lascas de rodovalho, quando mordidas. Porque, não sei se sabes, as iguarias devem ser ouvidas, além de degustadas e contempladas, e apalpadas com os dedos, pedaço a pedaço, como lábios, seios, *vulvae, mentulae.* Não sei que centurião me disse isto, ouvido de um chino que agarraram para além da terra dos tártaros; contou-me que esse povo ignorado de Heródoto e que usa tranças femininas traz consigo a poesia da arte culinária, a perturbação de mil tatos, o segredo de mil paladares, a pintura e a escultura de mil composições de cores, a invenção de mil perfumes que se desprendem, o encantamento da música de cada frigir, de cada crestar, de cada trincar. Pois põe primeiro entre os dedos, de leve, e depois entre os dentes, a carne do rodovalho, onde deixa de ser alva para ganhar um tom castanho que o lume lhe tostou; e estala-a, como se fosse o trigo do Egito; vê se não te percorre o rosto, por dentro, o ouvido, a espinha, alguma coisa que se eriça, mão cariciosa antes do amor, aedo ao afinar a cítara ou ao sentir a cócega do *aulus* no lábio, ao primeiro sopro. Nesse momento, Guide, quando a tua saliva apagou aquele som e o palato começa a deslumbrar-se como uma noite de estrelas, exatamente nesse momento empunha o *poculum* que te estende esta mulher, e onde verteu o vinho etruriano igual à cor de seus dedos. Não, não o bebas: deixa-o alcançar tua narina, como um pressentimento do perfume da mulher amada; deixa que aflore o teu lábio, como Ganimedes o de Júpiter, como a fímbria do mar aflora a praia; e deixa que um halo, um simples halo do vinho penetre na tua boca, qual língua de Sappho; e deixa que se apague em tuas gengivas, fantasma de sabor. O vinho assim beijado terá beijado a carne do peixe, que se deixará domar, carne que é; masca-a um pouco, pensativamente, como um seio ao início de um ato de amor; e logo verte-lhe um breve e decidido gole de vinho, afogando-a, e, antes que desabe, exausta, desfazendo-se, mastiga-a depressa, mais depressa, mais ainda, e mais, e mais — e deixa que ela deslize pela tua garganta e cerra os olhos...

— Aule! — murmurou o Haraneu.

— Não me interrompas neste momento! — falou Aulus, a temer lhe furtassem a alegria da descrição, que ele lambia nos lábios, provando nas pausas, certo de que a lembrança lhe restituiria o gosto e o repetiria.

Iohnanes voltou às mãos postas, quieto, os olhos nos artelhos.

— Já o fizeste, Guide? Não? Então, por favor, dá-me tua mão antes de provar o peixe e molhá-lo no vinho; para eu senti-la tremer à revelação, e assim gozarei dum gozo que ainda não tive. Sabes, Guide, já paguei poetas para cantarem o gosto dum figo ou dum tempero, e jamais souberam fazê-lo... O amor físico, a natureza, as dores da alma, a glória humana e divina, tudo se pode prender numa ode, menos o sabor do que se come; já provei o estalo de línguas alheias e nada me disseram; agora, peço, dá-me ao menos o frêmito que te assaltar.

Iohannes rezava. Aulus fechara os olhos, os cantos de seus lábios salivavam. Tomou minha mão, com a manopla pejada de jóias; e seu tato era quase obsceno. Provei o peixe como mandara e suas jóias tremeram nos meus dedos.

— Dize alguma coisa, emite um som...

Quando voltou a si, deparando com o judeu, sorriu:

— É espantoso que me falte a possibilidade de degustar tantas coisas e tantas vezes, e no entanto este infeliz profeta permanece diante de mim com um estômago e uma boca virgens de tantos prazeres! Se me pudesses ceder tua boca e teu estômago, Iohannes!

Disse-o com verdadeira comiseração, porque sabia ser tal coisa impossível. Mas, súbito, uma idéia lhe acudiu; fez um gesto ao efebo, que estendeu, nas pontas dos dedos, uma pena de pavão, longa haste em cuja extremidade um olho de amor-perfeito e filigrana etrusca tremeluzia; Aulus dobrou a cabeça para trás e o jovem introduziu a pluma por dentro de sua garganta, rodando-a gentilmente; uma convulsão sacudiu o ventre do teu amigo, e passou do ventre ao *mamillare,* que ele desatou furiosamente, rasgando mesmo a toga de seda. Por isso não usava a *cenatoria* e a *synthesis,* por comodidade de movimentos. Outro fâmulo estendeu uma *bascanda,* onde Aulus vomitou o que comera, em gorgotões, a testa amparada por uma escrava, enquanto o efebo lavava a pluma em salmoura e esperava para repetir a manobra. Nova golfada estremeceu o corpo, as bochechas de Aulus Vitellius e o ar se impregnou de um cheiro azedo, que outros criados trataram de espantar oscilando turíbulos e salpicando perfumes aqui e ali. Nosso anfitrião tinha os olhos injetados, as veias túmidas, as têmporas latejantes e suadas; tentou um riso forçado, aquietou-se. O criado passou-lhe uma copa de vinho de Paelignum; ele bochechou várias vezes, gargarejou, cuspindo na bacia. Depois, deram-lhe um punhado de neve, que derreteu na boca, e novamente um gole de vinho; bebeu, e enxugaram-lhe o rosto com linho úmido de água de rosas. Aspirou de um pequeno frasco, olhou-se no espelho do colar, uma escrava rearrumou-lhe os caracóis dos cabelos. Tirou de uma salva de prata uma pequena esfera açucarada e, já refeito, falou:

— Um olho de lebre é como um bálsamo...

Atirou-o à goela como um bago de uva, mordeu-o, saboreou-o, tornou a falar:

— A vantagem desta operação é que se pode começar tudo de novo. Que outro prazer permite isto? E ainda que assim não fosse, certos nobres chins, quando não agüentam mais, mandam que os pratos desfilem, como uma galeria de quadros. Eu prefiro prosseguir.

E, para o efebo:

— Peixe.

Para o palestino:

— Fala, Iohannes.

O outro orava. Encarou o amigo, com um brilho que não sei te dizer se seria de piedade, admiração, nojo:

— Tu te lembras dos profetas que vimos em Caesarea, irmão?

Aulus riu, adivinhou a minha estranheza:

— Ouviste, Guide? Irmão, ele disse. Quando jovem, fizemos um pacto de nos chamarmos de irmãos. Coisas de nossas filosofias de então. Por que não me chamaste de irmão quando entraste, Iohannes?

— Não sabia se o apreciarias.

— Imaginas que sou soberbo? "Soberbo como um romano", diz o gentio... E tu também o crês. Não, não tenho soberba. Não porque seja condenável, pois esta é também virtude romana: o orgulho de saber-se superior. Tomaste-me por soberbo e eu te perdôo. Então por que me chamas de irmão agora?

— Porque preciso comover-te. Estás saciado, talvez te comovas. Eu te peço, Aule...

— Sim, que pedes? — e Aulus chupava os dedos anelados e os limpava na mesa.

— Leva-me a César. Os profetas que vimos estão aqui.

— Em Roma?

— Em Roma.

— Insensatos! Que fazem?

— Estão presos. Tu podes pedir a César... Tens alguma razão d'Estado para não fazê-lo?

Os olhos de Aulus iam longe, na porta do fundo, a ver as novas travessas que traziam.

— Não. São inofensivos. No lugar de César, eu os soltaria. Imaginem: há dias tive um curioso sonho...

Olhou em redor, olhou os criados que se aproximavam:

— Tu, o grego, retira-te, porque vou contá-lo em grego. E a escrava grega também.

Os dois desapareceram por detrás das colunas. Aulus passou a falar em grego:

— Os outros não entendem. Sonhei que eu era César. Nero matara-se e por fim elevaram-me ao império. A mim, que não tenho ambições! E em sonhos eu me vi dizimando os que a mim se opunham; e descobri que os seus cadáveres cheiravam tão bem quanto as iguarias da mesa... E eu os devorava. Um sonho que César precisa ignorar... Sonhei então que me escondia dos inimigos, no apartamento do porteiro, e que me haviam descoberto. E me amarraram. E sentia que me puxavam pelos cabelos e me espetavam com espadas, e me lançavam merda e lama, e me insultavam; e por fim me cortaram em pedaços, como a este guisado, olhai! — e me atiraram à Cloaca. E enquanto isto acontecia, eu me dizia a mim mesmo: "De qualquer modo, fui imperador!" Sonho tolo, porque não invejo César...

Provou o guisado, catando um pedaço com os dedos. Iluminou-se, ao degustá-lo. Voltou ao vulgar, batendo palmas:

— Prossegui! E tu, Iohannes, prossegue! Devo ir contigo a César, agora que vem o melhor do banquete?

— Se o fizeres, será por amizade. Se não o fizeres, será por preguiça. Ou por gula.

— Que prazer tens, irmão, em lançares sobre mim os pecados de que foges porque os aceitaste na tua fé? Um nobre romano não se preocupa com eles. E posso mesmo assegurar-te que não tem preguiça quem domina a África com as legiões de César. Quanto à gula, já viste que, justamente por ela, nada mais tenho do que chamas pecados. A gula é a mais bela das virtudes romanas. Mais que qualquer outra, fundou o império. Queres que eu te leve a César? Levo-te. Provemos antes este vinho de Samos.

Veio o vinho, em cálices de Sagunto. Bebemos, menos Iohannes, que recusou, serenamente.

— Bebo à tua saúde, Haraneu, porque não tens fome nem sede. Serias o melhor dos escravos! É admirável como a tua seita prepara o teu povo para a parcimônia, a sobriedade e a submissão! Que melhor qualidade podem ter os escravos do que serem baratos?

Novamente bebeu. Quando tinha erguido ao alto, sobre os lábios, a taça lavrada, uma voz gritou, da porta do átrio:

— Ave, César!

Um trepidar de rodas nas lajes da rua, do pátio, um bater de cascos de cavalos, um gritar de ordens precipitadas se estendeu, dos portões do fundo da casa, e um luzir de pontas de lanças sobre os muros. Os lábios de Aulus se abriram num sorriso, que dedicou ao haranita; e este curvou-se para o chão, onde colocou os dois joelhos, e ergueu para o alto os olhos, para a pomba que arrulhava no beiral da colunata. Ouvi que murmurou:

— Milagre! Milagre!

Aulus ergueu-o do chão, rápido:

— Estás louco?

E, imediatamente, noutro tom, levantando a mão espalmada para o passadiço onde relampejavam as armas dos legionários:

— Ave, César Nero!

Ao avançar para o imperador, colheu de passagem um bombom perfumado que a escravinha etrusca lhe servia:

— Divino Nero, uma didascália dirá aos séculos que pisaste os umbrais do teu servo!

Beijou-lhe o anel. Curvei-me. Iohannes curvou-se. Aulus apontou para nós:

— Guidus Ficarius, dos exércitos da Lusitânia, meu amigo; Iohannes, de Caesarea, filósofo, meu amigo.

— Dá-me de comer — disse Nero.

Com um gesto, permitiu que nos sentássemos no mesmo leito. Os olhos de Aulus brilhavam de alegria; os meus, creio, de medo e espanto; os de Haraneu, de esperança. E César falou, enquanto lhe derramavam as abluções e lhe preparavam os vinhos.

— Disseram-me que tens um belo citaredo?

Vitellius sorriu, com orgulho:

— Nunca tão bom quanto César.

Nero procurou-o com o olhar, entre os músicos. Bradou:

— Canta!

O efebo se adiantou, a cítara na mão. O *threnus* que emitiu era trêmulo, tristeza de pássaro cego. Olhei o Bem-Amado, que escutava. Então aquela figura suave, de barbas louras encaracoladas, aqueles olhos azulados, claros, ansiosos mas inocentes, aquela cabeça composta de fios de ouro e de folhas de louro, a testa que inclinava para trás, larga, cortada de veias como se fossem o seu próprio mármore, os grossos lábios entreabertos, aspirando o ar, o pescoço em tronco d'árvore, o peito arfante, as delicadas mãos róseas de unhas brunidas, aquele braço que se acomodou no macio da *stibadia* e apoiou a palma da mão no queixo, para melhor ouvir, aquele corpo envolto na toga branca de onde se desprendia uma brisa de mirra, aquele homem de divina serenidade, aquele deus quase a roçar-me como um homem, seria acaso o assassino do irmão, dos amigos, da mãe? É preciso chegar-se junto aos grandes, Aenni, para ver-se que não são como a gentalha os constrói; e saber-se-á então que são simples e afáveis, acessíveis e justos, atentos e tolerantes conosco. Agora, ouvindo o citaredo, sua pele eriçava-se como a de um galináceo; e aqueles olhos choravam. Nero ouvia, ninguém se movia, para Nero ouvir: as escravas, como cariátides, os escravos, como figuras olímpicas; até os pombos, no alto, pareciam quietos, prendendo o arrulho e o tatalar amoroso. Aulus ouvia Nero ouvir: a boca entreaberta, atento a ajudar o ouvido de Nero, e era toda uma expectativa ao bater da cabeça de César, ao seu franzir de testa. Pouco a pouco, o imperador moveu-se, ainda contemplando o músico. Circundava o olhar pelo salão, pelo pátio florido, pelas colunas encimadas de bustos, pelas curvas dos festões; e seus olhos azuis tingiram-se de um tom seco o qual, obsequioso, Aulus observou. Os lábios de Nero falaram mansamente:

— Não tens minha estátua em tua casa, governador?

Iohannes levantou a cabeça, a esperar a resposta de Aulus; os próprios fâmulos movimentaram-se um nada, a voz do efebo oscilou, houve um perder de cadência da respiração.

— Tenho — disse Vitellius.

Voltamos a respirar.

— Vais vê-la. Antes, porém, divino César, prova da minha mesa.

Segredou alguma coisa ao ouvido dum escravo, e este desapareceu entre as colunas. As escravas avançaram com os vinhos, que Nero escolheu, dando um gole a provar, primeiro, à escrava mais próxima e estudando-lhe o rosto um instante. Aulus acompanhou na escolha. Entregaram uma taça a Iohannes, que a tocou com os lábios e a depositou na mesa. A voz trêmula do cantor prosseguia.

— Não canta melhor que tu, divino César — disse o anfitrião.

Como um bailado, as escravas correram até o fundo da colunata e voltaram conduzindo um carro de ferro carregado de carvões em brasa.

— César — disse Aulus —, tu me surpreendeste antes que meu cozinheiro pudesse inventar alguma coisa digna de ti. Não falta em Roma e no mundo quem te ofereça, como de justiça, os manjares de Júpiter. Aulus Vitellius talvez não possa competir com Tigellinus e Trimalchio; mas pode dar-te uma ode culinária, que espera o teu agrado.

Um vulto feminino surgiu entre as colunas, no fundo do pátio. Nero ergueu-se sobre os cotovelos. Aulus indagou:

— Conheces Galéria, minha mulher?

Ela veio em nossa direção. Um único véu, azul e transparente, a vestia. Guardava nos braços, como um recém-nascido, um pequeno animal.

— O que Galéria te oferece, divino Nero, é mais que o animal cuja morte transformou Ciparissus em cipreste, e sabe melhor do que o *lalisio* tão gabado: é um *oryx* caçado na Getúlia e desde então alimentado com castanhas e hidromel. Homem algum até hoje provou a sua carne, porque caçador algum até hoje conseguiu caçá-lo. É o que te dou pelas mãos de Galéria.

Não sei se conheces Galéria, Aenni Silvarie, mas posso jurar-te que nada até hoje me deslumbrou neste mundo como os seus olhos, espelhos do infinito, e o arco de seus lábios a disparar segredos mudos, e a sua garganta de ânfora miceniana, e os seios como paisagens entre brumas de gaze. Não nos olhou: tinha os olhos postos em César. Adiantou os braços que seguravam o pequeno animal. César também não desprendia dela os olhos claros.

— Vais provar — disse Aulus — um prato requintado, que traz consigo o sumo da vida. Este gamo é um unicórnio, um antílope ainda cachorro.

Os pêlos do animal tremiam entre os braços de Galéria, friorentos de pavor. O *cocus* apareceu, com uma mesura, agarrou-o, prendeu-lhe as patas, abertas, entre duas forquilhas de ferro. Depois, untou-o com gorduras e salmouras.

— Queres que eu mesmo o sangre? — perguntou o imperador.

— Não, não. Vê. O cozinheiro aproxima-lhe o braseiro, por debaixo das forquilhas. E assim o teu *oryx* será assado lentamente.

— Vivo?

— Vivo.

Os olhos do bicho luziram com o fogo, a pele cremosa do ventre sacudiu-se, e a da anca, cor de castanha, e a do dorso, pintalgada de nódoas negras e alvas. Com o focinho, fez um esforço para estirar-se, para escapar de um salto, o que lhe permitiu apenas estender o rebrilhante pescoço, as orelhas inquietas, o corno nascente na testa. Sua narina úmida aflou, buscou o ar, em desespero, e a boca ainda sem dentes baliu. O cozinheiro torceu as forquilhas, a caça rodou nos dois espetos sobre as brasas; suas costelas batiam, cordas tangidas em aflição; um crepitar de cabelos inundou de fagulhas o ambiente, e um cheiro acre e forte, de tostado.

— Não o deixes morrer — recomendou Aulus, indicando que se enchessem os copos.

Urina e fezes desprenderam-se do bicho; o cozinheiro lavou-o com salmoura, enquanto os efebos esparziam essências.

— Para que o tenhas vivo, César, é necessário que a sede não o mate. Por isso, enquanto lhe assam a pele e a carne, vão-lhe dando, pouco a pouco, uma mescla de mel, vinho e leite.

Num *urceolum,* um dos efebos lhe dava a beberagem, que o *oryx* lambia vorazmente, já cercado de fumo de sua própria carne e dos pêlos que desapareciam. As retinas do bicho rebrilhavam e apagavam-se, as pálpebras fechavam-se e abriam, e deixavam correr um pranto grosso, que imediatamente secava-lhe nas faces. Para mostrar que ainda estava vivo o *oryx*, volta e meia o efebo afastava a copa — e então novo balido retinia, cada vez mais fraco. Aulus apanhou na mesa uma lâmina recurva e deu-a a Galéria.

— Te-lo-ás vivo, César. Provarás a vida, a própria vida, dentro da carne. A vida nas mãos desta mulher.

Galéria deslizou a lâmina na anca arquejante do animal. Ele não gemeu, apenas tentou retrair a perna e a espádua. Ela cortou um pouco da carne, com o couro, e, com a mão sangrando, ofereceu-a a César, que bebia. Quando ele viu o gesto, seus olhos tomaram a cor do braseiro. Veio-lhe também uma idéia, um requinte, e o suplicou, o vinho ainda na boca:

— Em tua boca, mulher.

Ela, Iohannes e eu olhamos para Aulus, que sorria. Acenou afirmativamente para Galéria. Iohannes baixou os olhos e juntou as mãos, e eu o sacudi pelo cotovelo, para que não fizesse tal gesto. A mulher levou aos lábios a carne de gamo e Nero ergueu-se, foi buscá-la com a boca aberta, ávido. Tomou Galéria pelos ombros, como quem ergue um belo e claro cântaro, levou-a à boca, sorveu-lhe os lábios, buscou-a com a língua, mascou a carne cuja seiva corria pelas comissuras de sua boca. Os olhos dele raiavam-se de vermelho e vermelho era o líquido que lhe escorria do queixo à toga. Num assomo, abraçou-se a ela, procurou, com as pupilas esgazeadas, aqui e ali, e me pareceu que Aulus, quieto, indicou uma direção, discretamente, com o mento, para onde os dois seguiram, como um só, estranho monstro, um óctopus ensangüentado, desvairado e trôpego. E desapareceram ambos. Houve um silêncio, um enorme silêncio, que só as pombas quebravam, e o crepitar da carne do animal, que Aulus contemplava. Seus dedos anelados avançaram; o cozinheiro, com um golpe hábil da faca, recortou um bocado do bicho e o deu ao amo. Os dez anéis de Aulus levaram o bocado à boca e a boca o mastigou, judiciosa; as mãos gesticularam, pedindo mais; e ainda uma delas não chegara ainda a segunda fatia aos lábios e já a outra gesticulava, tateando o ar, comandando o vinho. Como o fâmulo lhe oferecesse um *calix gemmatus,* empurrou-o, segurou o *murrinus* inteiro, despejou-o com tal violência pela garganta que o vinho lhe saltou nos olhos, nos cabelos, e correu pela seda do manto. Quando sorveu a última gota do *frifolium,* parou, e arfava.

Vitellius mastigava novamente e olhava as colunas por onde Nero e Galéria haviam desaparecido. Seus lábios úmidos de gordura desceram as comissuras num ricto de desprezo:

— Nunca pude compreender como se pode trocar mesa por cama! — exclamou. — A fornicação é um prazer sujo — e para chegar a ele é preciso que o objeto dos nossos desejos conceda fazer o que desejamos. Oh, o tempo que se perde em seduzir, e o que se sofre, e os desapontamentos, e as insônias, e as lágrimas, e as mil práticas do leito, e o mesmo paladar mudado em suor e sono, e as traições... A mesa, não: está à espera, e cada um de seus sabores pronto a entregar-se, sem resistência, sem longas parolagens, sem juras, sem súplicas!

Exaltou-se:

— Dêem mesas, mesas fartas, a romanos e estrangeiros, a vitoriosos e conquistados, e se aquietarão — porque as revoluções se fazem pelo que não se come, nunca pelo que não se fornica!

Brandiu na mão ébria um pedaço da carne de *oryx.*

— Tua própria mulher, irmão... — gemeu Iohannes.

Aulus riu para nós, menos para o judeu, que voltara a baixar os olhos. Falou-lhe:

— É melhor silenciares, Iohannes, se queres obter algo de César. Que desejas?

— A liberdade de dois homens. Um que se chama Kepha, Symon Barjona, e um que se chama Saulus. Podes pedir?

O sorriso de Vitellius dizia: "Vais ver!" César voltou, ainda enlaçado a Galéria, que desarrumara os cabelos e a túnica. Sentaram-se ao lado do anfitrião, que mastigava em silêncio, respirando devagar como o animal mutilado e moribundo diante de si.

— Dize ao teu citaredo que cesse o canto — disse Nero. — Enoja-me.

O jovem cessou de tanger as cordas. Seus lábios tremiam.

— Não tens a minha estátua em tua casa, Aule Vitelli — falou de novo Nero.

O procônsul levantou-se, com uma nova taça na mão, que o efebo voltou a encher. Suas pernas oscilavam.

— Não tens a minha estátua — repetiu César.

A voz era rancor e lamúria.

— Rogo-te, Optime et Maxime, toma a cítara! Rogo-te que cantes!

O efebo trouxe a cítara, que passou das mãos de Galéria às de Nero. Aulus Vitellius ergueu a taça e bradou:

— Ave, César!

César pôs-se a tocar e buscava em nós o efeito de sua música. Ainda não iniciara o canto, quando os portais do pátio se abriram e, em nossa direção, numa biga cujos cavalos dois escravos continham pelos bridões, em pé, vinha César, ele próprio, em triunfo, estátua recamada de ouro, púrpura e brilhos de jóias, nua. Aulus Vitellius correu para ela, saltou no carro, abraçou-se ao resplendente Nero, enlaçou-o, beijou-lhe a boca, devorou-lhe os lábios de massa de amêndoas e bebeu o sangue de groselha que dali deslizava.

— Tu vês, divino César! Comungo-te, como se comungavam as antigas deidades, os deuses propiciatórios, como os cristãos comungam o pão e o vinho, porque só tu és Deus e te guardo em meu corpo como em meu espírito!

Ajoelhou-se diante da estátua:

— *Et divinam mentulam tuam comunicabo!*

César correu para o cozinheiro, que se postava ao lado da biga. Em silêncio, colocou-lhe na cabeça a sua própria coroa de louros. Tangeu mais forte a cítara e bradou:

— Cantarei uma ode a mim mesmo!

Os seus pretorianos surgiram para aplaudir, e ele começou a murmurar algumas palavras que cresciam aos poucos; e, à medida que cresciam, ele próprio, a cítara em punho, os braços alçados, olhou-nos, em pânico; seus lábios rijos nada mais diziam; e era a boca de Iohannes que desfiava um sussurro sem música, refrão incoerente, bárbara melopéia cujas sílabas se agarram à minha memória: "Ave, Maria, cheia de graça, o Senhor é convosco..."

Nero interrompeu o canto. Encarou-me, encarou o profeta, falou:

— Não restará um só na face da terra. Um só. Levem-no.

Seus olhos estriados de vermelho, como mármores sangrentos, saltavam das órbitas. Iohannes continuava murmurando em voz baixa; levantou a cabeça, contemplou a fisionomia de César; em seus lábios brotou uma nesga de movimento, de piedade, de uma passividade em que não vi covardia ou arrogância.

Os soldados se aproximaram. O Bem-Amado teve uma idéia:

— És dos exércitos de César?

Murmurei que sim.

— Leva-o, tu mesmo, à Mamertina.

Iohannes rezava. Do alto do carro, Aulus bradou, iluminado:

— Não! Não! Ele ama o jejum! Leva-o à gula dos leões!

Nenhum movimento de teu amigo. Dir-se-ia esperar a sugestão; dir-se-ia esperar o meu assentimento. E o assentimento de Nero, que acenou com a cabeça. Iohannes levantou-se, caminhou a meu lado. Ainda supus que Aulus falasse outra coisa, nem sei, gargalhasse, oferecesse outro castigo, intercedesse. Nada fez. Seguimos. Ouvi, atrás de mim, o gorgolejar do vinho e a voz de Aulus:

— *Pistor,* onde estão as sobremesas?

Olhei de esguelha o teu homem, que marchava à minha frente. Atravessou o pátio. Esperou que eu montasse Aben-Mkair. Postou-se ao lado do pescoço do cavalo, sempre com os olhos no chão, e começou a andar, como as ordenanças. As patas do animal batiam nas lajes de lava; as sandálias de Iohannes estalavam o couro nos seus calcanhares. Depois de um silêncio, indaguei:

— Esperavas converter Vitellius?

— E a ti — disse ele, interrompendo a reza, mas sem voltar-se.

Continuamos, ele sempre ao lado do cavalo que às vezes, a um repelão nas bridas, babava-lhe o ombro. Fomos pela Via Ostiensis em direção ao Circus. Eu contemplava o dorso curvado, a cabeça rala coberta com o capuz, as pernas magras a fugir do manto, os pés metidos no trançado das sandálias, sujos, gretados, que mergulhavam aqui e ali na água e nos restos lançados à rua. Tinha o cuidado de desviar-se dos passantes, das crianças em alarido, dos cestos elevatórios; e parava nas esquinas, a ver para que direção minhas rédeas punham o cavalo.

— Disseste Kepha quando falaste a Vitellius?

— Kepha, a quem Ele disse: "És Pedro e sobre a pedra construirei a minha Igreja."

— Esse eu o vi esta manhã. Crucificaram-no de cabeça para baixo, na Via Vaticana. Era pescador de homens, diziam.

Nada falou, nem mesmo seus ombros tremeram. Prosseguiu. Alguns cadáveres, já antigos, apodreciam, atados nos mastros, empalados em lanças; por cima deles e por cima dos que ainda fumegavam, longe, no alto, os abutres desenhavam circunferências no espaço, com as asas paradas, e lembravam negras águias romanas. No chão, aqui, ali, jaziam as pedras de Gabii e Alba que Nero fez transportar, para Severus e Celer construírem a nova Roma. Homens seminus as empurravam, sobre toros de madeira; mas, ao depararem com meu capacete e meu cavalo, os capatazes gritavam, eles paravam, deixavam-nos passar. Iohannes nada via dos novos edifícios, alguns ainda apenas escavados, outros já com os cilindros das colunas sobrepostos, até as cornijas, e ostentando as letras de César e do Senado. As sandálias misturavam seus sons ao passo de Aben-Mkair, que esticava as narinas, o focinho, com a rédea solta. Um troço de mercenários passou, cantando e rindo; um cão ladrou para o cavalo e permaneceu rosnando enquanto nos distanciávamos. O capuz de Iohannes voltou-se para trás, deixando-me ver o seu rosto de olhos simiescos e pele machucada e parda, como folha de outono. Teriam sorrido seus olhos? Teria cruzado neles um vaga-lume de ironia? Ou era como se agradecesse, antes, uma palavra minha, que eu não disse, mas que me pareceu que ele adivinhava no meu pensamento, e eu tive medo de que ele adivinhasse: "Foge! Foge!" Nada disse eu. Não, não teria pensado, não teria duvidado de minha obediência. Seu rosto rodou para a frente, prosseguiu balançando, acompanhando os passos. Súbito, deteve-se. Temi que corresse, pus a mão no pomo da espada, na sela. Ele olhava uma coluna, sobre a qual havia um busto de mármore, decapitado, como muitos desses em cujos pescoços mandamos colocar nossos retratos esculpidos. Naquele havia uma cabeça humana, sangrando.

— Saulus, de Tarsus, que o Cristo chamou Paulus.

— Não podias salvar nenhum, Iohannes. Nem a ti mesmo. Só existe César, só existe Roma. Nunca mais haverá um cristão.

Não falou. Rezava. Só quando o entreguei aos guardas, disse:

— Eu te perdôo e te peço perdão.

Não pude salvar teu amigo, Aenni, nem os amigos de teu amigo. Mas não posso dormir. Sonhei que uma loba devorava seus próprios filhos. Creio que não me salvei também. *Vale*.

Preguiça

LYGIA FAGUNDES TELLES

Gaby

1

— A GENTE TEM ÓRGÃOS demais. E buracos. Os buracos dão trabalho, ao todo oito... ou nove? Enfim, eu queria ser uma alga. Ou então... — prosseguiu Gaby e não completou nem a frase nem o gesto. — Uma trabalheira.

O garçom passou o guardanapo no balcão. Ficou olhando para Gaby que tomava devagarinho seu gole de uísque.

— Alga? Já ouvi falar em alga, Gaby. Mas não me lembro.

— Nas aulas de biologia eu podia ver. Divertido.

— Ouvi falar nisso mas não lembro quase nada. Estudei pouco, Gaby. Comecei a trabalhar muito cedo.

— Divertido.

O garçom acompanhou-lhe o olhar e agora não sabia se Gaby estava se referindo ao casal que entrou. Ou àquela tal de Bio. Bio o quê? Uma besta, esse daí. Por que não explicava direito as coisas? Esse costume de deixar tudo pela metade. Calmo, tudo bem. Mas aquela fala mole de Marlon Brando, ô! tipo.

— Ei, Fredi! Dois martínis secos — pediu o recém-chegado depois de consultar a companheira. Ela acrescentou: — E amendoins!

Fredi apanhou a garrafa na prateleira de espelhos.

— O movimento anda fraco, com um calor desses isto aqui devia estar cheio — resmungou ele abrindo a geladeira. — Já avisei, a dona tem que instalar o ar-refrigerado.

Gaby voltou o olhar para o teto onde giravam um tanto lerdas as grandes pás do ventilador. "Repousante", murmurou. Bebeu, deixando que a pedrinha de gelo tocasse em sua língua. Devolveu-a para o copo que deixara um círculo d'água no mármore do balcão. Com a ponta do dedo, alargou o círculo tirando dele uma linha ondulada. Podia ser uma flor. Ou uma bactéria, aquelas bacteriazinhas de cabeça redonda e cauda. Enfim, uma maçada. Tudo isso. Ficou olhando para a ponta do dedo. Boa a vida de uma bactéria. Vida elementar. Reduzida. Nenhum relógio. Nem pastas.

— Biologia. A ciência da vida. Foi o que escrevi na prova — disse Gaby seguindo com o olhar desinteressado os movimentos do garçom que agora abria a lata de amendoins. — Tive dois pela presença, minha presença valia dois pontos.

Uma mosca baixou em vôo circular e continuou dando voltas ao redor dos copos enfileirados na pia. Fredi afugentou a mosca com o guardanapo. Era um homem pequeno e ágil. Os olhos miúdos e atentos, quando não interrogavam as pessoas em redor pareciam interrogar a si mesmo. O olhar esperto avaliou o homem bonito e pesadão que bebia devagar, debruçado no balcão. Calmo, sem dúvida. Mas isso de ficar bebendo um golinho de hora em hora, como se não tivesse a menor vontade de beber.

— Gaby vem de Gabriel? — lembrou de perguntar.

— Vem. Minha mãe dizia que era um arcanjo.

— Esse meu Fredi vem de Frederico. Prefiro que me chamem de Frederico.

— Comprido demais. Gelo aqui...

Fredi deixou cair a pedra de gelo no uísque aguado. Quando enxugou o balcão com o guardanapo, demorou o olhar nas mãos de Gaby. Os dedos finos, as unhas bem tratadas.

— Você faz regime, Gaby?

— Não.

Fredi pegou um palito e limpou com ele a unha do polegar. Quebrou o palito ao meio e levantou a ponta do esparadrapo que tinha na palma da mão. Espiou o corte.

— Se você trabalhasse de garçom emagrecia de cara cinco quilos. Infelizmente estudei pouco, tenho que curtir este emprego. E mais a dona que cá entre nós — disse Fredi baixando a voz, a mão em concha escondendo a boca: — É a rainha das chatas.

Gaby esboçou um sorriso. Voltou a olhar para a janela. Tirou do bolso os óculos escuros.

— Todas são chatas. As mulheres. Guardar certa distância — disse em meio de um suspiro. — Vai chover. Gosto das chuvas compridas. Dias e dias. A terra alagada. E a gente dentro da arca, vendo.

♊

"Estou com medo, mãezinha, quero dormir na sua cama!" Ela o enrolava nas cobertas. O perfume da cabeleira desatada. O calor. "Vem, meu Gabyzinho, vem com a mamãe. Se assustou com o raio, foi?" Ele se encolhia. "Choveu na minha cama, não quero minha cama!" Ela fazia-lhe cócegas, "Gaby maroto!" Ele então abafava o riso no travesseiro para não acordar o pai. O barulho da chuva caindo nas telhas. O sono, tão bom dormir. Amanheceu? Já?! "Não agüento de dor de garganta, não quero ir na escola!" Babá puxava-o pela perna: "Deixa de história, menino, anda! Vem se vestir que você já faltou ontem, chega de gazeta!" A voz da mãe vinha velada, que o pai não acordasse na cama ao lado: "O tempo tão ruim, Babá, tanta umidade. Ele pode ficar doente." Resmungos. A porta batendo com mais força. A mãe o cobria de beijos e beliscões. "Seu maroto!... Seu preguiçoso!"

♊

— Ih! calor me ataca os nervos, fico atacado — queixou-se Fredi passando a ponta do guardanapo na testa. Renovou o gelo do balde. — Seu uísque virou água, Gaby. Mais uma dose?

— Prefiro assim. Só o cheiro.

— Você já se embriagou alguma vez? Quero dizer, chegou a ficar de porre?

Gaby teve um leve movimento de sobrancelhas. Suavemente foi contornando os lábios com as pontas dos dedos.

— A chuva vem vindo. Eu tinha tanta coisa... Enfim, não tem importância.

— É boa essa vida assim sem horário, quisera eu! Mas você esteve um tempo naquele escritório de imóveis, não esteve?

— Agora estou só pintando. Uma exposição em setembro, outubro... Não sei. Não importa — murmurou Gaby. Suspirou. Por que será que garçom gosta tanto de fazer perguntas? Principalmente esse daí. — Olha a mosca. Voltou.

Fredi fez pontaria e bateu o guardanapo no balcão. A mosca fugiu para o teto.

— É ladina — resmungou ele. Abriu a lata de azeitonas. — Quando a gente se conheceu você disse que ia fazer uma exposição, lembra? Faz uns três anos ou mais.

Gaby ainda passava as pontas dos dedos nos lábios, como se estivessem feridos. O bastardo. Falava como Mariana, igual. Nesse ponto não podia se queixar da velha. A velha sabia quando tinha um artista pela frente.

— Pintar não é preparar martínis. Demora.

Fredi voltou a examinar o corte na palma da mão. Apertou contra o esparadrapo um guardanapo de papel.

— Assim molhado custa a cicatrizar — disse e ofereceu a Gaby o pratinho com azeitonas. Gaby recusou levantando o dedo. Fredi levou então as azeitonas ao casal de jovens e limpou o cinzeiro que trouxe da mesa. — Meu irmão, aquele que morreu, já falei nele, lembra? Foi copeiro na casa de um pintor importante, esqueci o nome. Um dia ele pintou meu irmão mas nunca vi esse retrato.

— Não faço retrato. Só natureza-morta.

Paisagens mortas. Pássaros. E peixes, os peixes silenciosos com aqueles olhos velados por uma membrana mais tênue do que fumaça. Quando a velha cochilava ficava com esses olhos. Poderia pintá-la morta. Sem a peruca. Prateada e fria como um peixe. O vago cheiro de peixe. Suspirou e o suspiro foi se estendendo. Que maçada. Essa exposição, ela queria uma exposição. Todos os jecas têm mania de exposição. Até esse garçom bastardo. Tirou o lenço do bolso e passou devagar no vidro verde-escuro dos óculos. Recuou um pouco na banqueta. Enfim, quinze quadros. Coisa pequena, com dez, digamos. E Mariana, a Eficiente. Mania de emprego fixo. Como se pudesse pintar metido até as orelhas num negócio de imóveis. Negócio obsceno. Falação. Otimismo. Gente otimista zanzando com pastas. Aquelas de zíper, enormes, um mundo de papel dentro. Cálculos. Voltar ao tempo do professor Ramos, a voz de trovão: "Já vi que o senhor não se interessa por nada. Quer fazer o obséquio de me dizer o que vem fazer nas aulas?"

"Ver as bactérias, podia ter respondido. Esses bichinhos de cabeça redonda e rabo igual ao seu." Não disse nada. E adiantava? Loucura total entrar na engrenagem. As pessoas faziam perguntas sem parar, imagine se... Ódio de perguntas. Ódio. A querida Mariana falhava nesse ponto. Mania de objetividade. Nitidez. Encostar as pessoas na parede, "Você não me respondeu!" Ora, dane-se. Que importância. Era nisso que a velha levava vantagem. A vacona. Vivia repetindo essa idiotice dos sete véus, o último véu tinha que cair. Ainda bem. Uma velha sábia, gostava da penumbra por dentro e por fora, poucas luzes nas palavras. Nas rugas. "Adoro o mistério", costumava dizer. Inquisidora, às vezes. A mesma mania da prensa. Mas, em geral, conformista, "Está bem, amor, entendi". Entendia nada. Enfim, não tinha importância. Mas a Mariana. A Mariana. Que pena. Enfim...

Agora Fredi abria um pacote de batatas fritas. Cheirou.

— Que confiança a gente pode ter nesses produtos? O dia em que me aparecer qualquer negócio que não seja parecido com este aceito na hora. Se tivesse oportunidade, um convite, lá sei! topava correndo esse ramo de imóveis. Dá dinheiro, viu?

Gaby ajeitou os óculos que escorregavam. Mexeu com a ponta do dedo o gelo boiando no copo.

— Muito trepidantes. Esses escritórios. Bom trabalhar num lugar quieto. Sem gente em redor. Essa corrida, essa competição que...

— Já sei, nunca vai ter um enfarte.

Coração¿ Não, não sentia a presença do coração. Nem de qualquer outro órgão: era como se estivesse vazio lá por dentro. Oco. Uma velhice em paz quando viesse. E não se aborrecia não. Com essa idéia de envelhecer. Pelo menos, ninguém mais se preocupa com a gente, um sossego. Sim, seria bom. A querida Mariana por perto, os dois juntos. Preparando o chá. A bolsa de água quente. Podia ser uma companhia tranqüila quando ela ficasse mais tranqüila. Quando entendesse que um artista é um contemplativo. Um indefinido. Os antigos sabiam disso. Os antigos e os governos socialistas que sustentavam seus artistas a pão-de-ló. O chato era a tal mania de produção. "E a liberdade¿, perguntou Mariana. Por acaso esses artistas têm liberdade para criar¿" Olha aí a pergunta. Ora, liberdade. Faço natureza-morta.

— Preciso comprar tintas. Visitar meu pai... Essa chuva.

— Mas não está chovendo, Gaby.

Espertinho. Não está chovendo, ele disse. Abriu e fechou a mão. Nisso a velha não decepcionava. Nisso de ficar taque-taque. Não fosse. Enfim, tirante também essa parte. A grande vaca. "Faz tempo que a gente não faz um amorzinho, quer ver¿ A última vez..." Ah, apaga. Cretina. Com essa idade e ainda. Apaga, apaga. "Ando meio travado", respondeu. Quando moça tivera suas veleidades teatrais, era isso. Agora sabia respeitar um artista. "Todo gênio é displicente, amor. Alguém tem que cuidar de você, alguém que te ama! " Concordo, mas então não encha o saco. O ferrãozinho agudo. Sabia ser irônica. "Esse meu amor está me saindo muito caro, nem que fosse um Renoir!" Bastarda. Enfim, chega. Chega. Não engrossar o sangue. A menor importância.

— Escuta. A trovoada. Ia visitar meu pai...

Fredi acompanhou-lhe o movimento do dedo que apontava vagamente o teto. Começou a preparar com energia um coquetel de frutas para a rapariga loura que chegou com o velhote de camisa amarela.

— Ele ainda está naquela pensão? O seu pai. Você disse que era um lugar muito bom.

— Eu disse? — Apoiou o queixo na mão. Olha aí, a gente se esquece mas por perto tem sempre alguém que ouve. E vem lembrar. — Bossa computador — resmungou. Odeio computador. O belo é essa... O belo...

Com um gesto exasperado, o garçom afastou a mosca que voava em espiral sobre o liquidificador.

— Sabe de uma coisa, Gaby? Nunca me dei bem com meu pai. Você se entende com o seu?

— Quando mocinho... Ele queria que eu estudasse, me atormentou muito. Depois cismou, eu tinha que trabalhar aí numa firma. Importação. Café. Tenho nojo de café. Enfim, quis tanta coisa. Sossegou.

— Ele gosta da pensão?

— Acho que sim. Não sei. Uísque, um pouco aqui... Chega. Enfim, a aposentadoria que recebe. Mas essa inflação.

Fredi fez o liquidificador funcionar. Falou alto, as mãos em redor da boca.

— A inflação piorou muito! Se ao menos eu tivesse tirado um diploma, quem tem diploma ainda se salva neste mar.

Gaby recuou na sua banqueta. Tirar diploma. O bastardo falava como a Babá. E daí? O pai *tirara* vários. Cursos mil. E agora lá estava jogado na cama de uma pensão vagabunda. Coisa miserável. Tanta ambição. Tanto sonho. A pensão fedendo a mijo. Bacharel em Ciências Jurídicas e Sociais. O canudo com a fita vermelha comido pelas traças. Tirá-lo de lá um dia. Um dia.

— Banho de imersão. Morno — disse Gaby destapando os ouvidos. Ficou vendo o garçom despejar no copo o líquido denso e rosado. — Um banho assim como... — Não completou nem a frase nem o gesto. — Uma maçada.

— Mas ele melhorou?

— Quem?

— Seu pai.

Brandamente Gaby levou à boca o guardanapo de papel.

— Quente, hein.

Foi amarfanhando o guardanapo. Um ligeiro vinco formou-se entre suas sobrancelhas. Numa cama infecta, bebendo caldos infectos. Cheirando a urina, tudo naquela pensão cheirava. Até a comida. Enfim, agora não havia nada que pudesse. Nada. Além das visitas. E já fazia tempo. Também, de arrasar. "Se hoje não chover, meu Deus. Resolvo e pronto. O problema... roupas. Tenho que levar roupas. Biscoitos." Olhou na direção da janela que o garçom entreabriu. Firmou o olhar na fresta. Tanta nuvem. Tudo preto.

— Nuvens pretas.

— Pretas? — Fredi estranhou. Voltou-se para a janela. Fechou-a quando o vento soprou mais forte. — Com esses seus óculos escuros fica tudo escuro, o tempo não está feio, vá lá ver seu velho. Quantos anos ele tem? — perguntou e não esperou pela resposta, a lourinha tamborilava no copo, estava impaciente. — A senhora deseja?...

Gaby ficou olhando o próprio copo. Respondeu como se do copo tivesse vindo a pergunta.

— Não faço idéia. Envelheceu muito. A doença.

Tanta luta. Em vão. O pai costumava se comparar a um lutador de boxe que não pode nem piscar porque se pisca... E ia morrer completamente sozinho, feito um mendigo. Se pudesse... Enfim, fazer o quê. "Nada a fazer, pai. O dinheiro não é meu, é dela. Da velha. Um filho pode pouco. Muito pouco. Quase nada." Fredi começou a preparar mais um coquetel de frutas. Gaby suspirou, um inferno. O barulho. "Se ao menos a mamãe estivesse junto. Os velhos devem ficar juntos, se amparar. Até o fim. Ele teria reagido, tanta esperança. Tamanha fé. Estariam agora os dois envelhecendo quietos. Um cuidando do outro. Quem sabe ainda lá, na casa vermelha. Mas ela teve que dar o fora. Maçada. A casa vermelha, delícia. A Babá cuidando de tudo. Ela podia estar lá ainda cuidando dos dois com seu avental branco. Uma mucama. Tinha que morrer. As mucamas deviam ser eternas."

— Qual é a doença dele?

— Hum?...

— Do seu pai! O que é que ele tem?

Gaby tapou os ouvidos.

— Não sei.

"Não sei", repetiu num sopro. Olhou a mosca que voltara no seu vôo em círculos, ela gostava. Daquele barulho, bastava Fredi ligar a maquininha e zuuuum... Devia ser uma mosca perguntona, zum... zum... Quem tem a resposta? Quem. O pai perguntou tanto e agora. Aquela mania de honestidade, tirar tudo a limpo. Pronto, deu nisso. Se não tivesse atormentado tanto a mamãe. Deu nisso, zum, zum... Então ele não sabia? Que se casou com uma irresponsável. Cabeça de borboleta. E o que foi que ele fez com a borboleta e seus perfumes? Tinha que se acomodar. Ora, chifres. E daí? Tinha que bancar o chefe. O digno. Precisava chicoteá-la na cara, sua puta!

— Enfim. Estou pintando um peixe.

— Peixe? — E Fredi tomou o resto do suco rosado que sobrou no grande copo plástico. — Se eu fosse pintar ia pintar mulher nua.

Gaby acendeu o cigarro.

— Este é Abdullah. Sinta. A fumaça...

— Não posso fumar agora. Mas guardo, se a dona me pega vira uma fera. Contrabando?

A mosca caminhava pelo balcão como se tivesse as patinhas untadas de mel. Gaby apoiou o queixo na mão e ficou olhando. Soprou na direção da mosca uma baforada. No silêncio murmurejante do bar, o ruído de um copo quebrado. Ele não se moveu. Curioso, muito curioso. Essa mosca.

— Me faz lembrar uma coisa. Não sei, mas...

— Pois esse tal pintor que pintou meu irmão tinha lá as meninas dele, elas posavam peladas. Meu irmão disse que era uma porrada de meninas lindas, ele comia tudo.

— Não imagina o trabalho. Isso de pintar mulher. Acabam se enrolando na gente...

— E não é bom?

Ora, pintar mulher. E transar em seguida. Um cansaço. Como se não bastasse a velha. Uma vez por mês não era suficiente? Não, não era. Precisava mais, *gosto tanto de amar no verão*. Também no inverno. E no outono.

— Velho devia morrer.

— Não escutei...

— Nada. Deviam inventar uns robôs.

Fredi tirou da geladeira uma garrafa de cerveja e fez um sinal para o casal de meia-idade que se sentou na mesa mais distante, "Um momentinho!", pediu. Pegou a bandeja com os copos. Quis saber antes de se afastar.

— Robôs? Que robôs?

— Ora, robôs. Bem avantajados para o mulherio. Acabavam os problemas. Psicanálise, depressão. Acabava essa moda. Todo o mulherio exausto. Saciado.

— Ha, ha — fez o garçom. Quando voltou, abriu outra garrafa. Voltou a limpar a unha do indicador com um palito. — Pois sim! Mulher gosta é de conversar, robô sozinho não resolve nada. Outra noite fui dar corda aí pra uma vagabunda e ficamos os dois de prosa até as cinco da manhã. Ela falava feito um deputado.

— Andam soltas demais. Isso de feminismo. Querem chamar atenção, cansativo. Enfim — murmurou Gaby. E inclinou-se para o copo com a mosca obumbrada voando em redor. — Queria ter uma lente.

II

Era a última aula do período da tarde. O professor Melcíades chegava de bata branca, dava algumas ordens e se enfurnava na salinha dos esqueletos. Ele então se apoderava do aparelho. Chegava a comprar os colegas com cigarros, revistinhas, tudo para poder ficar mais tempo ali sozinho. Debruçado sobre a lente, observando. Poderia ficar parado horas e horas olhando uma folha de roseira. Ou uma gota d'água. Mas tinha as aulas de matemática. A voz de trovão perguntando quanto é sete vezes oito. Nove vezes seis. Obsceno. Medieval. "Quem é que sabe, imagine. Enfim, passou. Até equações. Horror. Passou. Tudo. E tinha que aparecer a Mariana tão precisa. Solicitante. Ciências exatas. Uma maçada. Mania de cobrança, estava sempre cobrando alguma coisa. Ainda agora mesmo..." Suspirou. Ah, Mariana Mariana. Em algum lugar da cidade lá estava ela aflita, olhando o relógio, paixão por relógio. Esperando que ele chamasse, o olho grudado no telefone, "Você demorou, querido. Onde é que estava?" E a pergunta odienta, "Já conversou com o Peter?" Mas quem quer conversar com o Peter. Isso de patrão, emprego. Sim, querida, já falei, estou empregado. Empregado? Alegria. E os planos, ela não perdia tempo, paixão por planos. Casamento. Filhos. Crianças se enrolando em suas pernas, perguntas. Mais perguntas. Lágrimas. Crianças cobrando sorvetes. Histórias, você prometeu, pai! Brinquedos, aqueles de ensurdecer, bang! bang! sou o xerife, vai, deita aí! "O bandido agora vai dormir, filhinho." Não, não dorme nada! Vai, levanta, corre! Quero o clube, o sol, vai, anda!

— Meu Deus.

Enfim, já devia estar chovendo, pensou e soprou a última baforada na direção da mosca. Apagou o toco dourado no cinzeiro. Abriu a boca mas não chegou a bocejar. Gostava dela. Muito. Tinha mãos tão bonitas, as mãos mais bonitas do mundo. E o riso. Seria bom ficarem para sempre. Mariana Para Sempre. Podiam envelhecer juntos, a varanda igual à da casa vermelha. Os tijolinhos vermelhos. Babá cuidando de tudo com seu avental. Quietos, só o nhenhém da rede. Mas aquela mania de comandar, era ver um general. Os gestos de líder. Napoleão. Atenta, que dia é hoje? A resposta de flecha, *20 de março, quinta-feira*. Se calhasse, até tipos de eclipses. Um manual de utilidades com todos os lembretes. Endereços. Espartana na outra encarnação, colchão duro. Sem travesseiro.

— Melhor largar as rédeas. Deixar correr. Meu primo quis cortar a correnteza. Morreu.

Ela não acredita em fatalidade. O pai também dizia que quem faz o destino somos nós. Frases, "Somos livres, Gabriel!

Livres. Existe é a minha vontade, a minha garra!" Ah, não tem fatalidade? Não tem destino? Jogado numa cama fedendo a mijo. E como lutou. Até esportes. Lutou à beça esse velho. E então. Enfim, no dia em que os homens descobrirem que melhor do que viver é não viver. Melhor do que pintar, deixar a tela em branco. O papel em branco. A perfeição.

— Não pensar, nem isso. Devia ter um botão em algum lugar. Um botãozinho que a gente aperta e pronto, pensamento desligado. E o resto.

O recém-chegado ruivo vestia um impermeável preto. Tirou o impermeável, dobrou-o. Hesitou entre a mesa e o balcão. Sentou-se na extremidade do balcão. Fredi cumprimentou-o afável.

— O senhor sumiu, doutor. — Pegou na prateleira uma garrafa. — Se não me engano, era esta a sua marca?...

— Esse está bem. Bastante gelo — pediu e acendeu o cachimbo. — Andei viajando.

— Já começou a chover?

— Ainda não. Mas vai chover potes.

II

Os potes de samambaia na varanda da casa vermelha. Bom ser criança. Ser cuidado. Pensado. A Babá amarrando seu sapato. Trazendo a caneca de gemada na cama. Torradas com manteiga e mel. A velha tinha um pouco da eficiência da Babá. A diferença é que cobrava. E já estava chegando a hora, aquela hora de. "Oh, Deus. Digo que o herpes voltou. Contagioso demais. E dói. Vai estranhar. Outra vez, amor? A preferência pelo sábado, hábitos do tempo de doméstica. De bordel. Invento um filme que vai sair de cartaz, pronto. Melhor um concerto que no cinema ela fica falando. No concerto, tem que fechar a matraca, os fanáticos não deixam que ninguém... Enfim. Sempre dá pra cochilar um pouco. Desligar. Delícia dormir com música, os violinos. Aquele grandão mais grave, aquele, dum-dum-dum... Violoncelo. A maçada eram os aplausos."

Fredi tirou da geladeira uma cestinha de ostras. Deixou a cestinha na pia. Começou a cortar os limões. Voltou-se de repente para Gaby.

— E hoje vou num velório. Um tio velho morreu de gangrena — contou em voz baixa. Examinou o corte na palma da mão. Animou-se quando foi servir o homem ruivo. — Estas vieram hoje cedo, olha só que beleza.

Gaby empurrou com a ponta do dedo o cigarro que foi deixando consumir na borda do cinzeiro. Pousou a ponta do dedo no rolinho de cinzas.

— Melhor não ver os mortos. Nem os doentes. Guardar deles uma lembrança agradável. Uma certa distância.

O garçom trouxe um guardanapo limpo. Enxugou as mãos.

— Hummm... Acha mesmo isso, Gaby?

— Evito ver meu pai.

— É, pensando bem, você tem razão. Mas o caso é que fico com pena, eles precisam da gente, não precisam? Minha avó está morre-não-morre mas continua esperta feito um alho. Conversa muito, quer todo mundo em redor. Ontem mandou me chamar, gosta de mim que só vendo, quando chego o olhinho dela fica brilhando. Facilita a vida porque mora numa casa pegada, toda a parentada mora naquele quarteirão.

II

"Mas ela pode ser sua avó!", disse Mariana. "Minha avó", ele repetiu. Tentou rir. E ela sacudindo a cabeça, indignada. Estava sempre indignada, motivos mil de indignação. Está certo, mudar de vida. Sem pressa. Sem violência, evitar um rompimento assim brusco, por que ferir a velhota? Podia até se matar, falou nisso. Ameaçou. "Quando você me deixar, quando não me restar mais nada, sei o que vou fazer." A separação tinha que ser sem choques. Discussões. Desnecessário. Isso. Ah, Deus, Deus. "Mudar o que deve ser mudado", era um dos lembretes de Mariana. Lembretes do Almanaque da Bravura. Soava como mensagem do discurso de um general. Ou almirante. Almirante

Hart. Existiria? Esse almirante Hart. Enfim, besteira. Uma chatice, ora, coragem de mudar. Coragem de não mudar, existia? Maçada. A velha não atrapalhava. Dedicava-lhe uma ou duas horas por dia. Ouvir suas asneiras. Às vezes, cinema. Fingir que não percebia quando ela trapaceava no jogo, roubava nas cartas mas que importância. E aquele pedaço. O pior. Pior ainda os tais imóveis. Todos os escritórios igualmente repugnantes com os homens de fala eficiente. O telefone. A campainha. Até fazer política Mariana já tinha sugerido, apresentou-lhe um primo. Subversivo, deputado da oposição. Teria que fazer discursos da oposição que nem o outro. Opor-se ao governo, ele, que não se opunha sequer àquela mosca parada no balcão. A trombinha agora metida no pequeno círculo d'água que escorreu do copo. "Quer saber do que se trata. Parecida com a Mariana", sussurrou Gaby e consertou os óculos escuros que escorregavam no nariz. Ora, oposição. Governo era uma idéia extensa à beça. Lutar contra essa coisa assim invisível. E presente feito a massa de ar que não se vê nem se toca mas que pode. Afrouxou o colarinho. Terrível. Isso de se opor. Viver se queimando, a revolta queima. O ideal, lembra? O homem feliz não tinha camisa. E Mariana. Tanta energia. Se fosse homem, ia querer jogar futebol. Uma curiosidade, a chama acesa no olho. "Gabriel querido, me diga agora o que você gostaria de fazer realmente. Pintar?" Perguntava e respondia em seguida, o que era uma sorte. "Mas você não pinta nunca, tanto talento. Um pintor sem quadros. Por que não acaba o que começa?" Também não sabia. Quem é que sabe? Isso. De não acabar o que se começou. Difícil. Gabriel, Gabriel. Ela e o pai, só os dois ainda. E fazia questão de repetir, *Gabriel*. Com todas as letras. "Gabriel é um nome tão bonito, não gosto de Gaby." O pai lá longe, discutindo com a mulher-borboleta. "Não quero que esse menino cresça com esse apelido, Gaby é marca de creme, de esmalte de unha."

II

A rede com as longas franjas brancas. Deitara a cabeça no colo da mãe e na tarde quieta só ficava o ranger dos ganchos, nhenhém. Nhenhém. E o pai com aquele passo militar. "Gaby é nome de mulher! " Ela contestava abotoando os lábios de fita escarlate: "Mas é um apelido tão engraçadinho, ele é muito mais Gaby do que Gabriel." A risadinha de borboleta se borboleta pudesse rir. Ela gostava de perfumes. Sapatos, tinha uma coleção enorme. Os pés pequenos, delicados. Também gostava de brincar de se esconder detrás das portas, "Conte até dez, Gaby, e venha me procurar!..."

Gostava também de sair. Voltava à noitinha, a cara afogueada. Saía toda alegrinha e voltava aflita, "Seu pai já chegou? Hoje me atrasei, o trânsito!" Ela se atrasava muito. "Quero ir com você", pedia ele sem nenhuma convicção. Ela escancarava os olhos azuis, "Gabyzinho querido, mamãe vai ao dentista. Fique aí bem bonzinho, quando eu voltar a gente brinca."

Os tufos de rendas e fitas na moldura do espelho cor-de-rosa. Através desse espelho ela parecia mais rosada, fina como as porcelanas da mesa de toalete. Prendia frouxamente na nuca os longos cabelos claros num rolo que parecia que ia se desfazer. Não se desfazia. Pintava a boca. Pintava os olhos. Ele olhando meio desatento a pequenina mão indo e vindo com a escovinha de rímel nos cílios recurvos como os cílios das bonecas. Falava sem mover qualquer músculo para não borrar as pálpebras: "Tenho milhares de coisas, hoje não... Depois a gente brinca, fique bonzinho."

Ele ficava. Bonzinho. Tantas vezes ficou bonzinho, fingindo estudar com o livro aberto na mesma página. Sempre na mesma página. Um vazio manso. Flutuava em pensamento pela casa que ainda guardava o perfume dela. Bonzinho até aquela noite.

II

— Que calor — disse Gaby. Enxugou a gota de suor que lhe descia morna pelo lábio. Cheirou o lenço. Olhou o teto onde as pás do ventilador pareciam exauridas. — É a chuva.

Fredi enfiou a gorjeta no bolsinho do colete. Atirou coisas na lata de lixo debaixo da pia. Lavou as mãos.

— Verão bravo. Este colete esquenta demais, minha camisa está molhada mas a dona quer assim, colete preto e este avental até o pé, diz que é chique. Na França é desse jeitinho. mas lá faz frio não faz?

— Às vezes. — Falava agora num sussurro: — Anoiteceu e não fiz nem a metade. Enfim, com a chuva em suspenso.

No lugar do homem ruivo estava agora um tipo gorducho, risonho. Apalpou os bolsos. Tranqüilizou-se, voltou a sorrir e fez um gesto na direção de Fredi.

— Outra loura estupidamente gelada. E pipocas, tem pipocas?

— Pipoca não, tem azeitona, amendoim, batatinha... — Voltou-se para Gaby: — E justo hoje esqueci o guarda-chuva.

Durante algum tempo Gaby guardou na boca o gole de uísque, à espera de que ele amornasse.

— Todos que tive perdi. E eram bonitos.

O garçom despejou amendoins no pratinho.

— Tem ostras frescas? — lembrou-se de perguntar o gordo da cerveja.

— Fresquíssimas. Meia dúzia? — E Fredi voltou a falar baixo enquanto abria a geladeira. — Mas por que você foi vender o seu carro? Beleza de carro, Gaby. Um alfa como aquele está uma fortuna, viu?

— Horrível guiar. Cuidar da máquina. Máquina é muito solicitante. Tem táxi.

— Táxi? A coisa mais difícil do mundo! Ontem quase perdi o jogo, precisei implorar carona lá pro rapaz que passou com a bandeira do Corinthians. Se soubesse, nem ia, um vexame.

— Saio pouco.

— Esse meu guarda-chuva é de um tipo que esteve aqui uma vez, viu? Esqueceu o guarda-chuva e não apareceu mais. Falou muito em ginástica, acho que era professor de ginástica.

— Que horror.

O garçom trouxe as ostras abertas no prato. A maior delas se contraiu na concha quando ele pingou limão.

— Ainda está viva, olha só...

Mal alcançou o prato e o olhar de Gaby também se recolheu. Ginástica. Serviço militar. As ordens veementes, quilômetros de marcha. Ainda bem que tinha o pé chato.

— Enfim.

— Tenho nojo disso, olha aí, esta também se mexeu — cochichou Fredi cortando outro limão. — Mas parecia estrangeiro o tal cara do guarda-chuva, devia ser americano. Tem as iniciais no cabo, *J.W.*

— John William.

— O senhor conhece ele?

— Joseph White. Johnny Walker — disse Gaby vagando o olhar pelas prateleiras. — Preciso ir.

Abriu as mãos em torno do corpo. O olhar errante passou com indiferença pelos copos. Mariana desprezava o apelido. A mesma reação do pai. "Seu nome é tão poético! Gabriel, nome de um arcanjo." Comprida demais a história desse arcanjo, tinha lhe contado mais de uma vez. A querida Mariana. Esperando agora mesmo pelo seu telefonema. A tarde toda esperando, "Gabriel, meu amor, você esqueceu?" Só se fosse falar no telefone da esquina para o garçom bastardo ali não ouvir. "Gosto de você, Mariana. Amor? Vá lá, amor, acho que te amo. Mas não me peça nada. Nem me faça perguntas, fique apenas com isso. Enfim..."

— A chuva.

— Mas ainda não choveu, Gaby. E pelo visto nem vai chover mais, está vendo? O vento empurrou a chuva. A noite é até capaz de dar estrela.

A mosca voltou a pousar no balcão, esfregando as patas dianteiras uma na outra. Gaby suspirou. "Eu lavo as mãos." Enxugou as pontas dos dedos no lenço.

— Se eu tivesse dinheiro para fazer...

— E não tem?

Gaby foi se voltando devagar para a janela. Eram assim roxas as flores da trepadeira que se enroscavam nas colunas de tijolinhos vermelhos. Flores de nuvens. Logo seriam chuva. Depois, nada.

— Para fazer o que quero — começou ele afastando a mosca com um gesto fragmentado, como se o movimento se desenvolvesse em câmara lenta. — Afundar numa daquelas ilhas. Mares do Sul.

— Mas por que tão longe? Estamos rodeados de praias maravilhosas, dou já uma meia dúzia delas.

— Aqui acabam achando a gente.

Um saxofone tocando na vizinhança começou sua frase musical. Desafinou. Recomeçou mais forte. Num sopro, Gaby cantarolou junto.

— *Night and day...*

Pela terceira vez o saxofone insistiu. Interrompeu na mesma nota. Os lábios de Gaby se moveram e não saiu som algum.

— Telefone para o senhor! — avisou o garçom tapando o bocal com a mão. — Voz de mulher. Quer que eu pergunte?

Gaby encolheu-se no banco. Tocou com as pontas dos dedos os óculos escuros. "Meu Deus." Baixou a cabeça.

— Pergunto o nome?

— Mulher? Espera... Não pergunte nada. Diga que acabei de sair.

Mariana. Por que tinha que ficar assim? Pressionando. Exigindo. Naturalmente queria saber. Aquela história de emprego, horário. Patrão. "Mas todo mundo tem patrão, Gabriel. Você não pode escapar!" Acendeu um cigarro. Os pequenos discursos. Argumentos. Insistindo, a única forma de se livrar da velha era ter um trabalho. Ficar independente. "Liberte-se, Gabriel!" Mas se ninguém era livre. Ninguém. Se fosse trabalhar no tal escritório, não ficaria debaixo de uma dúzia de patas? Faça isso. Faça aquilo. Pelo menos a velha não exigia tempo integral, a vida inteira recebera de homens. Natural que agora sentisse prazer em pagar um. Comprar seu gozo. "Gozo meio vagabundo, bastante laborioso." Teve vontade de rir. Enfim, tantos presentes, o carro. A conta aberta no alfaiate. Não fazia mais roupa porque essa história de provar. Chatice, o homem ficava horas espetando os alfinetinhos. Mania de perfeição, parecido com a Mariana. Cerrou os olhos. Os presentes. Abotoaduras de ouro, o relógio. Afogado num mar de presentes, cansativo ter que ficar agradecendo, agradecendo. Jamais Mariana poderia entender. Uma esposa exemplar. Mas cobrando alto por tamanha exemplaridade. Quem dá muito exige mais ainda.

— Acho que a voz era daquela sua amiga que telefona às vezes — lembrou Fredi espiando de novo o corte na mão. Alisou o esparadrapo. — Não é Mariana o nome dela?

Ah, o esperto. E Gaby sentiu a gota de suor escorrer-lhe até o queixo. Apertou o lenço contra o queixo num movimento de mata-borrão absorvendo a tinta. O bastardo. Querendo informações que um dia, quem sabe, poderia passar à velha.

— Não sei. Não interessa.

— Elas devem endoidar por sua causa, tivesse eu a sua cara.

— Uma maçada.

II

"Gabyzinho, quero que você seja o menino mais lindo da festa, anime-se e venha experimentar a roupa!" Também a mamãe, fixação com roupa. Boa parte da infância experimentando aquelas roupinhas. Sapatinhos. E banho. Um pouco que se distraísse e já estava debaixo de uma ducha com a Babá fiscalizando, "agora a orelha, depressa! Com sabão, menino!" O cerco infantil. Depois o outro, oh, meu Deus. A prima Míldrede completamente histérica, "juro que me mato se você não for comigo ao baile, vai ser meu par, Gaby? Responda, vai dançar comigo? Esta e todas as noites da minha vida!" Como um visgo, colando, envolvendo. E aquela estudante de olhos rasgados, como se chamava? Aquela. Enfim, não tem importância. As narinas trementes, ela tremendo inteira: "Mas por que você não quer, por quê? Já disse, preciso me libertar da virgindade e escolhi você, sou uma esteta, pense no poema, *do meu ventre nasceriam deuses!* Por que não entende isso?" Entendia. E o bando de casadas. Divorciadas, nenhum pudor? Nenhum. Cabras. "Ora, me esquece", pediu a Ivone. Essa então queria um filho. E a velha cerrando as pálpebras pintadas de azul emurchecido: "Conheci um monte de homens mas nenhum tão belo. Você parece um postal italiano que vi uma vez, tinha um moço nu, divino. Aquele cabelo todo encaracolado, que nem o seu. E o pipiu tão delicado, um pássaro. Queria te dar essa estátua."

Afrouxou o colarinho. Até homens. Até aquele grego de unhas pontudas. "Você tem físico para o teatro, filho. Venha à minha casa tomar umas aulas." Roupas, estátuas, virgindades, empregos — uma atormentação. Por que as pessoas estavam sempre querendo dar alguma coisa? Soprou a brasa do cigarro queimando na borda do cinzeiro. Mariana. A única mulher que não lhe falava nisso. Nessa história de beleza. Só uma vez se referiu de leve à sua aparência mas para lembrar que ele faria carreira fácil nos tais escritórios de publicidade, representações e outras coisas igualmente desprezíveis. A querida Mariana. Se ao menos fosse muda. E analfabeta para não começar com bilhetinhos, viveria então com os bolsos transbordando de bilhetinhos como os homens das pastas transbordando de papéis.

— Tenho nojo de papel.

— Que papel?

Gaby fez um movimento de ombros. A face lisa se imobilizou.

— Queria ser invisível.

— Perigoso, Gaby. A gente pegava a mulher da gente com outro logo na primeira noite, já pensou?

— Chatíssimo. Isso de virgem. Estive com uma.

— Foi?

— Trabalheira danada. Bobagem.

Felizmente algumas ainda tinham seus princípios. Tímidas. Não ficavam caçando homens feito doidas. Ainda bem que Mariana. Uma exceção. Antes, tudo oficializado em cartório e etecétera. Por causa dos filhos, dizia. Filhos. Graciosos nos calendários, Babá tinha paixão por esses calendários. Crianças gentis com seus cestinhos de frutas. Seus cachorros peludos. Até anjos da guarda. Em cada mês o calendário trazia a gravura com um infante. Mariana ia querer uma meia dúzia. Relógio despertador com campainha dupla. O bando de filhos. Inútil o despertador, muito antes eles já entrariam esgoelando pelo quarto adentro, paiiiiiiiiii!...

Encolheu as pernas. Já acabou faz tempo. Ou está acabando, casamento, família, toda essa embrulhada. Está acabando. O pai escaveirado e barbudo, abandonado naquela pensão. Morrendo. Sem forças sequer para ir ao banheiro no fundo do corredor.

II

"Gabriel! Vá buscar seu boletim, menino! Rápido, mexa essas pernas." Ele deu alguns passos. Parou. O boletim. O pai queria o boletim. "O boletim?", perguntou voltando-se para a Babá que arrumava a mesa para o jantar. O homem impacientou-se: "Estou falando grego, menino? Faz meses que não vejo suas notas. Vamos, o boletim." Ele escondeu as mãos nos bolsos. "Está com a mamãe", disse. E esperou a ordem que viria em seguida, "Pois vá buscar com sua mãe, anda." Ele ergueu a face para o pai. "Mas ela saiu. Ainda não voltou." O homem tirou os óculos. Dobrou o jornal. Olhou o relógio na parede, um antigo relógio com o pêndulo em forma de lira. Dirigiu-se à Babá: "Você sabe onde ela foi, Babá?" A preta deixou cair um copo. Respondeu catando os cacos: "Sei não." Ele se aproximou do papai. Ouviu a própria voz vir vindo desgarrada do corpo, só voz: "Tinha aquele moço do carro vermelho esperando na esquina, ela foi no carro dele."

A sopa também vermelha. Caldo de tomate. Jantou sozinho. O pai sem apetite. Babá soprando o caldo fumegante e fungando: "Por que você foi dizer aquilo, menino?! Que sua mãe saiu com o moço, por quê? Língua comprida!" Ele molhou no caldo o miolo de pão que ficou vermelho também, da cor do *R* que o professor Jônatas riscou na margem direita do boletim. Que continuou dentro da sua pasta escolar, ninguém mais pediu para vê-lo. Nas férias, achou-o por acaso, ainda sem a assinatura do pai, mãe ou responsável. Rasgou-o. Foi transferido de colégio, já era repetente duas vezes.

Através dos óculos esverdeados, Gaby viu no espelho sua face da cor do mesmo vidro das garrafas. A mosca desceu do teto e pousou no punho da sua camisa.

— É a mesma. Ainda esfrega as mãos.

— Esse bicho me irrita, vou buscar o vaporizador.

— Não, deixa. Já estou saindo, quem sabe um cinema.

— Vi ontem uma fita italiana — disse Fredi fazendo cair uma cereja no cálice. — A artista mata o amante mas se arrepende e começa então a aporrinhar o marido que acaba liquidando com ela. Uma coisa, viu?

— Drama. Não gosto.

— Vi também uma fita japonesa aqui pertinho.

— Gritam demais. Cinema é descanso — murmurou Gaby mordiscando a cereja que o garçom lhe ofereceu espetada num palito. — Então a mulher matou o amante...

— Matou. Ele deu o fora e ela passou fogo nele, pum-pum!

A velha não teria coragem. Tanto homem já tinha chegado e desaparecido em seguida. Acostumou. Quem sabe ia ser compreensiva, "Já estou velha mesmo, amor. Isto tinha que acabar, seja feliz com Mariana, vocês são jovens. É a lei da vida."

Às vezes ela falava nessa lei. Mas e o testamento? Nenhum parente vivo, ninguém. Casas, terrenos. Sem falar nas jóias. Acabaria deixando tudo para o Estado, a cabra. A não ser que morresse agora. Já. A maçada era o corpo. Uma enormidade, o que fazer com o corpo? Corpo de vítima cresce. E pesa. Poderia enrolar o corpanzil num tapete, feito Cleópatra. Oitenta quilos de quilômetros nos ombros. Enfim.

— Vou ver uma fita por aí. Americana.

II

O segundo relâmpago foi mais demorado. Gaby ficou olhando a rua através do vidro da janela do quarto. Agora a chuva podia cair. E ia ser violenta, com a fúria de quem se reprimiu demais. O dia estava perdido. Mariana estava perdida. Tirou a carta do bolso do pijama, releu o pedaço, aquele: *Vou-me embora, Gabriel. E para sempre. Você foge de mim e eu queria apenas me despedir. Fica me pedindo paciência. Diz que não quer que ela sofra com a separação, poderia se matar. Mas foi nosso amor que morreu.*

Vagou pelo apartamento num andar desaprumado. Rasgar a carta em pedacinhos miúdos? Amassar até ficar uma bola que se joga da janela? Complicado. Mais simples acender um fósforo e ali na pia. Ficou olhando a chama avançar azul-laranja sobre as palavras. Crispadas, não gostaram do fogo. Pronto, cinzas. Abriu a torneira. Quando voltou à sala, ficou olhando a pequena corça da tapeçaria. Na penumbra a corça estaria mais defendida da matilha de cães. Apagou a luz do abajur maior e o cão de língua de fora, farejando por perto, quase se diluiu na sombra. Se a corça ao menos pudesse se amoitar naquele bosquete ali adiante. Mas tinha o rastro, só o homem consegue fugir desfazendo as pegadas. Baixou o olhar para os próprios pés metidos nos chinelos. Voltou-se para a tapeçaria. Morar num bosque. Vidão. Mas com conforto, empregados experientes, tudo fácil. Mas tinha os insetos, milhares de insetos se revezando dia e noite, igual ou pior do que gente entrando, invadindo. Fechou o chambre no peito. Colocou os óculos escuros. Deixou que a lágrima já morna lhe escorresse pelo queixo. Não mais envelheceriam juntos, Mariana e ele. Não mais as crianças do calendário, o mais velho com seu nome, não Gaby, Gabriel. Restara-lhe só o pai e ela, mais ninguém. Mas o pai ia morrer e ela era como se tivesse.

Foi até a bandeja de frutas, apanhou uma maçã. Cheirou a maçã. Ficaria com a velha cada vez mais velha. Os jogos estavam feitos, era mais bonito dizer em latim, *Alea jacta est*. Não jogos, os dados. Uma fatalidade, sussurrou apoiando-se na parede. Cansaço. Enfim, que Mariana fosse feliz onde quer que estivesse com seus olhos límpidos. As mãos. Deteve o olhar no relógio verde-profundo através das lentes verdes dos óculos. O tempo verde. Amadureceria um dia, pensou e sorriu porque achou um pensamento bonito, tinha esses pensamentos quando a velha estava longe. No cinema. Duas horas livres pela frente, uma paz. Sozinho no apartamento. Sozinho no mundo. Não tinha a velha nem Mariana nem o pai. E os tais escritórios de imóveis. Etecétera. Não existia nada. Ninguém esperava por ele. O vento o abandonara ali, simples grão de pó sem perguntas a fazer. O chato era querer alguma coisa e ninguém. Suspirou. Um barulho... Franziu a testa: e se ela desistisse do cinema e voltasse. Não, não, a tempestade. Melhor ficar no cinema, se calhar, continuar lá mesmo até a próxima sessão. *Night and day*...

Sentou-se na poltrona defronte do cavalete. Estirou as pernas. E colocou a maçã no pires. Apertou os olhos. Refazer o pires meio torto. Mas por que aquele pires? Bobagem, melhor só a maçã no fundo branco. Apenas uma maçã solitária — não tinha uma música com esse nome? Suspirou. Que sede. Um copo d'água mas não gelada. Mania de brasileiro servir água gelada, a água tem que vir natural, o gelo excita. Agride. Em cada canto do apartamento, uma moringa, era só estender a mão. Teve um olhar comprido na direção da copa. Voltou-se para o cigarro esquecido na borda do cinzeiro. Melhor do que fumar era ver a fumaça. As espirais se desfazendo num cansaço de despedida. Nenhuma explicação. Nenhuma palavra. A pobre Mariana. Uma carta exaltada, as lágrimas borrando os adeuses. Enfim, não tinha importância. Todas as coisas. Inclinou-se para o cigarro mas não tocou nele. Que é que tinham todas as coisas? Aspirou a fumaça. Na história da lâmpada maravilhosa, a solução era o gênio de argolas. Um escravo. Bastava esfregar a lâmpada, quero água e o gênio. Podia pedir tudo, bebidas, iguarias finas, a mãe gostava de falar em *iguarias finas*.

Graciosa, sim. Mas distraída. "Hoje me atrasei tanto, seu pai já chegou?" Já. Todo mundo já tinha chegado. Ela tirou os sapatos, passou o pente no cabelo desatado. Consertou um pouco o batom escapando da fita escarlate. Então a Babá entrou aflita, puxou-a pelo braço, "Escuta, ele está soltando fogo pelo nariz, o Gaby contou tudo!" Ela ficou olhando para os próprios pés descalços. Começou a esfregar as solas dos pés no tapete. "Mas contou o quê?" Babá se esforçando para falar baixo, estava excitada demais: "Sabe como esse menino é impossível, viu a senhora no automóvel e contou direitinho, o doutor já anda daquele jeito. Meus céus!" Ela começou uma carícia triste na cabeça de Gaby. "Não foi por mal, hein, Gabyzinho? Vamos, nenê, vai com a Babá que preciso falar com o papai." O primeiro grito. Sufocado. Em seguida, os soluços. E de repente o grito imenso, espirrando sangue como a leitoa que o tio Raul matara no Natal, os guinchos. E a faca entrando lá no fundo, entrando e saindo outra vez sem conseguir acertar no coração, "Sua puta! Puta!"

Gaby tapou os ouvidos. Um raio estalando lívido. Ódio de raio. E aquele caíra ali pertinho. Passou a mão na testa lustrosa. Mas então o tal gênio da lâmpada... Pediria um copo d'água, antes de mais nada, um copo d'água. E lhe entregaria o pincel: "Agora retoque essa maçã." E depois pediria a esse gênio que acabasse todos aqueles quadros começados. Mas caprichando, lógico, um gênio desses deve pintar bem à beça. Mais uma dúzia de quadros geniais e pronto, a exposição estaria garantida. Então, sem querer abusar, pediria que o transportasse a uma ilha dos Mares do Sul. Taiti. Como no cinema, céu. Mar. A música diluída. Comida frugal, roupa frugal. Crescer a barba, delícia. Longe da velha, do alfaiate, do telefone. Nenhuma carta. Longe da querida Mariana e que neste instante mesmo devia estar lá planejando a reconciliação, com mulher nunca se sabe. Ah, se pudesse fazê-la entender que não tinha ambições. Nem sonhos. Cansara de lhe repetir, "não ambiciono nada, querida, nem dinheiro, nem poder, nem glória. Nada". O homem devia estar flanando ainda pelo Jardim do Paraíso. Vidão. Não fosse aquela curiosidade obscena. Mania de conhecer tudo, provar tudo. Agora era a corrida dos planetas, tamanha aflição. A Terra não era suficiente? Não, não era. Descobrir outros mundos. Outras gentes. Se calhar, guerras interplanetárias. Dureza de castigo, *ganharás o pão com o suor do teu rosto*. Ainda bem que comia pouco. "Sou capaz de passar o dia com uma maçã", pensou ensaiando abrir a boca para o bocejo. Fechou-a. Olhou a porta. E aquele ruído suspeito? O estalido mais forte na fechadura. Estremeceu. "Já?!"

— Ah, que bom voltar para casa, amor! — disse a mulher fazendo rodar a saia do farfalhante vestido de verão. — Lá fora está um forno!

Ele inclinou-se para o cavalete. Examinou os pêlos ressequidos do pincel mais próximo.

— E o cinema?

Ela tirou o espelho da bolsa. Eriçou os anéis da peruca ruiva.

— Voltei da porta, uma fila! Não tive coragem de esperar tanto. E depois, me deu uma saudade — queixou-se abraçando-o por trás: — Então, pintando sua maçãzinha?

Com um movimento suave, ele se desvencilhou. Desviou o rosto.

— Que perfume é esse?

— O de sempre, amor. Não está gostando?

— Tão forte.

Ela cheirou o dorso da mão. Aproximou-se da tela num andar menos saltitante.

— E o peixe? Você não vai acabar aquele peixe?

— Mudei de idéia.

— Gosto mais do peixe. E esse pires aí? Não está meio torto?

— Não pinto pires redondos, você sabe.

Novamente ela se examinou no espelho. Abotoou os lábios. Acendeu um cigarro.

— Desconfio que você não ficou muito contente de me ver de volta.

— Contentíssimo.

— Seu hipócrita... Mas espera, vou buscar uns cajus lindos que comprei antes de sair, você poderia pintar um prato de cajus, não é uma idéia?

Ele fez um gesto evasivo. Olhou na direção da janela. "Meu Deus. E nem chove..." O cinema cheio. Tinha que voltar imediatamente. E ainda com idéias. Abriu a boca para respirar. E o perfume, mania de perfumes, trazia malas de perfumes das viagens. "Tenho ódio de viajar", precisava ficar lhe repetindo até a náusea. Convencê-la a ir só, "Vai, querida, você gosta tanto. E compre tudo o que tiver vontade mas venha de navio". As longas viagens. Estava na hora, não estava? Perucas, tecidos. Gostava de sedas transparentes, uma odalisca. E tinha paixão por romances tipo folhetim, com árabes fogosos trepando em cavalos e mulheres com tal entusiasmo. Areias escaldantes, beijos escaldantes. Já estava na hora de orientá-la para leituras mais espirituais.

— Olha só que bonitos.

Ora, cajus. Fruta complicada. O caroço retorcido lá no alto. Um Corcunda de Notre-Dame. Só faltava trazer carambolas.

— Seu cabelo está tão comprido — disse ela vindo sentar-se no braço da poltrona onde ele estava. Beijou-lhe a nuca: — Já dá para enrolar uns bóbis aqui...

Ele se retraiu. Sentiu que os beijos foram ficando mais gulosos. Mudou de poltrona. Ela que não inventasse, que hoje não era dia.

— Estou exausto.

— Exausto por quê?

— Lá sei. Calor.

Ela deu uma risadinha.

— Sabe como fazem no inferno com preguiçosos iguais a você? Botam vespas em redor deles, noite e dia, noite e dia enxames de vespas dando ferroadas, zunindo...

— Faça zummmmmmmmmmm...

Sacudindo os braços num movimento de asas, ela ameaçou se abater sobre Gaby. Dessa vez ele não riu.

— O cinema deve estar um horror — disse ela desabotoando a blusa de gaze. Abanou-se com uma revista. — Só de ficar na fila meus pés incharam.

Através da meia transparente ele podia ver-lhe os dedos gorduchos, de unhas pintadas de vermelho. As veias grossas concentravam-se nos tornozelos e dali partiam em feixes que se ramificavam pelas pernas acima, formando uma espessa rede lilás.

— Uma floresta.

— Floresta?

— Pensei em pintar uma.

Ela acariciou os cabelos do homem que se imobilizara na poltrona de veludo.

— Ah, amor. Uma pena isso de você não terminar nunca o que começou, aquele peixe estava ficando tão bom. Não gosto de quadro com bicho morto, me dá depressão, mas do peixe eu estava gostando. E ficou pela metade. Também não vai acabar aquela porteira?

— Não precisa.

— Mas assim, que exposição vai sair?

— Não vai sair.

— Mas amor — começou ela num tom prudente. Tirou os brincos: — Ao menos uma! O artista precisa mostrar o que faz, precisa do público, do aplauso. Quando eu trabalhava no teatro, ficava na maior felicidade se a casa enchia.

— Não sou exibicionista. E se não se importa, esse assunto, entende? — Vagou o olhar dolorido pela tapeçaria. — Você não está com sede, querida? Uma sede.

— Vou buscar um refresco. Ou prefere cerveja?

— Cerveja.

Maravilhoso se em seguida ela fosse jogar sua paciência. Ou telefonar. Ou morrer. Tinha um ácido que dissolvia os corpos, o professor Melcíades falara nisso. Devia ferver, sair uma fumacinha e pronto o torresminho podia caber numa caixa de fósforo. Mas tinha os vizinhos atentos, teria que explicar. E explicar o rombo na banheira, o ácido corrói tudo. Um rombo enorme. Explicar. Entraria na máquina das explicações. Passagem só de ida.

— Pronto, geladinha, amor. Já tomei meu gole, queria virar a garrafa mas comecei meu regime — gemeu ela. Recostou-se languidamente no divã. — Quero ficar um faquir.

Gaby esperou que a espuma se apaziguasse. Faquir. Melhor que continuasse assim obesa, o gordo-magro perde o humor. Fica nervoso.

— Você está ótima

Ela ajeitou-lhe a almofada nas costas, "Seu hipocritazinho!..." E lembrou de perguntar pela fita que ele assistira na véspera, "Você não me falou nada, e o enredo?"

— Não tem.

— Como não tem?

— Tipo revista. Cantoria. Dança.

Taiti. Areia morna, amaciada pela espuma. A vida em estado natural. Mínima.

— Só gosto de fita de enredo com bastante recheio, aquelas fitas gordas, sabe como é, amor?

Deixaria crescer a barba. Uma nativa para servi-lo, a mais submissa. E sem a menor idéia na cabeça. Apanhou o pincel. Oh, Deus.

— Você estava há pouco com um ar tão feliz, amor. Em que estava pensando? — perguntou ela. Encheu-lhe de novo o copo. — Gaby, Gaby, se você soubesse! Tenho às vezes tanto ciúme, tanto medo, sabe o que é medo? Medo de que arranje outra por aí, uma que seja... que seja mais... Em que você estava pensando agora? Responda!

— Em nada.

Ela foi introduzindo a mão sob a gola do pijama até chegar ao peito do homem. Acariciou-lhe os mamilos. Adoçou a voz.

— Mas de repente me vem tamanha confiança! E fico pensando que você precisa de mim, que não seria feliz com alguém da sua idade porque tenho experiência, você precisa de mim, não precisa?

— Muito — sussurrou ele. Fechou a gola do pijama. — Senti um calafrio.

— Calafrio?

— Estou péssimo.

— Que é que você tem?

— Também não sei. Gripe.

— Você tem tido tanta gripe, amor. Quer se deitar um pouco?

Ele vacilou. Deitar. Perigoso.

— A minha querida podia ir jogar sua paciência. Vou adiantando isso. Pena é o pincel.

— Não quero baralho hoje.

— Leia um pouco. Tem revistas.

— Não se preocupe comigo, amor — pediu ela. Sentou-se empertigada. Calçou os sapatos. — Eu devia ter entrado no cinema. Se voltei foi por causa da espera, mas não era minha intenção atrapalhar. Pensei que você nem estivesse em casa, não disse que ia visitar seu pai? Por que não foi?

— A tempestade.

— Mas não vai cair tão cedo nenhuma tempestade, só ameaçou.

Ele espremeu o tubo de tinta. Cabra.

— Podia piorar se saísse, eu devo estar com febre.

— Quer o termômetro?

— Não.

Alguém martelava no apartamento vizinho mas as marteladas soavam como se a parede fosse de algodão.

— Coitado do seu pai. Vai morrer logo, Gaby, você sabe disso — começou ela enrolando e desenrolando no dedo o longo colar de contas verdes. — Faz tempo que você não vai lá. Eu podia ir mas ele fica infeliz na minha presença, não sabe onde enfiar a cara...

— Ele detesta que o vejam nesse estado.

— Mas você é filho!

Vinga-se, a cabrona. Jovens e velhas, umas gralhas, taque-taque. Taque-taque. Mariana era igual. Ou ia ficar.

— Meu velho é orgulhoso. Se a gente insiste em querer ajudar, vai se ofender. Sempre teve tudo, posição, dinheiro. Agora não quer esmolas, vê se entende.

— Mas quem está falando em esmolas, Gaby? Eu estava só pensando que ele ficaria tão contente apenas com sua visita.

Brandamente ele foi enxugando na gola do pijama o suor que lhe descia pelo pescoço. E pensar que por causa dessa cretina chegara a renunciar... Apertou a boca. "Eu te amo, Mariana. Não me abandone."

— Não discuto esse assunto.

— Mas não falei por mal — choramingou ela enrolando o colar na mão. Sacudiu a cabeça. A peruca deslocou-se. — Na verdade, é problema seu, não tenho nada com isso.

Ele encarou a mulher.

— Faço a visita amanhã. E levo a notícia.

— Que notícia?

— Vou trabalhar num escritório de imóveis. É de um amigo meu, firma inglesa. Capital grande.

— Que amigo é esse?

— Você não conhece. De infância. Começo na próxima semana, quero ganhar muito.

— Mas você nunca me falou nesse escritório, amor. Existe mesmo?

Ele espremeu mais o tubo de tinta. Antes, arrancaria a peruca, a dentadura, os cílios postiços. Tirar todos os parafusos e jogá-la na banheira. Ficaria o rombo, paciência.

— Pensei que não te faltasse nada, Gaby.

— Não disse isso.

O choro começou baixinho. Foi crescendo.

II

Crescendo. Mais forte que a voz do pai. "Mas assim ele ainda vai matar a pobrezinha!", gritou a Babá correndo para a sala. Quando se viu sozinho no quarto, ele entrou no guarda-roupa e tapou os ouvidos. Acordou na cama. A casa silenciosa. Escura. Correu ao quarto da mãe: encontrou o pai de olho aberto, fumando. Ainda estava vestido. Correu ao quarto da Babá, sacudiu-a, "E a mãezinha?" A preta esticou o beiço. "Mamãezinha, não é, seu bestinha. Foi embora, está na casa da sua avó." Agarrou-se a ela: "E não vai voltar, Babá?" A empregada preparou um copo de água com açúcar. Deu-lhe uns goles. Tomou o resto. "Apanhou de chicote, a coitada. Mas não chora, não, ninguém tem culpa."

Gaby molhou o lábio na espuma da cerveja. "Ninguém tem culpa." Afastou o copo. Aquela mania de fidelidade. Honra. O pai devia saber que mulheres assim agitadas não podem mesmo ser fiéis. Enfim. Ela desaparecera. Completamente. Milhares de pessoas desaparecem por ano. Por dia.

— Por favor, querida, pára de chorar.

Ela se ajoelhou. Tomou-lhe os pés nas mãos.

— Mas estão congelados, amor! Um gelo. Quer um chá bem quente? Um licor?

— Licor.

Apertou contra o peito os pés do homem. Beijou-os. Chorava e ria.

— Meu amor, meu amor, me perdoa! Vai me perdoar, vai?

— Não há o que perdoar.

— Mas você não está zangado?

— Que idéia. Vamos, levanta. Chega.

Ela correu para o espelho:

— Borrei a cara inteira, olha onde meu cílio foi parar, veja!

— Uma palhacinha.

Rindo ainda, ela passou o lenço na face manchada de azul e negro. Voltou até Gaby, beijou-lhe os pés e deu uma corridinha para servir o licor. Franziu as sobrancelhas feitas com um traço já apagado de lápis.

— E nunca mais me fale em trabalhar nesses escritórios, você é um artista, amor. Um artista. Perder seu tempo precioso com essa gente? Eu não me perdoaria, temos mais do que o suficiente, muito mais do que você imagina, imóvel valorizou que só vendo. Tudo nosso! Vamos, prometa que não vai mais falar nisso, se não prometer, não dou o licor — ameaçou recuando com o cálice. Levou as mãos para as costas. — Então adivinha em que mão está, adivinha!

Ele fechou os olhos.

— Direita.

Deu-lhe o licor tentando uma mesura de pajem medieval. Calçou-lhe os chinelos.

— E sabe que você deve mesmo estar com febre? Meu Deus, vou te botar já na cama. Vem amor, vem, faço um chá bem quente, comprei um chá inglês, aquela marca que você gosta.

Febre? Abriu a boca. Extraordinário. Pois não é que estava realmente? Aqueles bichinhos, as bactérias. Travando enérgicas uma batalha cerrada em seu sangue. Era por isso que. Passou a mão na testa. Um campo de batalha. Como resistir? "Sejam bem-vindas, minhas bacteriazinhas, não vou lutar. Fiquem à vontade."

A trégua. Nem precisava mais chover, o céu podia continuar blefando. "Estou doente." Por motivo de força maior não respondera a Mariana. Não terminaria a maçã. Não visitaria o pai. Tudo parado. Imóvel. Ponto morto. Assim que sarasse. Principalmente não dramatizar, enfim. Até que era uma pensão acolhedora com os cachorros no quintal. Galinhas. Ia morrer logo, era natural, com aquela idade. Estava mais do que na hora, coitado. Então. Pelo menos na pensãozinha o velho tinha gente experiente nesses assuntos, pessoas que. Tantas formalidades antes da pá de terra cobrir o corpo. Uma papelada. Vida difícil. Morte difícil. Levá-lo para onde, assim doente? Hospital? Loucura. Para o apartamento? Loucura maior ainda. O caixão nem caberia no elevador, morto de apartamento fica enorme. E esses elevadores de anão. Teriam que levá-lo pela escada. Nove andares.

Ficou ouvindo a água escorrendo da torneira. O chá. A cama. Estendeu o braço e apanhou a maçã que estava no pires. Mordeu-a. Era perfumada mas tinha um certo sabor de palha. Deixou-a. Uma mosca veio pousar na maçã mordida. Parecida com a outra. "Priminhas" — sussurrou inclinando a cabeça para trás numa expressão de beatitude.

Inveja

JOSÉ CONDÉ

Crônica do que Aconteceu ao Beato Torquato M. de Jesus, na Cidade de Caruaru, Pernambuco, em 1927

1

DELEGADO de polícia por profissão; servo de Deus por inclinação. Tudo em mim levava ao sacerdócio, que não seguira por falta de condições materiais. De família pobre — além disso, filho de pai ateu — quem poderia me ajudar? A batina, porém, me fascinava mais que a farda de sargento. E o púlpito — o púlpito, meu Deus — significava o máximo que eu poderia almejar na vida. Ah, Jesus Cristo falando pela minha boca; as Escrituras interpretadas pelas minhas palavras.

— Está aí um homem com um recado do prefeito.

Disse ao cabo Queiroz que mandasse entrar.

O rapaz, sem dentes, cara bexiguenta, falou:

— Chegou aos ouvidos do seu Ezequias que o Juca barbeiro andou dizendo cobras e lagartos a respeito dele.

Voltei-me para o cabo, voz zangada:

— Mande dar um corretivo no cabra. Umas lambadas de virola. Ele costuma deixar a barbearia aí por volta das oito da noite.

Ouvi o sino. Bem, estava na hora. De consciência tranqüila, fui assistir à novena na Matriz.

2

PADRE JOÃO: *naquele tempo, morto Herodes, eis que o Anjo do Senhor apareceu em sonho a Josef, no Egito, dizendo: levanta-te e toma o Menino e sua Mãe, e vai-te para a terra de Israel, porque já morreram os que procuravam a morte do Menino.*

Juro, tive raiva do padre João: de sua voz fanhosa e inexpressiva, gestos lentos — da vida que não existia em suas palavras. E, apesar disso, toda aquela gente a ouvi-lo, algumas beatas com lágrimas nos olhos, os homens sérios, embevecidos, idiotas.

Ímpeto de gritar:

— Por que não eu no púlpito? Por quê?

Dona Catarina atacou a serafina, ergueram-se as vozes do coro:

Judas de furor levado
O vem, fingindo, abraçar;
O covarde, o desalmado,
Assim o quer entregar.
De traidor imitadores,
Sois vós qu'ofendeis a Deus
Vós cristãos e pecadores
Sois piores que os Judeus.

Remorsos, confesso. Apesar do que, fui direto à pastelaria do Lilico beber minha cervejinha costumeira.

Cabo Queiroz apareceu horas depois:

— O homem foi devidamente surrado.

3

SONHEI que vesti enorme camisolão preto que descia dos ombros aos pés descalços, falava aos fiéis no pátio da igreja do Rosário. Não conseguia ver a fisionomia dos homens e mulheres, tampouco suas pernas e braços — apenas os vultos imóveis, sombrios, agarrados uns aos outros, dominados pelo silêncio ou, quem sabe, pelo medo. Sim, medo da minha palavra calma, porém ameaçadora, inexorável.

“ — E estarei aqui neste mesmo lugar ao lado do Rei de todos nós; estarei, dedo em riste, apontando aqueles que me seguirão pelos séculos seculórum, amém. Ai de quem...”

Batidas na porta. Logo em seguida, a negra Dasdores entrou no quarto e me puxou pela perna. Abri os olhos. Sete horas.

— Por que diabo vem me acordar assim sem mais nem menos, mulher?

— Um doutor está aí; quer falar com o senhor.

— Algum queixoso?

Levantei-me, bocejando, vesti o dólmã, dirigi-me à sala de visitas. O advogado Lourivaldo Teixeira (eu não ia com a cara dele, com aquele ar de pelintra, cabelos empastados de brilhantina, a pérola na gravata) estava de pé, ao lado da janela, chapéu na cabeça.

— Sente-se, doutor, tenha a bondade. Em que posso servi-lo?

Foi direto ao assunto:

— A polícia deu uma surra, ontem, no barbeiro Juca.

— A polícia?

Baixei os olhos para não ver a reação do homem. Acendi um cigarro:

— Por que o senhor afirma que foi a polícia?

— Juca identificou o cabo Queiroz como um dos agressores.

Francamente, não havia em mim a menor simpatia pelo doutor Lourivaldo. Era convencido, atravessava as ruas da cidade como se fosse dono do mundo. Mal entreabria os lábios quando me cumprimentava — eu, o delegado de polícia. Um safado.

— Mentira do Juca, doutor — expliquei.

Grande confusão em tudo aquilo — continuei. Cabo Queiroz não deixara a cadeia a noite passada; tinha ordens — "Ordens, ouviu, doutor Lourivaldo?" — de não arredar pés do posto.

Ele continuou, inflexível:

— Levarei o caso à Justiça; vou amanhã ao Recife e conto tudo aos jornais da oposição.

— Mas, doutor Lourivaldo...

— A coisa não vai ficar assim, não.

Virou-se, saiu sem se despedir.

"Pelintra" — pensei.

— Bote meu café, Dasdores — gritei.

Daí a pouco, diante da xícara e da cesta de pão, estourei:

— Trate de mudar de padaria, que este pão não presta. E o café está ralo. Uma merda de café. Aliás, qualquer dia destes boto você no olho da rua. É a pior empregada que já me entrou nesta casa.

Levantei-me, vesti-me às pressas, fui procurar o prefeito Ezequias. O caso poderia complicar-se, com os jornais do Recife caindo em cima do situacionisno. Enfim, um escarcéu dos diabos. E tudo, por quê? Uma besteira — por causa daquele idiota de barbeiro, que mal tinha onde cair morto.

Tanta cera para um defunto que não cheira.

4

— O SENHOR é um incapaz, delegado. Um incapaz.

Cabeça baixa, ouvia o desabafo do prefeito Ezequias.

— Um incapaz.

Arrisquei uma defesa:

— Mas o senhor não mandou a ordem para eu dar um corretivo no barbeiro, seu Ezequias?

— Mandar, mandei. Mas julgava estar tratando com um sujeito inteligente e não com uma besta do seu quilate. Por que não fez tudo com discrição, com a cautela que o caso exigia?

Deu-me as costas, ostensivamente:

— Uma besta é o que é.

Pensei: ah, cachorro da gota-serena, galinha gouguenta, cara de sanfona, marico, enjeitado de estrada, seribobéia da peste, bexiguento, enjeitado de uma égua lascada; ah, se Deus me ajudasse e um dia eu viesse a ser gente lorde, ah, desgraçado, povo da tua raça não tinha mais vez. Seria tratado de resto; eu te daria gritos em vez de escutá-los, como acontece agora.

Magro, cara chupada, Ezequias voltou a me encarar:

— Pode retirar-se, delegado.

Quis ainda dizer alguma coisa, faltaram-me as palavras.

— Pode retirar-se — insistiu ele, afastando-se.

Voltei-me da porta.

— Desculpe o aperreio que lhe dei, seu Ezequias.

A rua escaldava sob o sol do meio-dia. Cheios de poeira os fícus-benjamins. Diante da pastelaria do Lilico, alguns homens conversando. Olhei: padre João se dirigia à igreja, cabeça curvada, andando com dificuldade. Disse comigo:

— Ah, se eu fosse padre, outros galos cantavam.

5

SÁBADO, dia da grande feira semanal de Caruaru: de manhã e de tarde, reprimir arengas e brigas de faca, trancafiar no xadrez matuto entupido de cachaça; de noite — em companhia do cabo Queiroz — fazer a ronda na Rua das Mágoas, zona do baixo meretrício.

Sol danado. Um nunca acabar de gente espremendo-se entre barracas de toldos coloridos, panelas de barro, montes de frutas e hortaliças, objetos de couro, cavalos, porcos, aleijados e cegos.

À porta da igreja da Conceição, o cantador recitava, ao som da viola:

Conheço na palma da mão
Os filhos desta ribeira.
O homem tem garantia
E tem mulher verdadeira
Que a sua honra conduz.
Por isso na minha terra
Eu nunca fui esquecido:
Torquato Maria de Jesus
De todos sou conhecido
Pregando o Bem pela Cruz.

Foi a primeira vez que ouvi o nome: Torquato Maria de Jesus.

De noite, na pensão de Maria Bago Mole, o pederasta Pedro Contente, garçom e alcoviteiro, me perguntou:

— Seu delegado já ouviu falar dos milagres do beato Torquato?

Contou-me: o negro, vestindo um camisolão branco, com uma cruz de mais de metro costurada no peito, vinha descendo do alto sertão amontoando romeiros e feitos milagrosos; dava a luz do dia a cegos, curava ferida de pestilentos, fazia paralítico apostar corrida. Coisa nunca vista.

O assunto estava também na boca de todas as raparigas da pensão: da negra Filó, de Nila Barra Branca, Amélia Taquara, Zefa Romana, Lica Maleira, Maria Mil e Duzentos, Chica dos Guardas, Maria Pesqueira, Joaquina Pão Doce e Júlia Peixe-Boi.

— Vocês endoidaram? — perguntei.

A pensão "Riso da Noite" já estava tinindo de gente. Cervejas aos montes em cima das mesas; caixeiros dançando ao som da sanfona de Natalício.

— Vocês endoidaram? — tornei a perguntar a Maria Mil e Duzentos.

Ela:

— Pois é o que digo ao seu delegado: o beato vem descendo das brenhas e, por onde passa, toca a reunir mais gente no seu rastro.

Ignorantes — pensei. Um negro boçal dizendo-se enviado de Deus, pregando mundo afora como se fosse um evangelizador.

Tive raiva daquela gente; mais raiva ainda do crioulo. Recordei o sonho que tivera naquela manhã: eu diante da igreja do Rosário, o povo me ouvindo — a santa Palavra do Rei de todos nós saindo da minha boca. O que para mim não passara de um sonho, era uma verdade num tal de Torquato Maria de Jesus. Uma besta! Mais grave ainda: até os cantadores populares já andavam espalhando a fama do beato:

Torquato Maria de Jesus
De todos sou conhecido
Pregando o Bem pela Cruz

Deus me perdoe, mas odiei a memória de meu pai, que era ateu; de minha meninice pobre, que não me proporcionara a ida para o seminário.

6

NO DIA seguinte, indo comer uma buchada na casa do compadre Manuel Isidoro — homem devoto, com as paredes cheias de quadros de santos e que, dez anos antes, fora ao Juazeiro visitar padre Cícero, visita esta que ele ainda hoje relembrava a propósito de qualquer assunto, mesmo que fosse o gosto do pirão da buchada que comíamos — no dia seguinte, repito, tornei a ouvir falar do beato Torquato Maria de Jesus.

— Dizem que é um santo homem — sentenciou a mulher de Manuel Isidoro.

A frase explodiu na minha boca:

— Apenas um negro safado.

Silêncio constrangedor.

Apanhei o quepe e fui embora.

7

METI-ME em outra encrenca por causa do negro Torquato Maria de Jesus.

Eu e o major aposentado Sindô Siqueira éramos amigos dos velhos tempos; juntos tínhamos feito boas patuscadas. Sindô era homem de topar qualquer parada: hora de seriedade, seriedades; hora da safadeza, safadezas. Além de emérito tocador de flauta, tinha duas outras manias: criar ratos brancos e colecionar toda espécie de retrato de D. Pedro II.

Pois bem, festejava-se naquela noite o aniversário de dona Loló. Tomando cerveja, comendo pastéis com açúcar e sequilhos, lá estavam o farmacêutico Sivuca Xavier; Euletério das Graças (mais conhecido por Pé de Bombo, desde que um trem lhe cortara metade do pé direito), mulato careca, cantador de modinhas; Arlindo Soares, orador da União Caieiral Caruaruense e caçador de rolinhas; o caixeiro viajante Ezequiel de Holanda Cavalcanti, seu Quequé para os íntimos, casado legalmente em três cidades diferentes, em Pernambuco, Bahia e Alagoas; e Etelvina, solteirona magra e de óculos, estabelecida com casa de "point-à-jour" na Rua do Cafundó.

— Pensei que não viesse mais — disse o major Sindô me abraçando.

Virando-se para Pé de Bombo

— Apanha o violão, homem.

E para a mulher:

— Serve mais "Teutônia", Loló. Não gosto de ver copo vazio, me dá agonia.

Etelvina pediu a Quequé que recitasse "O Marruero".

Ao som do violão, o caixeiro viajante, de pé, largou a voz grossa, abrindo os braços:

Sá dona, eu sou marruero! ...
Nascendo como tingui
fui ruim como piranha,
mais pió que sucuri.

Etelvina cerrou docemente os olhos. Ah, a voz aveludada de Ezequiel de Holanda Cavalcanti! A dramaticidade que sabia imprimir às palavras como se ele fosse o próprio marruero, domando os touros como sabia domar as mulheres. Uma lágrima escorreu-lhe pelo canto do olho esquerdo, quando o caixeiro viajante, embora tendo o rosto todo suado, baixou os olhos e, tristemente, concluiu:

Mas porém, nada é mais grande,
mais grande que Deus inté,
que uma cornada dos chifres
dos óio d'uma muié...

O major, apanhando a flauta, falou para Pé de Bombo:

— Vou acompanhá-lo na "Ave-Maria".

Uma rajada de vento atravessou a sala e balançou o reposteiro de contas. Da cozinha veio o cheiro do sarapatel de porco.

Pé de Bombo, dedilhando o violão logo que o major Sindô acabou de executar na flauta a introdução:

No alto de um campanário...

Pouco depois, os primeiros convidados se despediram, apesar dos protestos do major, menos Eleuzina e Quequé, o mulato Pé de Bombo e o caixeiro Arlindo Soares.

Dona Loló só se levantava da cadeira de balanço quando o marido dizia:

— Mais cerveja, mulher. Me dá agonia ver essa gente de copo vazio.

Um dos ratos brancos apareceu no portal, fitando espantado as pessoas. Eleuzina ergueu as pernas e deixou cair o copo de cerveja:

— Me acuda, major!

Quequé sorriu: sua mulher já estava bêbada.

Sindô começou a falar, voz embargada, sobre D. Pedro II.

— O maior homem do mundo, maior que Napoleão.

Eleuzina pegara no sono. Arlindo Soares estava lá dentro no quartinho, vomitando.

O major insistia:

— O maior homem do mundo!

— Maior do que ele somente o beato Torquato Maria de Jesus — disse Pé de Bombo.

Eu já estava bêbado. Ergui-me, segurei o violão com as duas mãos e o arrebentei na cabeça do mulato, gritando:

— Esteja preso!

8

BOATOS e mais boatos andavam na boca do povo miúdo da terra.

"Dizem que o 'santo' já chegou a São Caetano."

"E o caso do empregado da Great Western, que o trem cortou a perna? Torquato botou outra perna no homem, perna de pau, mas que tem sangue e se mexe como se fosse de carne."

"Ressuscitou uma velha em Belo Jardim."

"Cresce cada dia que se passa o número de romeiros acompanhando o santo homem."

"Dizem que 'santo' já chegou a São Caetano."

Gritei pelo cabo Queiroz:

— Tome nota do que lhe digo, cabo: em Caruaru ele não bota os pés. Não bota. Me acabo todo, mas não deixo ele entrar na cidade.

— Ele, quem, delegado?

Ergui-me:

— O filho da puta do tal beato.

9

TIVE outro sonho esquisito. Estava na sacristia da igreja do Rosário — espanador enfiado na ponta do sabre, limpando a imagem de Nossa Senhora da Ajuda — quando me apareceu aquele sujeito empunhando grande pergaminho. Tipo estranho; vestia-se como se fosse um anjo de procissão.

— "É para o senhor" — disse.

E entregou-me o pergaminho, ao mesmo tempo que, como por encanto, sumia parede adentro. Desenrolei-o. Uma carta que acabava assim:

> *Assuma o comando do Meu Exército e siga mundo afora pregando Minha Palavra. Assinado: JESUS CRISTO.*

Foi quando ouvi vozes no pátio. Dirigi-me para lá. Centenas de homens e mulheres — todos vestidos com a farda cáqui da polícia militar, talabarte, cartucheira, espada à cinta e perneiras — gritavam:

— "Viva o santo delegado!"

Abri os braços, exigindo silêncio. Disse:

— "Vamos rezar uma ave-maria".

Concluída a oração, ergueu-se o coro:

Seja ao Padre eterna glória
Seja ao Filho e ao Espírito Santo
Seu louvor agora e sempre
Se entoe em perene canto.

Gritei com toda a fé que possuía naquele instante:

— Viva Nosso Senhor Jesus Cristo!

Virando-me para o cabo Queiroz.

— Nosso Exército vai iniciar sua gloriosa jornada. Primeira etapa: Amazonas. Depois iremos a Jerusalém e, em seguida, a Mato Grosso

Batidas de tambores; o corneteiro tocando o ordinário-marche. Nisso, vi, na primeira fila — a boca arreganhada num sorriso — um preto de longas barbas — vi e senti o cheiro dele.

Perguntei ao cabo:

— "Quem é?"

— "Ora, delegado, é o beato Torquato Maria de Jesus."

— "O quê? O safado do Torquato?"

Virei fera:

— "Cabo, bote este negro fora de forma. Lugar de preto é na cozinha e não no Exército do Senhor."

Puxaram-me pela perna. Era a peste da Dasdores, que voltava a me acordar com aquela mania de puxar minha perna:

— Cabo Queiroz está aí; diz que é assunto urgente.

Saí da cama, ao mesmo tempo que gritava:

— Se você me acordar mais uma vez, boto no olho da rua, ouviu? Saia de minha frente. Desapareça, antes que perca a paciência.

Fui atender ao cabo:

— Que houve?

— O prefeito Ezequias mandou chamar o senhor com urgência.

Meia hora depois estava diante do homem.

— Veja isto aqui — disse ele, entregando-me o *Diário de Pernambuco.*

Em quatro colunas, o título:

PREFEITO DE CARUARU MANDA DELEGADO DE POLÍCIA SURRAR ADVERSÁRIO POLÍTICO

Ezequias:

— Leu, delegado?

— Li, seu Ezequias.

Ele:

— Pois é como lhe digo: o senhor não passa de uma grandessíssima besta.

10

ENFIM, a notícia invadindo todos os bairros pobres da cidade:

— "Torquato Maria de Jesus acaba de chegar com seus romeiros."

Chamei o cabo Queiroz:

— É verdade?

— É, sim, senhor.

Braços cruzados nas costas, pus-me a andar de um lado para outro, sentindo o sangue subir à cabeça. Mandava ou não mandava prender o negro? Bem, o melhor seria fazer com que o beato e os malucos que o acompanhavam seguissem rumo a outro lugar, Bezerros, por exemplo. Mas, seu Ezequias? Que haveria de dizer? Estava danado da vida por causa da notícia do jornal, talvez se enfezasse ainda mais se eu cometesse outra besteira. No entanto, o pensamento de que o miserável do "santo" andava ao meu alcance, não me saía do pensamento, bulia com os nervos.

— Cabo — chamei.

Depois:

— Vá como quem não quer nada e trate de localizar o paradeiro do beato. Quero saber de tudo, ouviu? Quantos romeiros estão com ele, que tipo de gente é o negro, tudo, tudinho, cabo Queiroz.

— Fique descansado, delegado.

Quando ia saindo:

— Me diga, delegado: conforme for o caso, dou voz de prisão ao homem?

Dei um murro na mesa:

— Que é que está dizendo, cabo Queiroz?

— Pergunto se posso trazer preso o negro.

A insistência me fez dar outro murro na mesa:

— Cabo Queiroz, você não passa de uma besta!

11

CABO Queiroz voltou de tarde com todas as informações: o beato Torquato Maria de Jesus chegara a Caruaru no dia anterior, conduzindo uns vinte e poucos sertanejos, entre homens, mulheres e crianças, que enxergavam nele um enviado de Deus. Acampados fora-de-porta, isto é, no bairro distante do Alto do Vassoural, aí plantaram enorme cruz, feita com dois troncos de pau-d'arco, diante da qual acendiam velas e rezavam noite adentro. Muita gente da cidade já tinha ido ver o beato, notadamente o povo pobre, que lhe pedia a bênção e lhe fazia oferendas de cuias de farinha, rapaduras, bacalhau, mantas de carne ceará.

— O que mais, cabo Queiroz? — indaguei.

— Ouvi o beato falando aos romeiros.

— Como é ele?

— Um crioulo alto e tão magro, que não parece ter ombros. Barba comprida e encaracolada. Veste um timão branco, que tem uma cruz costurada nos peitos. Mas, que voz mansa, delegado, que voz mansa, capaz de convencer um jegue emperrado a tornar a andar!

— Dê-se ao respeito, cabo Queiroz — disse, sem encará-lo. Depois:

— Que asneiras anda ele dizendo aos romeiros?

Quase quebrei a cara do cabo Queiroz quando ele, procurando imitar a própria voz do beato, disse, olhos semicerrados:

— "Deus mandou eu anunciar: o mundo vai acabar sábado que vem, na feira, aí por volta das dez horas menos três minutos."

12

DOS SUBÚRBIOS humildes — Lagoa da Porta, Rua Preta, Corte, Alto do Vassoural, Salgado — as informações eram trazidas ao meu conhecimento não somente pelo cabo Queiroz, como também pelos outros soldados: todo mundo estava apavorado com as profecias do beato Torquato Maria de Jesus, anunciando o fim do mundo para o sábado, durante a feira.

— Há gente que não come nem dorme mais, pensando na coisa — disse o soldado Zé de Rita.

Calado estava, calado fiquei. Mas, por dentro, a idéia me remoía: "Deixa estar, 'santo' de uma figa, que, sábado, te botarei a mão".

De tarde, caiu uma pancada de chuva, que limpou a folhagem empoeirada dos fícus-benjamins, lavou o oitão da igreja e ergueu do chão de terra dura uma onda de vapor de cheiro acre. Passado o aguaceiro, o sacristão Zé Tatá apareceu na cadeia. Eu estava na calçada, sentado numa cadeira de vime, tomando a fresca do entardecer.

— Padre João quer trocar um dedo de prosa com o senhor, delegado — disse ele.

— Coisa urgente? — indaguei.

— É a respeito do "santo".

— Diga ao seu vigário que apareço depois da ceia.

Fui para casa ao surgir das primeiras estrelas. A negra Dasdores estava acabando de botar a ceia na mesa: cuscuz, tapioca, macaxeira, xerém com carne de bode guisada. Servi-me bem, com calma, porém as idéias me fervilhavam. Que o beato continuasse metendo medo no povo, engrossando seu rebanho de romeiros, dizendo-se um enviado de Deus; que aquela latomia no Alto do Vassoural prosseguisse noite adentro: gente rezando e chorando, acreditando e reverenciando o crioulo de camisolão branco com uma cruz preta costurada no peito. Não fazia mal. Sábado, ajustaríamos contas. E como iríamos ajustá-las!

Apareci na casa do padre:

— Às suas ordens, reverendo.

Embora velho e sem vaidades, padre João me parecia um homem elegante, a batina caindo, impecável, no corpo, sapatos engraxados, fivelas luzindo. E sabendo-se impor, apesar da voz fanhosa que soava tão mal quando pregava na Matriz. A autoridade tranqüila, sem nenhuma arrogância. Envelhecendo como um bom e fiel servidor de Deus. O que eu gostaria de ter sido, não fossem o ateísmo de meu pai e a pobreza de nossa casa, sem perspectivas de futuro, tão agarrada ao ramerrão do cotidiano.

— Delegado — começou padre João —, o senhor já tomou conhecimento desse tal negro que, acompanhado de um grupo de sertanejos, está acampado no Alto do Vassoural?

— Já, reverendo.

— Não estou gostando, não, dessas coisas estranhas na minha paróquia, delegado. Não estou gostando não. Que me diz a polícia a respeito? Hein, delegado? Por que não manda dispersar a cabroeira, por quê? O que está acontecendo é um pecado, delegado, um grande pecado que se comete contra nossa santa religião.

— Fique tranqüilo, padre João. Sábado darei cabo do "santo" e boto os romeiros pra correr. Não tome cuidado.

— Pois é o que espero do senhor, delegado.

— Não tome cuidado padre João.

13

AO DEIXAR a casa do vigário, fui à residência do major Sindô para espairecer um pouco. Noite fresca, cheiro de jasmins solto nas ruas, o céu cheio de estrelas.

A janela estava aberta: na cadeira de balanço ao pé do retrato de d. Pedro II, o amigo lia os jornais do Recife trazidos pela Great Western da manhã.

— Então, Sindô!

— Oh, delegado, entre e se abanque. Já viu o *Diário de Pernambuco* de hoje?

— Ainda não.

— Pois tornou a baixar a lenha no prefeito Ezequias.

— Não me diga, Sindô.

— Voltou à carga, feio e forte. Ainda a tal surra que deram no barbeiro Juca.

— É o diabo. Seu Ezequias vai pular.

Pronto, a noite perdida; aborrecimentos pela frente.

— Cadê dona Loló? — indaguei.

— Lá dentro, rezando no santuário. A pobre tem andado atacada dos nervos de uns dias para cá. Não pára de chorar.

— Doente?

Sindô abriu os braços numa atitude de desânimo ou indiferença:

— Doença que nada. É porque meteu na cabeça que o mundo vai acabar sábado que vem.

14

DEDO em riste, o prefeito Ezequias disse:

— Viu as complicações que arranjou para mim? Qualquer dia destes recebo carta do governador me dizendo cobras e lagartos. Tudo, por quê? Por que, hein, delegado?

Deu-me as costas:

— Grandessíssima besta.

15

DE SEXTA para sábado, não consegui dormir. E o único momento de sono que tive foi cheio de inquietação. Sonhei que Torquato Maria de Jesus — camisolão branco, com uma cauda que tinha mais de cem metros de extensão — aproximava-se de mim, dedo em riste, às gargalhadas, dizia:

— "Grandessíssima besta, delegado!"

Eu não podia fazer nada em troco. Sentia-me preso ao chão, sobretudo aos olhos cheios de deboche do negro. Ele ria e zombava de mim, repetindo a todo momento:

— "Grandessíssima besta, delegado."

Queria estender os braços para agarrá-lo pela garganta e não conseguia. Ah, aquele sorriso cheio de zombaria e cinismo, aquelas palavras que ele não cansava de proferir — entrando-me ouvidos adentro, torturando-me a cabeça e o coração.

— "Grandessíssima besta, delegado."

Fui para a calçada, onde coloquei uma cadeira, esperei que começasse a amanhecer. Para os lados do Rosário Velho, o céu azulava suavemente, embora continuasse cheio de estrelas. Os matutos estavam chegando para a feira: uns a pé, outros a cavalo, caçuás abarrotados de frutas e verduras; mulheres carregando trouxas de mercadorias, algumas com os filhos pequenos escanchados nos quadris. Antes adivinhava do que via seus vultos seguindo rumo à Rua da Frente. Fumei vários cigarros. E, à medida que o nascente se acentuava, a inquietação — quem sabe se um pouco de medo, também? — me feria o coração.

Quando a manhã nasceu de todo, entrei; da sala mesmo gritei para Dasdores, que já estava de pé:

— Bote pressa neste café.

Fui vestir a farda.

Meia hora depois, a caminho da cadeia, ia pensando: "Chegou teu dia, Torquato Maria de Jesus. Quero ver se tu hoje vais ainda me chamar de grandessíssima besta..."

Sentia-me tão cansado, que nem sabia mesmo se estava acordado ou se dormia.

16

ESTÁVAMOS — eu, cabo Queiroz e mais três soldados — na venda de Zuza Floripes, ponto mais central da Rua da Frente, bem no coração da feira.

— Que horas são? — indaguei do cabo.

— Nove, delegado.

— É cedo ainda. O beato anunciou o fim do mundo para as dez horas menos três minutos. Não estou com pressa nenhuma. Quero gozar a coisa devagarinho.

Sol e mormaço enchendo a rua de uma ponta a outra. Cotovelos fincados no balcão encardido, cigarro no canto da boca, eu estava com os sentidos no movimento na calçada e lá adiante na feira: o nunca acabar de gente caminhando entre barracas, montes de frutas e verduras, mercadorias diversas juntadas no chão, nas chitas coloridas suspensas das portas das lojas; cavalos sonolentos, jegues, cachorros famintos, esmoleres, violeiros, o cantador vendendo folhetos diante da igreja da Conceição, donas-de-casa fazendo compras; vozerio de ensurdecer; perfumes estranhos suspensos no ar parado: de canela, pimenta-do-reino, cravo, brilhantina barata.

Virei-me para o cabo Queiroz. Não sei por que, mas o senti trêmulo, os olhos cheios de medo:

— Que é que há, cabo?

— O que, delegado?

— Estou achando você meio nervoso.

— Eu, delegado? É impressão do senhor.

— Está com medo do fim do mundo?...

Procurou sorrir, não conseguiu. Lembrei-me de quando me falara a respeito da voz mansa do beato:

— Tenha vergonha na cara, cabo.

Ele afastou-se para os fundos da venda; vi quando pediu um cálice de aguardente a Zuza Floripes.

"Cabra frouxo" — pensei.

Novamente, os olhos no relógio: faltavam ainda trinta e quatro minutos para ajustar contas com Torquato Maria de Jesus. Aquela espera era uma mistura de prazer e inquietação; queria gozá-la, porém, devagarinho, bem devagarinho, como o caçador que dorme na pontaria.

"Ah, crioulo dos diabos, tua hora está chegando."

Vinte minutos, apenas.

— Cabo! — gritei.

— Pronto, delegado.

— Não torne a beber aguardente. Foi esta a quarta vez que virou o copo.

Dirigindo-me a Zuza Floripes:

— Não sirva mais ele não.

Dez minutos — tornei a examinar o relógio.

Foi quando um ruído mais intenso partiu do meio da feira. Olhei: estranho ajuntamento engrossava diante da igreja da Conceição: homens, mulheres envoltas em grossos xales coloridos, crianças — todos absorvidos pela poeira amarela que os transformara em sombras indistintas.

— Vamos, cabo — chamei.

Dando ordem aos soldados:

— Abram caminho pra eu passar.

Todavia, o sol cada vez mais quente e grandes blocos de nuvens brancas suspensas no céu de um azul profundo não pareciam justificar a apreensão e o nervosismo que, subitamente, aprisionara o povo à porta da igreja.

De repente, vi o vulto magro e espigado do beato Torquato Maria de Jesus, trepado num tamborete, destacando-se acima das cabeças do povaréu em volta. De camisolão branco, que contrastava ainda mais com o pretume de sua pele, pixaim emaranhado, braços erguidos, olhos esbugalhados, fixava o céu impassível e as nuvens que, inesperadamente sopradas por uma brisa vinda do Ipojuca, voavam em direção ao monte do Bom Jesus.

Gritei para os soldados:

— Abram caminho.

Esbarrei na anca de um cavalo; uma preta gorda me pisou o pé.

— Afaste-se, diabo.

Os praças empurravam de lá e de cá; eu, atrás, empurrava também. Enfim, o pátio da Conceição — o beato já estava ao meu alcance, a menos de dez metros. Esparramadas no chão, duas mulheres gritavam histericamente; outras, braços erguidos para o céu, rezavam em voz alta. Homens ajoelhados. Crianças chorando. Torquato Maria de Jesus, mãos cruzadas no peito, imóvel, parecia longe de toda a confusão.

Voltei a gritar:

— Dispersem a cabroeira.

Mais alto, ainda:

— Sabre no lombo de quem tentar reagir.

Dirigindo-me ao cabo Queiroz:

— Leve o "santo" pra cadeia.

17

CHEGUEI LOGO depois. Curiosos rodeavam a cadeia. Mas nenhuma palavra ou gesto de protesto. Abri caminho entre os que atravancavam a porta principal, segui pelo corredor em direção à minha sala. Torquato Maria de Jesus estava próximo à janela, olhos cerrados, cigarro no canto da boca:

Fui gritando:

— Jogue o cigarro fora.

Ele atendeu, num gesto demorado, como se quisesse me irritar.

Ainda aos gritos:

— "Santo" não fuma, seu merda.

Pensei: estávamos, enfim, um diante do outro — oh, o que isso significava para mim após tantos dias de agonia e expectativa, noites indormidas, raiva contida sabe Deus como.

Ao cabo Queiroz:

— Mande dispersar a cabroeira lá fora.

E ao beato:

— Escuta aqui, crioulo duma figa, que história é essa de andar botando doidices na cabeça da matutada?

(Lembrei-me, sem querer, do sonho daquela noite: a multidão diante da igreja do Rosário gritando: "Viva o santo delegado!")

Dedo quase tocando na cara do negro:

— Vamos, responda.

Irritantemente calmo, ao mesmo tempo que repousava a mão direita no peito, Torquato disse:

— ELE que mandou.

— Ele quem?

— Jesus Cristo, seu delegado.

(Novamente a lembrança do sonho: a carta que o anjo de procissão me entregara.)

Dei um murro na mesa:

— Deixa de ser besta, crioulo. Então Jesus Cristo vai se lembrar de te escrever, quero dizer, Deus vai lá se lembrar de um negro fedorento como tu para falar em nome d'Ele?

Imperturbável, Torquato repetiu:

— ELE me mandou, inhor sim.

De longe, vinham os ruídos da feira; na sala, o sol atravessava as grades de ferro da janela e cobria como uma auréola o corpo de Torquato Maria de Jesus.

Voltei a gritar:

— Chamem aí o soldado Zé de Rita.

O praça apareceu imediatamente. Disse-lhe:

— Traga-me aqui o balde de flandres e a vassoura.

Encarando novamente o "santo":

— Vou te mostrar com quantos paus se faz uma canoa.

Zé de Rita já estava de volta com os objetos pedidos. Segurei-os eu mesmo. Dirigindo-me a Torquato:

— Lugar de santo é na igreja e não na feira.

Entreguei-lhe o balde e a vassoura:

— Tome, negro. Agora, trate de ir lavar o cagador dos presos.

Em toda a minha vida, nunca pronunciei uma frase com tamanho prazer.

18

DURANTE uma semana, Torquato Maria de Jesus fez a faxina da cadeia. Mandei raspar-lhe o cabelo e a barba; um culote e uma camisa velha do soldado Zé de Rita lhe assentaram muito bem. Mas quando acontecia de eu topar com ele — fosse no corredor ou na latrina —, a raiva me subia pelo corpo e a vontade era dar uns bofetões no negro. "Santo!" "Enviado de Deus!" "Anunciador do fim do mundo!" Uma ova, uma ova. E aqueles matutos imbecis que vieram com ele sertão afora, ouvindo-lhe a palavra como se ouvissem o próprio Senhor? Tudo uma pinóia, essa a verdade; uma pinóia. "Santo" de merda, isto sim.

Certa manhã, major Sindô apareceu na cadeia:

— Delegado, solte o homem. Isso é uma injustiça. Além do mais, estou carecido de um cabra para tomar conta dos meus ratos brancos. Deixe eu levar o crioulo, delegado.

— Gosto muito de você, Sindô, mas não posso. Repito as palavras do padre João: o negro estava cometendo terrível pecado contra a religião.

— Coisas de ignorante, delegado. Deixe eu levar o homem.

Dois dias depois — após novas insistências do major — decidi não me chatear mais:

— Está bem, Sindô. Mas que ele não me torne a aparecer por aí vestido de camisolão. Que não apareça mais.

— Assumo a responsabilidade, delegado.

Gritei pelo cabo Queiroz:

— Mande o Torquato até aqui.

Quando o trouxeram:

— Escute, crioulo: vou soltá-lo aqui a pedido do major. Mas veja o que vai fazer, veja bem. Já lhe disse que lugar de santo é na igreja.

Num gesto de raiva:

— Suma da minha frente.

19

FOI QUANDO aconteceu aquela desgraça. Atacado pela terceira vez pelo *Diário de Pernambuco,* o prefeito Ezequias perdeu as estribeiras e, através de um portador, deu cinco minutos para que eu comparecesse à sua presença. Recebeu-me quase espumando:

— Grandessíssima besta — gritou antes mesmo que eu retirasse o quepe em sinal de respeito.

Depois:

— Está demitido. Hoje mesmo vou nomear outro delegado.

Novo delegado foi nomeado e eu — a exemplo do cabo Queiroz e dos outros soldados — passei a ser simples integrante do destacamento policial da cidade. Tudo suportei resignadamente. A única coisa que realmente me doeu (e não posso esquecê-la, aconteça o que acontecer) foi ver, dois dias depois, no *Diário de Pernambuco,* uma notícia que começava assim: "Dos mais elogiáveis o gesto do prefeito de Caruaru, Ezequias da Silva, demitindo seu delegado de polícia, autoridade arbitrária e violenta, que, à revelia da autoridade superior, mandava espancar barbaramente os cidadãos que se opunham ao situacionismo político local. Sem dúvida, belo exemplo do prefeito da cidade considerada a 'Princesa do Sertão' ".

20

DURANTE toda aquela fase de humilhações, major Sindô foi de um procedimento exemplar: convidava-me constantemente para jantar; às vezes ficávamos até altas horas da noite conversando — ou melhor: ele falando, eu ouvindo — sobre D. Pedro II. Dona Loló, por outro lado, cheia de amabilidades: ora um pratinho de doce, ora uns pastéis, rapadura com queijo. É verdade que as idas à casa do amigo eram — até certo ponto, diga-se a bem da verdade — um sofrimento quase intolerável. Tudo por causa da presença constante do moleque Torquato Maria de Jesus. O negro, além de se ter tornado útil no trato dos ratos de estimação do major, tornara-se íntimo da família. Muito risonho, muito falador, muito cheio de salamaleques. Major pra cá; major pra lá. Um absurdo, mesmo. Até para o meu lado se bandeava, o desgraçado: "Como está passando, delegado?" "O delegado quer um cafezinho?" Miserável! Sabia muito bem que eu já não era delegado de polícia. Pior ainda: dirigia-se a mim conservando sempre um sorrisozinho de ironia no canto da boca. Filho de uma puta.

Certa noite, Sindô me disse:

— Delegado...

Cortei-lhe a palavra:

— Por favor, Sindô, não me chame mais de delegado. Chame pelo meu nome, que você sabe muito bem.

Sindô deu um muxoxo:

— Ora, força do hábito.

Depois de pedir a Torquato que fizesse um café bem quente:

— Delegado, como você já ouviu falar, este ano o carnaval vai ser de arromba. E o "Misto Carnavalesco Bela União", haja o que houver, terá de fazer bonito. Não vamos permitir que o "Abanadores" e o "Toureiros" nos passem a perna, não acha?

Fez uma pausa:

— Andei pensando umas coisas. Decidi com o pessoal elegê-lo presidente do "Bela União" para o carnaval de 1927.

— Eu, Sindô?

— Você mesmo. Será uma maneira de desagravá-lo perante o povo de Caruaru. Já imaginou como seu Ezequias vai subir a rampa?

"Com os diabos! " — pensei comigo. — "Até que não é má idéia. Quem sabe?"

— Vou pensar, Sindô — respondi.

Torquato trouxe a bandeja com o café:

— Sirva-se, delegado.

Olhei dentro dos olhos do negro e lá encontrei aquele sorrisozinho safado de sempre.

21

FUI ELEITO presidente do "Misto Carnavalesco Bela União". As primeiras trovoadas de janeiro trouxeram aguaceiros prolongados. No entanto, vieram os dias de estio — após a chegada das tanajuras — e os preparativos para o carnaval entraram na ordem do dia: organização da fanfarra que levaria o frevo às ruas de Caruaru, escolha dos componentes dos *cordões* e das fantasias, confecção do estandarte vermelho, ensaios de sede e de rua, eleição do porta-bandeira. Ah, a eleição do porta-bandeira. Foi numa segunda-feira de fevereiro, lembro-me bem. Apresentaram-se seis candidatos: Zé Bundinha, Nezinho Cabeludo, o mulato Mané Bico Doce, José Caboré, Antônio Mandioca Azeda e... quem mais? Simplesmente: Torquato Maria de Jesus, que foi eleito (o "Bela União" possuía cento e vinte sócios) com cento e dezenove votos contra um...

Suportei mais esta.

Houve o carnaval — aliás, dos melhores dos últimos anos — com muita folia na Rua da Matriz, muito *passo* na *onda* dos clubes, corso, bailes — sobretudo com o "Misto Carnavalesco Bela União", que eu tinha a honra de presidir, dando uma pisa no "Abanadores" e no "Toureiros", arrancando aplausos do povo, levando a loucura ao coração dos foliões.

Mas... como doía, meu Deus, como doía ver aquele safado do Torquato Maria de Jesus, todo ancho, carregando o estandarte vermelho do meu clube. Além do mais: fantasiado de Luiz XV...

Soberba

FAUSTO WOLFF

O Urso e os Titãs

Era um homem do século XIX. Pelo menos, assim dizia, rindo muito, como era do seu feitio. Mas do século XIX pegara uns cinco anos, se tanto. Vai daí que, em 1946, tinha pouco mais de cinqüenta. Pecados veniais possuía-os quase todos: bebia, fumava tabaco e ópio, fornicava às mancheias, falava alto, cometia indiscrições e gafes. Não chegava a ser um homem feio, mas era todo grande. Parecia um urso desajeitado que se perdera na urbe e não conseguia mais achar a trilha de volta para a floresta. Mal punha um terno vindo da lavanderia e já dava a impressão de que o vestia há mais de mês. Além de todos os pecados veniais, tinha uma irritante mania. Colecionava números.

Quando saía da redação do jornal na rua do Riachuelo e se metia pelos botequins da Lapa, os bêbados de plantão já o recebiam com provocações:

— Ladislau, como se chamavam as três filhas do rei Lear?

E ele, depois de derrubar um chope e um genebra:

— Goneril, Regan e Cordelia. Mas essa é fácil. Perguntem uma difícil.

Às vezes ganhava dinheiro com seu *hobby*. Uma noite, no saguão do Teatro Municipal, Villa Lobos quis lhe tirar a prosa e apostou um conto de réis como ele não saberia dizer quais eram as nove sinfonias de Beethoven. E o urso Ladislau, aos berros, escandalizando as damas presentes:

— Número 1 em dó maior, opus 21; nº 2 em ré maior, opus 36; nº 3 em mi maior, opus 55; nº 4 em si maior, opus 69; nº 5 em dó menor, opus 67; nº 6 em fá maior, opus 68; nº 7 em lá maior, opus 92; nº 8 em fá maior, opus 93; e a sinfonia nº 9 em ré menor, opus 125!!! Me passa a grana.

Villa Lobos tentou escapar:

— E a Heróica e a Pastoral, onde ficam?

— O maestro está brincando. A Heróica é a terceira, A Pastoral, a sexta. E de lambuja, lhe digo que a Nona é a Coral.

Naturalmente, sabia granjear inimigos. Mas tinha amigos. Embora faroleiro e total desconhecedor do significado da modéstia, mantinha qualidades inegáveis: bom coração, sinceridade e estilo. Numa época em que quase todos os jornalistas estavam encostados em alguma repartição pública, fazia questão de viver do salário do jornal e dos parcos direitos autorais de seus livros. Achava que imprensa era oposição e que os jornalistas deveriam informar ao povo o que fazia o governo e não o contrário. Arrogante com os arrogantes, humilde com os humildes.

Certa vez namorou uma grã-fina. Durante uma recepção na casa de um embaixador no Cosme Velho, conversava amenidades com três convidados. Se retirou atrás de um garçom que lhe enchesse o copo de vinho. Ao voltar encontrou, além dos três, o filho do dono de um jornal, homem rico e poderoso. Ficou por ali, ouvindo a conversa, com um sorriso bêbado no rosto. O grã-fino, além de ignorá-lo, falava por metáforas, para ver se Ladislau percebia que não era bem-vindo. Como o urso dava mostras de não ter percebido nada, comentou:

— Tem gente que quer freqüentar sem aprender as regras mais elementares da convivência social.

E o urso desajeitado:

— Tem razão. Já fui assim. Mas aos poucos, prestando atenção aqui e ali, acabei aprendendo a não ser inconveniente. O senhor, por exemplo, é o quinto corno de merda que deixo de mandar à puta que o pariu hoje à noite.

Foi gentilmente convidado a se retirar, enquanto a grã-fina que namorava se escondia num dos vários banheiros da mansão. Chegou a pensar em falar sobre o tamanho descomunal do clitóris da mulher do corno, mas, como já sabemos, era dono de bom coração, e calou-se.

Esse mesmo sujeito tinha incrível reverência pelo talento. Se sentisse que um jornalista mais jovem possuía qualidades, podia ajudá-lo num texto durante horas; infinita paciência. Se comovia a ponto de chorar vendo um quadro de Van Gogh. Sua admiração por Proust era tão grande que um dia teve uma briga feia na pérgula do Copacabana Palace porque um repórter da revista *O Cruzeiro* tivera o desplante de chamar seu ídolo de fresco. Jogou o atrevido na piscina. E comentou:

— Como é que um cara que escreve sal com cê-cedilha pode falar do Marcel?

Mas o tempo pode ser um professor cruel para quem o ignora; as convenções sociais podem ser vingativas para quem pisa sobre elas. Ladislau jamais se preocupara com bens materiais. Costumava dizer que seu único bem era a mulher com quem estava casado no momento. E casamentos teve-os muitos. Ao se darem conta da total falta de ambição do marido, elas acabavam por se separar dele; algumas de forma discreta, outras nem tanto. Só descobria que estivera apaixonado quando se via sozinho. Mas, como dizia, jogando sinuca em frente ao Teatro Tiradentes, levava fé no seu taco. Fé excessiva. Em 1950, ano da volta de Getúlio ao poder, sua última mulher, com a qual pretendia envelhecer e a quem realmente queria bem, acabou por expulsá-lo de casa, com a ajuda de dois oficiais de justiça.

Ela:

— Eu amo este homem, mas às vezes tenho a impressão de que não é um ser humano. É um elemento enfurecido da natureza. Bebe demais, chora demais, briga demais, sofre demais, ama demais. Foi demais!

Ele:

— Meu anjo da guarda me deu um tiro nas costas.

Foi como se os deuses do Olimpo, cujos nomes ele bradava pelos botequins da vida — Zeus, Poseidon, Afrodite, Apolo, Ares, Ártemis, Atenas, Deméter, Dionísio, Hefesto, Hera e Hermes — houvessem jogado a ele — o bobo do Tarot — num abismo escuro, profundo e triste. Na queda, insistia em olhar as estrelas. Passou a beber mais; a mais insultar os poderosos em seus artigos cada vez mais desleixados. Seus livros deixaram de vender e a nova geração de intelectuais simplesmente passou a ignorá-lo. Além disso, perdeu de uma vez oito dentes. Logo ele que sempre tivera orgulho de tê-los todos, e que fora um dos primeiros a cantar as vantagens do fio dental. Passou a escrever em jornais cada vez menores e mesmo esses acabaram se cansando dele.

Morava num apartamentinho de quarto e sala no Bairro Peixoto e garantia o dinheiro para o aluguel, a cachaça e os sanduíches de mortadela que adorava apostando em sua cultura de lixo. Apostava na sua memória, que continuava prodigiosa, com os bêbados da madrugada.

— Quais são as vinte e seis emendas da Constituição Americana?

Ele as desenrolava todas, a começar pela primeira que garante a liberdade de expressão. E as perguntas se seguiam:

— Quais são os três reis magos? Quais são os quatro evangelistas? Quais as nove ordens hierárquicas dos anjos? Quais são os quatro cavaleiros do Apocalipse? Quais são as sete ordens canônicas? Quais são os sete nomes proibidos de Deus? Como se chamavam as irmãs Brönte? Quais foram os interventores nomeados por Getúlio? Como se chamavam os sete anões?

Acertava todas e chegou até a ganhar algum dinheiro respondendo perguntas na incipiente televisão da época. Somente em desespero de causa, quando o capital não dava para o aluguel, obrigação pela qual tinha sacrossanto respeito, é que Ladislau apelava para os três homens justos: Japeto, Cronos e Oceanus. Em verdade, não havia três homens justos quer na mitologia, na astronomia, na história, na filosofia, no teatro, na literatura, na religião, na política. Se houvesse, Sodoma não teria sido destruída. Mas como achava que os três velhos amigos eram mesmo justos, os apelidara com os nomes de três formidáveis titãs.

Japeto era escritor, jornalista e membro da Academia Brasileira de Letras; Cronos, compositor de fama mundial; e Oceanus, talvez o único grande pintor brasileiro de todos os tempos. Eram mais velhos que Ladislau e sempre o trataram como a um irmão caçula. Se conheciam há mais de trinta anos, desde os tempos de solteiro. Eram homens decentes, dignos, talentosos, divertidos, invariavelmente ao lado dos fracos e contra qualquer máfia que eventualmente ocupasse qualquer tipo de poder. Juntos, os quatro (que Ladislau se negava a chamar de mosqueteiros, porque considerava os uniformes ridículos) beberam, viajaram, brigaram, sofreram e namoraram. Japeto, Cronos e Oceanus, talvez por terem algum berço (nunca se soube muito sobre as origens do urso), aprenderam. Ladislau, não. Juntos, saíam com as namoradas que depois se transformaram em esposas. Todos mudaram de mulher e a vida continuava. Mas...

Os três homens justos, além de justos eram previdentes, práticos, tinham a cabeça no lugar e sabiam que o mundo dá voltas e quem não se agarra cai. Por anos e anos aconselharam Ladislau a se conter, a não dar tanta munição aos inimigos.

Quando o anjo da guarda do urso lhe deu um tiro nas costas e ele foi jogado no que às vezes chamava de *selva oscura* e outras de *poço de Poe*, os amigos não se afastaram. Caso contrário, não seriam justos. Nem os porres, nem as brigas, nem os vexames de Ladislau conseguiam fazer com que Japeto, Cronos e Oceanus o abandonassem.

Quis o destino, ou o contador desta história, que num curto espaço de tempo, já com mais de sessenta anos, os três se apaixonassem por três mulheres jovens, elegantes, cultas e belas. No princípio, acharam graça das graças de Ladislau, mas quando se deram conta de que eram casadas com três dos maiores intelectuais da América Latina, também se deram conta de que a presença do urso era por demais embaraçosa para elas.

Ora, o urso desajeitado tinha todos os pecados veniais que a humana imaginação é capaz de urdir, mas certamente não era burro. Tanto que, numa das raras vezes em que conseguira estar a sós com Japeto, Cronos e Oceanus, lhes dissera:

— Deveríamos ficar mais valentes com a idade. Sinto que estou ficando mais covarde, mais cagão.

Enquanto Ladislau dizia isso aos titãs no Veloso em Ipanema, as mulheres dos titãs se reuniam na Confeitaria Colombo, no Centro. (É claro que talvez não tenham marcado para a mesma hora, nem para o mesmo dia e talvez nem mesmo no mesmo, mesmíssimo mês, mas como de ficção se trata, o narrador faz o que bem quer.)

A mulher de Japeto estabeleceu a premissa:

— Ladislau, nunca mais.

A mulher de Oceanus contribuiu:

— Não sei se vocês notaram, mas tive a impressão de que da última vez ele havia mijado nas calças.

A mulher de Cronos:

— Precisamos preservar a imagem dos nossos homens.

E Ladislau foi riscado da vida das três.

Isso não impediu que Japeto, Cronos e Oceanus continuassem gostando dele. Sempre que telefonava, usando as mais diversas vozes ao telefone, para que as esposas não percebessem que era ele, vinham encontrá-lo. Eventualmente, para dar-lhe algum dinheiro, quando não tinha para o aluguel. Mas quase sempre era porque Ladislau sentia falta dos amigos. Podia ouvir Japeto falar durante horas sobre Shakespeare; Cronos explicar a importância de Balakirev, Borodin, Cui, Mussorgsky e Rimsky-Korsakov para a educação musical da juventude russa; Oceanus comentar a incrível tristeza dos olhos do capitão Merseult, de Van Gogh. Literalmente, Ladislau babava. E além disso, eles pagavam a conta. A alegria de Ladislau, nesses seus últimos anos, era deixar que sua alma se enriquecesse com a apaixonada sabedoria dos amigos queridos. Eles eram seus irmãos e por eles daria a sua vida de merda. Quase sessenta anos nas costas e ainda se achava um Beniamino, um José, o pobre imbecil.

Mas poucos idiotas, desde Dostoievski, tinham a incrível capacidade de autodestruição de Ladislau; poucos eram tão habilidosos na arte de procurar a infelicidade, principalmente na infeliz idade que vivia. Deu uma das maiores provas disso ao gargantear entre bêbados de um bar no Flamengo.

— Vocês, naturalmente, já leram o meu livro "Como Levar a Proposição do Inimigo Além dos seus Limites Naturais"¿

Ninguém naturalmente havia lido, mesmo porque Ladislau jamais escrevera tal livro, mas na época já havia ultrapassado a fronteira entre a ficção e a realidade. Não que fosse mentiroso. Não era. Mas uma vez escrito em seu cérebro deteriorado, o livro passava a existir.

Entediado com o velho alcoólatra e irritado como só os pobres podem se irritar quando o Flamengo perde, um deles acabou se enchendo.

— Você diz que é escritor, caga regra como ninguém. Vive enchendo a boca para falar da sua intimidade com Japeto, Oceanus e Cronos. Como é que a gente nunca te viu com esses caras famosos¿ Como é que eles nunca falam de ti quando dão entrevistas na televisão¿

Alguns anos atrás, Ladislau teria dado um soco na cara do infame. Mas, reconhecia, começava a sentir falta de *los cojones*. De modo que cometeu o único pecado mortal da sua vida: desafiou a Soberba — deusa elegante e absolutamente assexuada — na frente de um bando de idiotas. Não exatamente idiotas. Gente comum que, para não bater na mulher e nos filhos por causa da carestia da vida, enche os cornos no bar e depois vai para casa fazer exatamente aquilo que queria evitar quando foi ao bar.

—As mulheres de Japeto, Cronos e Oceanus não existem sem eles. São luz refletida; são o reflexo que quer ser sol. São as emanadas que querem emanar. Aliás...

Nesse momento os bêbados se desinteressaram, mas um rapaz que só estava no botequim esperando que seu chofer trocasse o pneu do carro anotou tudo. Vamos ouvir o que Ladislau, estupor alcoólico, continuou dizendo:

— Elas são Goneril, Regan e Lady Macbeth.

O rapaz, que era crítico de arte e que estava perdido na perdição, perguntou:

— Mas não eram Goneril, Regan e Cordelia?

— Cordelia, rapaz, era a que eu tinha em casa, deu dois suspiros e depois morreu.

Na hora em que disse essa gracinha, no meio de garrafas pela metade, bolachas de chope, e a cinco metros de um banheiro tão fedorento que daria novas idéias a Einstein, Ladislau não sabia que, em verdade, ferira a ira — feriraira — de três irmãs poderosas, bem mais cruéis que as que Shakespeare inventara: as três moiras, Clotho, que tece a linha da vida; Lachesis, que mede a linha da vida; e Atropos, que corta a linha da vida.

Como em sociedade tudo se sabe, principalmente quando serve para fuder quem já está fudido, a piada de Ladislau sobre as mulheres de Japeto, Cronos e Oceanus chegou aos ouvidos de Japeto, Cronos e Oceanus que, sinceramente, há muito tempo esperavam por uma desculpa para mandar o amigo à merda.

Sozinho e apavorado como uma criança que vê a sombra assustadora da mãe lhe dar um beijo, Ladislau rezou:

— Deus, faz eu escrever de novo!

Não deve ter sido fácil fazer esse pedido no escuro do seu apartamento. Quantas vezes ridicularizara pessoas que diziam acreditar num ser superior?

— Pois eu, ao ver vocês e o mundo à volta de vocês, acredito num ser inferior. Como ninguém acredita nele, deve estar desocupado. De modo que quando precisar de alguma coisa, pedirei a ele.

Mas Ladislau tinha consciência do seu estado; a solidão e a dor o haviam animalizado. Sofria de enfisema e crises de depressão que o deixavam com falta de ar e faziam com que sentisse a mão fria da morte sobre o peito. Até tomar o primeiro copo de cachaça. Durante alguns meses quem trouxe a angústia, a ansiedade e a depressão foi o crepúsculo. Depois, o sol do meio-dia e ultimamente já estava se arrastando até o boteco da esquina para tomar o primeiro copo de cachaça às oito horas da manhã. Japeto e Oceanus o haviam abandonado, e agora Cronos, o tempo, que julgara ser seu fiel amigo, o deixava também ao próprio azar.

Uma noite, sujo e barbudo, entrou num restaurante elegante e insistiu em recitar, em troca de um uísque, os 38 modos descobertos por Schopenhauer para vencer uma discussão. Muitos dos presentes o conheciam e até admiravam seus livros. Agora, porém, essas mesmas pessoas viravam a cara para ele. Numa mesa ao fundo, vislumbrou Cronos, Japeto e Oceanus, as respectivas mulheres e mais Orson Welles. O diretor americano retornara ao Brasil uma segunda vez somente para convencer Japeto, cuja obra adorava, a escrever um roteiro para ele. O rosto de Ladislau se iluminou ao descobrir os queridos amigos. Era belo e patético, ao mesmo tempo, ver aquele homem imenso cambaleando em direção à mesa dos titãs, com um enorme sorriso agradecido nos lábios, enquanto as lágrimas desciam descontroladamente pela face. Goneril, Regan e Lady Macbeth, que escutavam deliciadas seus maridos conversarem em inglês com o autor de *Cidadão Kane*, gelaram. Aos berros, mas feliz, Ladislau começou a recitar: "The world is a stage where every man must play a part. And mine, a sad one."

Welles parecia estar se divertindo com Ladislau que quase tropeçou ao abraçar Japeto e babou a mão de Lady Macbeth, ao tentar beijá-la. A um sinal de Goneril, as três se levantaram e foram para o toalete. Ladislau estava tão feliz por rever os amigos que não se dava conta da sua lastimável figura. Já estava se servindo de uma generosa dose do litro de White Horse, quando o maître aproximou-se da mesa e disse alguma coisa ao ouvido de Japeto. Essa coisa era: as senhoras só voltariam depois que o vagabundo fosse expulso do bar. Cronos afastou-se com o maître para um canto:

— Ele é um querido amigo nosso. Veja se consegue tirá-lo do restaurante discretamente.

— Pode deixar comigo doutor.

O maître esperou alguns minutos, retornou à mesa, e disse a Ladislau que alguém queria falar com ele na entrada. Sem se aperceber da traição, o urso velho acompanhou o maître que o deixou na porta — ainda do lado de dentro — em companhia do leão-de-chácara. O nome desse leão era Gabriel, um crioulo enorme, bonito, forte e extremamente bem-educado que conhecia Ladislau dos tempos em que era um jornalista famoso.

— Dr. Ladislau, o senhor já bebeu demais e está dando vexame.

— Que bobagem, rapaz. Estou com meus melhores amigos. Além disso, conheço o americano muito bem, pois se até já comi uma mulher que foi dele e que agora é do Aga Khan.

— Seu Ladislau, estou dizendo isso para o seu próprio bem.

Podia até ser verdade, mas Gabriel aproveitou para dar um aperto forte no braço de Ladislau, na tentativa de reforçar a seriedade das suas palavras.

O urso, que tinha muitos defeitos mas não era covarde, ao sentir o aperto do leão, deu um passo para trás e assentou-lhe um bem dado soco embaixo do queixo. Apanhado de surpresa, o leão não gostou da surpresa, e para provar isso deu cerca de dez socos em rápida sucessão no estômago do urso que cairia ao chão, não fosse apanhado por ele que simplesmente o jogou no meio da calçada. Lá, ficou desmaiado por alguns minutos. Levantou-se cambaleando mas não voltou ao restaurante. Recebera a mensagem.

Foi nessa mesma noite que, depois de abrir o gás, meteu a cabeça dentro do forno e adormeceu nessa posição para acordar uma hora depois e descobrir duas coisas: estava vivo e esquecera de pagar a conta do gás, que fora desligado naquela manhã.

Tremendo de medo, vergonha e dor, o urso se meteu sob as cobertas e rezou, não para um ser inferior, mas para o Deus barbudo da sua infância e para Jesus Cristo:

— Meu Deus, faz eu escrever de novo.

Ladislau — soube-se mais tarde — tinha mãe. Uma velhinha de noventa anos que morava em Petrópolis com uma enfermeira. Nunca pedira nada a ela em toda a sua vida. "Uma questão de honra!", dizia para si mesmo. Esqueceu a honra, juntou o pouco de dignidade que lhe restava, fez a barba, tomou banho, vestiu o único terno decente que sobrara e apanhou um ônibus para Petrópolis. Palpitações, cólicas e dores por todo o corpo, decidira não beber naquele dia. Viajou com as contas feitas no bolso e um recibo. Sua mãe lhe deu exatamente o que pedira: seis meses de aluguel, dinheiro para trinta quilos de mortadela, leite e pão para meio ano.

Pagou as dívidas mais urgentes — coisa pouca — e depois foi retirar do prego a sua velha Remington, caixotão. Nos primeiros dias escrevia bebendo um gole de cachaça de hora em hora, mas como Deus na sua infinita misericórdia decidira atender ao pedido do urso, aos poucos ele foi sendo totalmente envolvido pelo romance que escrevia. Aos poucos, também, foi se impondo uma disciplina. Acordava às cinco da manhã, tomava banho, fazia a barba, escovava os dentes, menos os oito que lhe faltavam. Ia para a cozinha, fazia um sanduíche de mortadela que empurrava para o estômago com o auxílio de um litro de leite. Preparava o café bem forte que punha numa enorme garrafa térmica, e ia para a máquina de escrever. Às vezes escrevia durante doze horas seguidas, como se estivesse em transe. Ao final de três meses havia acabado um romance passado na Espanha de Felipe e Isabela e que descrevia o que considerava o maior crime já cometido pela humanidade, a destruição das culturas azteca, inca e maia: mais de 700 páginas. Releu-o, e reescreveu-o duas vezes, o que lhe tomou mais um mês. Sabia haver escrito uma obra-prima e, principalmente, sabia que podia escrever de novo. Durante esse tempo todo, só saiu de casa para ir à padaria, à lavanderia e à papelaria. A confiança crescera tanto dentro do velho urso rabugento que um dia se olhou no espelho e disse, sorrindo:

— Não sou o que já fui, mas pra feio não sirvo.

Uma vizinha, redatora da Rádio Nacional (falsa magra de nariz arrebitado e uns quarenta anos) que lera alguns dos seus livros, não só lhe arranjou uma faxineira que passava duas vezes por semana no seu apartamento como aproveitou para se apaixonar por ele. Convidou-o para morar com ela. E ele:

— Não, queridinha, isso pode ser muito perigoso.

A redatora que se chamava Talia foi a primeira a ler o romance e lhe disse que era coisa muito comovente e enriquecedora. Sua opinião, porém, não era o bastante. Telefonou para Japeto:

— Preciso falar contigo. Gostaria de me desculpar com você, Cronos e Oceanus. Tenho muitas novidades!

Japeto foi seco:

— Ladislau, agora não posso falar, pois a minha mulher está em casa. Me telefona dentro de uma hora.

O urso esperou impaciente. Ele, que já escrevera quilômetros de artigos, crônicas, poesias, contos, romances e discursos, se sentia como o foca adolescente que fora no princípio do século. Já rememorara os quatorze pontos de Wilson, os nomes dos fundadores do Partido Comunista no Brasil em 1922, as quatro espécies de galáxias, as oitenta e oito constelações, os doze apóstolos, as quatro verdades nobres do budismo, as mulheres de Henrique VIII, as quinze repúblicas soviéticas, as treze vitaminas essenciais. E ainda não havia se passado meia hora. Pensou em tomar uma cerveja e só não o fez por duas razões: primeiro, havia se imposto uma lei seca e, segundo, sabia que se tomasse a primeira acabaria bebendo umas dez. Tudo o que não queria era chegar nem levemente de porre na frente de Japeto. Aquela era uma ocasião especial e para ela pusera de lado um pouco do dinheiro que a mãe lhe dera.

Quando finalmente telefonou, Japeto atendeu no primeiro toque. Combinaram almoçar num bar alemão, esquina de Atlântica e Souza Lima. Não era muito caro e os *rollmops*, arenque marinado com picles, excelentes. Japeto telefonara a Cronos e Oceanus, e quando Ladislau chegou os três já estavam bebendo cerveja e acqua-vitae. Ficaram impressionados com a elegância do urso e mais impressionados com a total ausência de bafo de cachaça.

Depois de se desculpar pelo vexame na frente de Orson Welles, Ladislau lhes contou da nova vida que decidira levar e, naturalmente, do romance que escrevera e trouxera consigo. Leu os dois primeiros capítulos para os amigos que ouviram em respeitosa admiração. Japeto, que era muito magro e conseguia ser mais alto que o próprio Ladislau, passou os dedos pela bela melena grisalha, e sentenciou:

— Urso velho, é a melhor coisa que já escreveste.

O coração do veterano jornalista e escritor dava pancadas que chegavam a doer no seu peito. Disfarçou as lágrimas e conseguiu dizer:

— Obrigado, mas não vais te safar assim tão facilmente. Os dois primeiros capítulos podem ser bons, mas o resto pode bem ser uma merda. De modo que em nome da nossa velha amizade, gostaria que você lesse ele todo e tirasse o que te parecer desnecessário. Já reescrevi esse troço duas vezes e não consigo mais olhar para ele.

Japeto ainda tentou tirar o corpo fora, mas, diante da insistência de Cronos e Oceanus, acabou concordando, sob a condição de que os outros dois titãs também lessem a obra do urso. Recordaram dezenas de aventuras, beberam e comeram até as cinco da tarde. Numa das vezes em que fora ao banheiro, Ladislau, discretamente, pagara a conta. Na hora da despedida, os titãs parabenizaram o amigo que, apesar da insistência deles para que bebesse pelo menos um chope, limitou-se ao guaraná com gelo. "Para fingir que é uísque."

Todos já estavam de pé, quando Japeto notou o título do livro (*Dois Cachorros Olhando um Homem Chorar*) encimando o nome do autor (Ladislau Ferenczi dos Prazeres). Voltou-se meio constrangido para o urso:

— Ladislau, você sabe que vou ler teu romance com extremo carinho, mas vou ter de deixar a página com o título e o teu nome contigo. Minha mulher pode me ver lendo um texto teu e vou acabar me aborrecendo.

Os outros dois titãs concordaram e Ladislau, coração sufocado, sorriso bobo nos lábios e tristeza nos olhos, fingiu concordar também.

II

Japeto, Cronos e Oceanus leram os originais, deram sugestões, fizeram críticas, aconselharam, e graças a isso *Dois Cachorros Olhando um Homem Chorar*, que já era um belo livro, transformou-se numa obra-prima. Japeto mandou fazer cópias mimeografadas que pagou do próprio bolso. Distribuiu-as entre os maiores intelectuais do país que também louvaram o trabalho. Diante disso, não foi difícil encontrar editor. Duas edições em menos de três meses e críticas favoráveis em toda a imprensa, menos na principal revista do país, cujo crítico, que vivia em Paris, a classificara como uma das obras mais tediosas escritas desde a invenção da prensa móvel. Tratava-se, porém, de uma vingança pessoal, pois Ladislau, vinte anos antes, chamara o crítico de "o único menino-prodígio com mais de cinqüenta anos". Como o rancor sem talento é paciente, o menino-prodígio, agora com quase setenta anos, esperara para comer a vingança no ponto: fria.

Não posso lhes dizer que a vida de Ladislau tenha dado uma guinada de 90 graus, mas que melhorou muito, ah, lá isso melhorou. Seu nome começou a aparecer nos jornais com mais freqüência e se não o convidavam para colaborar — o homem ainda não era confiável — davam-lhe livros para traduzir, e uma ou outra associação mais ousada pagava para que proferisse palestras sobre literatura, teatro, artes plásticas, política. O urso era um biscateiro altamente qualificado. Deu algumas entrevistas no rádio e na televisão, tomando todo o cuidado para não ferir a sensibilidade dos cruéis donos do poder na época, gente por demais conhecida como Campos Delfim, Roberto Neto, Leonardo Jaburra, Cardoso Henriques e outros. Pagou o dinheiro que devia à mãe, mudou-se para um apartamento melhor e continuou namorando Talia, a redatora da Rádio Nacional. Recomeçou a beber, mas com moderação extrema. Voltou a ser convidado para acontecimentos literários e sociais, comportando-se sempre como um príncipe.

Apenas duas coisas entristeciam o velho urso que começava a ser visto por muitos como um ser humano quase normal. O fígado, que arruinara com galões de cachaça da pior qualidade nos últimos anos, e o fato de não ter sido perdoado por Goneril, Regan e Lady Macbeth. Não que ele não se esforçasse para agradá-las. Na data dos respectivos aniversários lhes enviava flores que eram sistematicamente devolvidas ao destinatário. Quando por acaso encontrava um dos casais, tentava de todos os modos ser gentil com a esposa, mas era solenemente esnobado. Era como se ele não existisse. Como se estivesse morto. Um morto andando entre os vivos, ignorante da sua condição. Com extrema tristeza, soube que Goneril dissera que ele casara com uma suburbana. Sentiu o comentário como sentiria uma faca desenhando palavrões em seu peito. Mas quanto mais elas o ignoravam, mais atencioso ele tentava ser.

Talia lhe disse certa vez:

— Ladislau, você esteve no inferno e voltou. Está começando uma vida nova. Para que se torturar com o desprezo dessas três mulheres?

— Mas elas não são más. Estão mal-informadas a meu respeito. Quero provar que mudei. Além disso, Japeto, Cronos e Oceanus são mais que amigos, são irmãos — exagerava. — Tudo o que sei, aprendi com eles.

Talia, que tinha realmente uma bela inteligência suburbana, brincava:

— "Não se pode amar, sem ser amado. É melhor morrer crucificado."

Mas a verdade, verdade mesmo, é que Ladislau, embora já não fosse o bêbado que mijava nas calças e ao qual todos evitavam, também não havia sido totalmente aceito pelo primeiro time do Rio de Janeiro. As pessoas que Goneril, Japeto, Lady Macbeth, Oceanus e Regan freqüentavam eram a nata da sociedade que jamais sonharia em ter o urso por perto. De modo que continuava se encontrando com os amigos secretamente, em lugares onde não houvesse muita gente conhecida. Ainda assim, quando se via com os titãs, era sempre um dia excepcional na vida do ex-anti-herói às vésperas de se tornar herói. De certa feita, chegou a ir almoçar com eles num bar do centro, com mais de 39 graus de febre. Só para se sentir parte do quarteto, como já o fora uma vez; num tempo remoto em que Athos, Aramis e Porthos o chamavam de D'Artagnan.

Mas disse no parágrafo anterior que Ladislau estava às vésperas de se tornar herói. Ocorre que, sem suspeitar, o urso tinha um grande admirador. Tratava-se do dono da editora da Livraria do Globo, de Porto Alegre, uma das maiores do Brasil, que tinha em seu catálogo gente do calibre de Strindberg, Ibsen, Proust, Koestler, Twain, Poe, Freud, todos os clássicos, de Homero a Cervantes, passando por Montaigne, Rabelais, Villon, Swift, Defoe e indo até os americanos e europeus mais modernos como Dos Passos, Hemingway, Fitzgerald, Kafka, Shaw. Entre os nacionais, gente de talento inquestionável como Érico Veríssimo, Viana Moog, Raul Bopp e dezenas de outros.

Em 1930, a Editora da Livraria do Globo havia publicado com muito sucesso um livro chamado *Os Sete Pecados Capitais*, que, como sabemos, são a Ira, a Inveja, a Avareza, a Preguiça, a Luxúria, a Gula e a Soberba. Os maiores titãs das artes da época foram convidados, cada um, a escrever um conto sobre um dos pecados capitais. Entre os autores, naturalmente e com justiça, estavam Japeto, Cronos e Oceanus e mais Coeus, Crius, Hyperion e Atlas. O livro tivera várias edições, fora traduzido em outras línguas e até virara filme. O dono da Globo decidiu reeditá-lo quase vinte e cinco anos depois, e na imprensa não se falava em outra coisa, nas páginas literárias, é claro. Os sete maiores gênios do Brasil falando sobre os sete pecados capitais.

Ladislau comentou com Talia.

— Em verdade, esses pecados estão ultrapassados. Foram considerados os maiores numa época tribal, agrícola, coletiva. Um sujeito irado poderia prejudicar o trabalho da comunidade. O cara que comia a mulher do outro idem, o que comia demais prejudicava os demais, e assim por diante. Os pecados modernos são outros.

— E a soberba? — perguntou Talia.

— Está aí um belo pecadinho, ainda em vigor. O pecado original era o orgulho, mas foi muito bem traduzido como soberba para o português. Eu tenho orgulho de você. Isso não é pecado.

— Mas o que é a soberba, afinal de contas?

— É o orgulho cruel que geralmente não tem mérito e nem razão de ser. É o filho do grande homem que acredita que apenas o fato de ser filho de um grande homem o torna grande também — respondeu Ladislau, bebendo sua dose diária de uísque. Generosa, mas única.

Ladislau gostava particularmente de uma peça de Ibsen — embora seu preferido fosse Strindberg — chamada *Os Guerreiros de Helgoland*. A peça, em verdade, não era grande coisa, mas ele, que tinha o coração permanentemente em chamas como Strindberg, gostava dela por causa de uma frase: "O homem é capaz de muitas ações. As maiores, porém, o destino dirige pessoalmente."

Pois, desta vez, o destino dirigiu pessoalmente uma ação menor. Alguns meses antes de *Os Sete Pecados Capitais* ser reeditado, Atlas, autor do conto sobre a soberba, o rei da invenção, o grande esgrimista das palavras, segundo a opinião do próprio Japeto, traduzido para o alemão, inglês, francês, espanhol e outras línguas menos lidas no Ocidente, bateu as botas. Comoção nacional entre as dez mil pessoas que o haviam lido. Mas mesmo com Atlas morto, o seu conto sairia entre os dos titãs vivos. Assim pensava o dono da Editora da Livraria do Globo, mas assim não pensavam os familiares e herdeiros do espólio de Atlas que, imediatamente após a sua morte, assinaram um contrato de exclusividade com outra grande editora. E essa editora se opunha à possibilidade do conto de Atlas ser publicado por outro selo.

Tirante o fato de ser desprezado por Goneril, Regan e Lady Macbeth, Ladislau era, agora, um homem quase feliz. Mesmo sabendo que tinha pouco tempo de vida, pois enfisema, cirrose e, presumivelmente, câncer na próstata não eram bons prognósticos, se sentia bem e não ia ver um médico "porque vão acabar descobrindo em mim uma nova doença e não vão querer me dar os direitos autorais". Contava os dias em que veria os três amigos, contava com o carinho de Talia e tinha até um dinheirinho no banco. Felicidade maior poderia ser fatal. E ela veio por dois golpes baixos do destino: a morte de Atlas e o convite do editor gaúcho para que escrevesse o conto que substituiria o do monumental escritor e poeta paulista.

— Estou entre os sete maiores! — berrou o gigante, assim que recebeu o telefonema.

— Não te falei, meu bem? Você é bom! — disse Talia, sorrindo docemente para ele.

Nem tão docemente a notícia foi recebida por Goneril, Regan e Lady Macbeth. Reunidas na Colombo numa terça-feira à tarde, as três mulheres belas e elegantes deixavam transparecer parte das almas nos rostos.

— O nome dele ao lado do dos nossos maridos, nunca!

— Aturar aquela suburbana, nunca!

— Imaginem que esse débil mental é capaz de ser convidado para a Academia! Nunca!

Como não eram as três doces irmãs de Checov, mas as três criaturas de Shakespeare, prepararam a poção.

II

Nunca Ladislau se sentira tão feliz na vida. Nunca estivera tão doente. Nada em seu corpo funcionava e, já há algum tempo, nem a parte mais nobre do seu todo — o pênis, como anunciava orgulhosamente — cumpria suas obrigações. Com a alma entusiasmada e o corpo reticente, começou a escrever seu conto. Aquilo tornara-se uma obsessão, mas nem sempre o que é obsessivo carrega, dentro de si, o germe do gênio. E Ladislau, que sabia ser impossível escrever embriagado, procurou por ópio. Mas não havia mais ópio no Rio e ele contentou-se com éter. Como as más notícias correm com maior velocidade do que as boas, logo as mulheres dos titãs souberam do novo vício do velho urso. Uma noite, quando já estava acabando o conto, resolveu ir com Talia a um restaurante da moda. Lá estavam os titãs, as mulheres e amigos poderosos. Doente e claudicante, Ladislau tentou passar despercebido. Foi quando ouviu a voz de Regan:

— Ladislau, junte-se aos bons!

Ele não quis acreditar no que ouvia. Como um adolescente de quase sessenta anos, aproximou-se da mesa, e, para sua surpresa, não só ele como sua namorada suburbana foram recebidos com carinho e atenção. Ao sair do restaurante, disse à Talia:

— Hoje é o dia mais feliz da minha vida.

Em verdade, era a noite mais feliz da sua vida e em verdade, também, naquela noite, depois de cheirar éter, escondido no banheiro, teve um ataque cardíaco e foi levado ao hospital. Mesmo deitado na maca, pediu à Talia para subir ao apartamento e trazer-lhe o conto inacabado, aquele que definitivamente o colocaria entre os sete titãs da literatura brasileira.

Esteve durante duas semanas entre a vida e a morte. Talia, Japeto, Cronos e Oceanus torciam pela vida. Goneril, Regan e Lady Macbeth torciam pelo outro time. Venceu a vida e Ladislau ditou as últimas frases do seu conto para Talia. No dia seguinte, sabedoras de que o urso continuava vivo, as mulheres dos titãs foram visitá-lo. Ladislau chorava de alegria.

— Eu sabia que vocês entenderiam. Sabia que me desculpariam. Meu Deus, como vai ser bom quando eu e Talia dermos uma festinha para vocês e os titãs lá em casa. Só coisa do bom e do melhor!

— Éter, também? — perguntou Lady Macbeth.

— Não sei do que você está falando — disfarçou Ladislau.

Mudaram de assunto, conversaram sobre amenidades, contaram piadas e, em determinado momento, Lady Macbeth perguntou se Ladislau não leria o conto para elas.

— Não tenho forças. Afinal, são quinze laudas. Mas ficaria muito honrado se uma de vocês o lesse em voz alta.

Goneril começou a ler o trabalho de Ladislau. Cada frase bem construída, cada expressão sincera feria as mulheres como um punhal mergulhado em ácido, rasgando suas vísceras. E Ladislau — sorrindo como um bocó, vaidoso como uma criança que recebe nota dez na escola — se deixava embalar, embevecido pelas próprias palavras. Quando Goneril passou o texto para que Regan continuasse a lê-lo, o urso não agüentou e disse com um sorriso infantil:

— Será que ouvi uma das senhoras falar em éter?

Lady Macbeth ficou de pé e tirou um lança-perfume Rodo Metálico gigante da bolsa. Não precisou dizer nada. Bastou entregá-lo a Ladislau. Ele encharcou um travesseiro onde costumava descansar os pés e o levou ao nariz. Cinco minutos depois dormia com um sorriso idiota desenhado nos lábios.

Regan segurou seu pés, Goneril os braços enquanto Lady Macbeth banhava o travesseiro com lança-perfume. Em seguida, ela mesma pressionou-o contra o rosto do urso. Ele tentou mover braços e pernas. No final, exasperada, Lady Macbeth subiu na cama e sentou-se sobre o travesseiro. Nosso herói parou de estrebuchar. Morreu.

Luvas nas mãos, Goneril botou o Rodo Metálico na mão direita de Ladislau. Regan apanhou o conto e colocou-o na bolsa e Lady Macbeth inspecionou o quarto para ver se não haviam esquecido nada. Discretamente, as três saíram do hospital pelos fundos, que dava para uma praça no Catete.

Naquela mesma noite, numa praia escura e pouco freqüentada, chamada Arpoador, Clotho, Lachesis e Atropos ou Regan, Lady Macbeth e Goneril queimaram o conto de Ladislau, a cópia única que jamais seria lida por ninguém.

Na manhã do dia seguinte, uma amiga de Talia telefonou. Chorosa, ela atendeu, pronta para receber os pêsames.

— Que morte terrível, hein? Tiro no coração.

— Não, foi lança-perfume. O coração do pobre não agüentou.

— Você está maluca, mulher? Getúlio se matou com um tiro.

A notícia da morte do urso nem saiu no jornal.

Impresso no Brasil pelo
Sistema Cameron da Divisão Gráfica da
DISTRIBUIDORA RECORD DE SERVIÇOS DE IMPRENSA S.A.
Rua Argentina 171 – Rio de Janeiro, RJ – 20921-380 – Tel.: 2585-2000